金庫破りの謎解き旅行

アシュリー・ウィーヴァー

ロンドン。金庫破りのエリーの前に、陸軍のラムゼイ少佐が現れ、北部のサンダーランドまで旅をするように指示される。また国のための任務につけると喜んだエリーは、翌日現地に向かう。しかし到着してすぐに、何者かにぶつかられ、トラックに轢かれそうに。親切な男性に助けられてことなきを得るが、少佐の手配してくれた下宿屋に入った直後、その男性が前の道路で倒れて死んでしまう。この不審な死は偶然なの？　エリーは、空軍パイロットに扮した少佐と調査に乗りだす。凄腕の金庫破りと堅物の青年少佐が活躍する人気シリーズ最新刊！

登場人物

エレクトラ（エリー）・ニール・マクドネル……金庫破り、錠前師
ゲイブリエル・ラムゼイ……陸軍少佐
ミック・マクドネル……エリーのおじ。金庫破り、錠前師
コルム・マクドネル……エリーのいとこ。空軍の整備士
トビー・リアム・マクドネル……エリーのいとこ
戦地で行方不明中
ナンシー（ネイシー）・ディーン……マクドネル家の家政婦
フェリックス・レイシー……マクドネル家の友人。元海軍兵
コンスタンス・ブラウン……ラムゼイの秘書
レイフ・ボーモント……空軍大佐
ミセス・ジェイムズ……サンダーランドの下宿屋の大家
ハル・ジェンキンス……造船所に勤務していた男性
サミーラ（サミ）・マドックス……薬局の店員。ハルの友人
ライラ・マドックス……サミの姉
ヴァネッサ（ネッサ）・シンプソン……造船所の溶接工。ハルの友人

カーロッタ（ロッティ）・ホーガン……薬局の店員。ハルの友人
アルフレッド・リトル……炭鉱勤務。ハルの友人
ロナルド（ロニー）・ポッター……波止場勤務。ハルの友人
シェリダン・ホール……〈孔雀《くじゃく》出版〉所有者
ベヴィンズ……シェリダンの側仕《そばづか》え
クラリス・メイナード……エリーの亡母の親友

金庫破りの謎解き旅行

アシュリー・ウィーヴァー
辻　早苗　訳

創元推理文庫

PLAYING IT SAFE:
AN ELECTRA MCDONNELL NOVEL

by

Ashley Weaver

This book is published in japan
by TOKYO SOGENSHA Co., Ltd.
Published by arrangement with St. Martin's Publishing Group
through The English Agency (Japan) Ltd.

金庫破りの謎解き旅行

わたしと同じくミステリを愛し、最高のバント・ケーキ[*]を作ってくれる
おばのダーリーン・バスキンに
そして、ミステリ作家J・B・フレッチャー役で視聴者を楽しませてくれた
アンジェラ・ランズベリー[**]を偲《しの》んで

*リング状のケーキ
**J・B・フレッチャーはアメリカのテレビドラマ《ジェシカおばさんの事件簿》の主人公で、アンジェラ・ランズベリーが演じた。

1

一九四〇年十月四日
ロンドン

　自分の周囲の世界がいつ崩壊してもおかしくない、という感覚を抱《いだ》きながら暮らすのは奇妙な感じだ。

　これまで数多くの危険なこと——違法なことなのは言うまでもなく——をしてきたけれど、ドイツ軍による大空襲のさなかにロンドンで暮らすのは、次元のまったく異なる体験だった。

　一カ月近く毎晩のように爆撃があり、近々終わりそうな気配もなかった。毎晩、もうとても乗りきれそうにないと思い、毎朝、起き上がって瓦礫《がれき》をかき分け、できるかぎり片づけ、最善を尽くして前に進んだ。このすべてが終わったとき、ロンドンに残っているものはあるだろうか？　ときどきそんな風に考えてしまう。

　おそろしいとでもいえそうな日常が定まりつつあった。なにが起きるかを知っていて、夜が死と破壊をもたらすとわかっていて、それなのに無力でそれを止められない。日が暮れるにつれて恐怖心が大きくなっていき、やがて時計仕掛けのように空襲警報が鳴り響く。

神経の図太い人間ですら参ってしまう状況だ。

今日の午後は特にしなければならないこともなかったので、おそれている夜になるまで時間を潰せる予定があってよかった。ボーイフレンドのような存在のフェリックスと映画館で会うことになっているのだ。気のいい彼と一緒に昔みたいに過ごせば、わたしたちが生きているこの残酷な世界から気をそらせるだろう。

白いブラウスの上にお気に入りの青いセーターを重ね、ツイードのスカートを穿《は》いてフラットを出ると、家庭菜園——秋になったので以前よりまばらだ——の横を通ってその前に建つ大きな母屋《おもや》へ行く。母屋はミックおじの家で、わたしがいとこのコルムとトビーと一緒に育った場所だ。

そんなわたしたちみんなの世話をしてきてくれたのが家政婦のネイシー・ディーンで、母親のいない三人の子どもたちにとっては母親同然の存在だった。母屋に入ったわたしが探したのが、彼女だった。

「ネイシー？」

「キッチンにいますよ、ラブ！」

ネイシーはたいていキッチンにいて、その結果、家のなかはいつだってすごくいいにおいがしている。配給制だってなんのその。ネイシー・ディーンはキッチンの魔法使いだ。

「なにを作ってるの?」わたしは訊《き》いた。

「ただのシチューですよ」コンロでぐつぐついっている鍋の中身をかき混ぜながら、ネイシーが返事をする。「今日あちこちのお店で手に入れられたものを煮こんでるんです」

「すてき。あとで食べるのが待ちきれないわ。映画を観《み》にいくって知らせておこうと思って」

「ひとりで?」

「病院の仕事を終えたフェリックスと映画館で落ち合う約束をしてる」フェリックスは病院の事務仕事に就いたばかりだ。勤務時間は長く、最近は一緒に過ごす時間がめっきり減っていた。

「暗くなる前に帰ってくるわよね?」ネイシーが言う。

「もちろん」

「気をつけるんですよ、エリー」

「そうする」わたしは約束した。わたしたちが子どものころからネイシーはいつだって口うるさく世話を焼いてくれ、それはおとなになったいまも変わらない。当然ながら戦争のせいでよけいに心配性になっていたけれど、彼女はドイツが厄介ごとを起こすうんと前から基本的に変わっていなかった。

　母屋を出て、チャーチ・ロードのオデオン座に向かった。前年にこの映画館ができて以来、夜に出かけるお気に入りの場所のひとつになった。たいてい地下鉄の駅近くの映画館ほど混んでいなかったし、オデオン座の外観が好きだった。煉瓦《れんが》造りの建物で、入り口が小塔みたいに丸みを帯びているせいで、おとぎ話に出てくるお城みたいに見えた。突拍子もない空想をしてしまうのは、わたしの体を流れるアイルランドの血のせいにしている。

ロンドンのほかの場所と同じく、オデオン座も精一杯がんばっていた。つまり、空襲がはじまる前に観客が帰宅できる時刻には閉まるとはいえ、いまも映画は上映されていた。ヘンドンにも爆弾が落とされたけれど、いまのところオデオン座は無傷で建っている。わたしは――みんなも同じだと思う――楽しめるうちに楽しんで、先のことはあまり考えないようにする術《すべ》を身につけつつあった。

映画館に着き、チケットを買い、後部に近いお気に入りの席にするりと座った。一、二時間の逃避をしようと考えたのは、わたしだけではなかったようだ。今日の午後は、そこそこ観客が入っていた。女性を連れた軍服姿の若者も数人いるのに気づいた。

フェリックスは映画が半分ほど進むまで来られない予定だけれど、それはかまわなかった。ふたりとも、この映画はすでに観ていたから。少し前の映画がかけられていたのだ。ミュージカルで何本もコンビを組んだフレッド・アステアなしでも成功をおさめたジンジャー・ロジャースが主演した、《ママは独身》だ。軽くておもしろい映画で、いまのわたしが求めているものにぴったりだった。

当然だけれど、本編がはじまる前にニュース映画が流れた。これから上映される映画が気晴らしだとするならば、ニュース映画はなにから気晴らしをしようとしているかを残酷に思い出させるものだった。

イギリス海峡にいる戦艦の近くで魚雷が爆発する場面、戦闘による破壊の場面、本分を尽くすために兵士らが行進していく場面を観るのはつらかった。そういうときは、ダンケルクの戦い以来行方がわからなくなっている、いとこのトビーをかならず思い出してしまう。捕虜名簿に載っているという陸軍からの連絡がない日々が過ぎていくにつれ、トビーが死んでいる確率が高くなっていく。

トビーについて暗いことを考えてしまったときにいつもするように、その考えを押しやり、望みは残っていないという証拠が出るまで望み続けようと決めた。

涙で曇りそうな目をスクリーンに据えて映画に集中していると、じきに捨て子の赤ん坊の母親とまちがわれた若い女性が遭遇する、数々の笑えるエピソードに夢中になっていた。

上映開始からまだそれほど時間が経《た》っていないころ、わたしが座っている座席の列の端で動きがあり、だれかが隣りに座った。

フェリックスに挨拶しようと、笑顔を浮かべてふり向いた。予想より早く仕事が終わったらしい。

隣りの人物がフェリックスではないと気づくと、笑みが揺らいだ。情報将校のラムゼイ少佐だった。うちの家族は彼のもとで、国のために金庫破りの技術を使うようになっていた。

最後にラムゼイ少佐と会ったのは、ロンドンが二度めの空襲を受けた夜にスパイ組織を摘発すべく銀行に侵入した翌朝だった。その後も少佐のことをしょっちゅう考えていたけれど、まさか映画館で会うとは想像もしていなかった。

「ここでなにをしてるんですか?」挨拶という礼儀を飛ばしてたずねた。

「ごきげんよう、ミス・マクドネル」少佐がスクリーンに目を向けたまま言った。「私がジンジャー・ロジャースの映画を好きだとは思わないのかな?」

「ええ」少佐は映画を楽しむ時間も気性も持ち合わせていないだろうと思った。もし持ち合わせていたとしても、この映画よりも重いものを観にいくだろう。戦争映画とか。厳粛さのある映画を。

映画が進むなか、わたしたちはしばし無言で座っていた。わたしは、少佐が話すのを待った。頭のなかでは、彼がいきなりここに現われた理由で可能性のありそうなものがぐるぐるとまわっていた。でも、少佐は口を開きそうになかった。

「映画を観にきたわけじゃないですよね」とうとうこちらから話しかけた。

「ああ。きみに話がある。家に行ったところ、ミセス・ディーンが行き先を教えてくれた」

もちろんネイシーはそうするだろう。少佐をかなり気に入っていて、ことあるごとにわたしとくっつけようとしているのだから。フェリックスもネイシーに気に入られているけれど、伯爵の甥《おい》でもある陸軍少佐と張り合うのは無理だ。

「時間がかぎられていたので、追いかけてきた」

「外に出たほうがいいかしら?」

「いや、ここで充分だ。充分どころか、こういったさりげない状況は、情報を伝えるのに理想的だ。必要以上に周囲の目がきみに向くのは避けたい」

ふくみのある言い方はちょっとおそろしげだったけれど、わたしはこわがるのではなく興奮を感じた。少佐がまた任務にかかわらせてくれるつもりなのが明らかだったので、最高にうれしかった。前回の任務以来、暇を持てあました感じを味わっていて、いまはこれまで以上に役に立ちたくてたまらなかった。

少佐の次のことばで、わたしの希望的観測が正しかったとわかった。「またきみに仕事を頼みたい」

「どんな仕事かしら?」興奮を抑えこもうとした。任務をあたえられて喜んではいても、こういう状況ではプロらしい落ち着きを保つのが最善だとわかっていた。

「まあ、そう慌てるな、ミス・マクドネル。ひっきりなしにしゃべっていたら、注意を引いてしまうだろう」

わたしたちのひそひそ話にいらだって、列の端に座っている女性がにらんできたけれど、少佐を見て態度を変えた。いまでは興味深げにこちらを見ているみたいだ。たしかに、少佐の見栄えのする体格と、癪《しゃく》に障るほどハンサムでいかめしい完璧な顔は、強烈な印象をあたえる。

「ぎこちなく座って映画を観てるなんて、奇妙に思われるわ」わたしは指摘した。

ロビーに出て話をしたほうがいいと、ラムゼイ少佐も同意してくれるものと思った。ところが、彼はわたしの座席の背に腕をかけて身を寄せてきた。「これでましになったかな?」

少佐が低い声で言った。

わたしはラムゼイ少佐を見上げた。腕が肩にまわされているも同然だったので、彼の顔がとても近くにあった。少佐の青紫色の目には挑戦の色が浮かんでいて、わたしはといえば挑戦から逃げた経験がなかった。

距離の近さにぎくりと体をこわばらせると思われているだろうと推測できたので、彼を見つめたままもたれかかった。少佐の温《ぬく》もりが感じられ、呼吸で胸が上下する動きが腕に伝わってきて、軍服のウールの袖が髪に軽く触れた。

「すごくよくなったわ」こちらも眉《まゆ》の動きで挑み返す。スクリーンに目を戻すと、ジンジャー・ロジャースとデイヴィッド・ニーヴンがロマンティックな新年のキスを交わしているところだった。首筋が赤くなっていくのが感じられた。

少佐はなにを考えているのだろう、と一瞬だけ思った。

生来のものなのか、家宅侵入をする稼業につきものなのか、わたしは直感にすぐれ、周囲の人間の気分を察する能力に長《た》けている。たいていの場合、顔を合わせて数分以内で相手の人となりを把握できる。

問題は、ラムゼイ少佐はその直感を跳ね返してしまうことだ。彼がなにを考えているか、なにを感じているか、めったにわからない。少佐がいつ厳格な軍人のふるまいをし、いつ多少の人間らしさを示して態度を和らげるか、うかがい知る術はなかった。

隣りの座席に座ったときの少佐は、冷ややかで傲然《ごうぜん》とした表情だった。その彼がいま、気軽な雰囲気でわたしの座席に腕をまわしている。

少佐は人をまごつかせる。そして、わざとそうしているのがわかっているから、腹が立った。

しばらくすると、少佐がわたしのほうへ少しだけ顔を傾けた。まるで、映画についてひとこと言いたいとばかりに——あるいは、耳もとで甘い愛のことばをささやこうとしているみたいに。

「きみがなにか反応する前に、私がここへ来た理由を話そう。さっきも言ったが、あまり話を続けていると周囲に気づかれてしまう。きみは明日、旅をする」

少佐を見ると、彼の顔が思った以上に近かったので鼻が触れそうになった。慌ててスクリーンに向きなおった。

「映画が終わったら家に帰り、二週間分ほどの服や必需品を荷造りしてくれ」

「行き先は？」

「サンダーランドだ。列車の切符と必要な書類はここにある。ハンドバッグに入るか？」

「ええ」

「よし。いまから渡すから、目立たないように受け取ってくれ」

わたしはうなずいた。

ラムゼイ少佐は腕をわたしの座席の背もたれにまわしたまま、もう一方の手を上着のポケットに入れた。わたしはスクリーンに視線を据えたままでいたけれど、少佐がもぞもぞと動いて一式をこちらのひざにそっと置くのを強く意識していた。渡されたものをつかみ、セーターの裾で精一杯隠した。少し待ってからハンドバッグにしまうつもりだ。

「きみに滞在してもらう下宿屋の住所もそこにある」少佐が続けた。「可能なら地元の人間と親しくなってほしいが、慎重にしてくれ。それに、きみ自身についてはできるだけ話さないように。私はサンダーランドで合流する予定だが、一日二日あとになるかもしれない。偽名を使うつもりだ。私とははじめて会うふりをするように」

興奮で胸が高鳴った。ただの錠前師の仕事ではなく、ちゃんとしたスパイ任務みたいだ。秘密めいた状況、書類一式、少佐は偽名を使う予定だという話。すべてがなにか大きなものを示していた。

少佐は腕時計をちらりと見てから、再度わたしに顔を寄せてきた。「この映画は——それに、一緒に観ている相手も——魅力的だが、列車の時間が迫ってきた」

「でも……」わたしは言いかけた。訊きたいことがまだまだあった。

「いま知っておく必要があることは、すべてその一式のなかにある。さらなる情報は追って連絡する。任務の詳細はだれにも明かさないように。おじさんにも。フェリックス・レイシーにもだ。わかったか？」

「でも……」

「いちいち細かく説明している時間はないんだ、ミス・マクドネル。わかったか？」

「わかりました」小声で嚙《か》みつくように言った。

「きみを無事に帰すと私が言っていたとおじさんに話すといい。いまのところ、話していいのはそれだけだ」

「少佐……」

ラムゼイ少佐はすでに座席を立っており、そのまま映画館から出ていった。

わたしはいらだちの息をふんっと吐き、座席の背にもたれた。少佐は、このスパイ活動《クローク・アンド・ダガー》を少し楽しみすぎだ。それに、おじ、ネイシー、フェリックスがどれだけわたしの身を案じるかもわかっていた。少佐はわたしをなかなか厄介な状況に追いこんでくれた。

座席の列にまた影が差し、ラムゼイ少佐が戻ってきたのかと思った。胸の内をぶちまけてやろうとしたら、横に座ったのはフェリックスだった。

「遅くなってごめん、ラブ」彼はついさっきまで少佐の腕が置かれていたわたしの座席の背に腕をすべらせ、身を寄せて頰《ほお》に軽くキスをしてきた。

次々と隣りに男性が来ることを列の端の女性がどう思っているか気になって、ちらりと目を向けた。

両の眉をほんのかすかに上げられて恥ずかしさを感じたけれど、そのあと彼女は大きな笑みを見せて、でかしたとばかりにうなずいた。

2

「ロンドンを出る?」映画館から歩いて帰っているとき、フェリックスに訊《き》かれた。「彼も一緒なの?」

ロンドンを留守にする予定をフェリックスに話してはいけないとは言われていなかった。ラムゼイ少佐は、詳細を明かすなと言っただけだ。だから、少佐のためにまた仕事をするとフェリックスに話したのだった。

「こ……これ以上は話せないの。ごめんなさい、フェリックス」彼に隠しごとをするのはまちがっている気がして心がざわついた。彼は腹心の友なのに。家族をのぞけばだれよりもわたしという人間を知っているフェリックスとのあいだに秘密があるのは、気に入らなかった。

そのあと、わたしたちは腕を組んでしばらく無言のまま歩いた。ひんやりした夜気のなかをフェリックスと歩けてうれしかったけれど、少しばかりでも支えになれていればいいと思った。彼は戦争で左脚の一部を吹き飛ばされ、傷病兵として免役されたのだった。こうと決めたらかならずやり遂げる彼は、義足にもすぐに慣れ、いまではほとんど足を引きずらずに歩けるほどになっていた。だとしても、完全に快適というわけにはいかないとわかっていたから、フェリックスに気づかれずに役に立てることはやっていた。

「ぼくはきみに指図できる立場じゃないけどさ、エリー、あんまり気に入らないって言わせてもらうよ」

「あなただって明日スコットランドへ行くんでしょう」わたしは指摘した。「どっちにしても、この先何日かは一緒にいられないじゃないの」

「ぼくが言いたいのはそういうことじゃないってわかってるくせに」愛想のいい口調だったけれど、彼が神経を張り詰めているのが感じられた。

「フェリックス」彼の腕を少し引っ張った。「腹を立てないで」

彼は立ち止まり、わたしの顔を見た。その表情は用心深く取り繕《つくろ》われていて、まなざしからは気持ちを推しはかれなかった。「腹なんて立ててないよ、エリー。きみの決めたことをいつだって支持するってわかってるだろう」

「ええ、フェリックス。そんなあなたをたいせつに思ってるわ」

フェリックスはわたしのいとこたちの子ども時代からの友人《ボーイズ》で、一緒に育った仲だ。わたしたちの関係が深まった――とはいえ、いまだにはっきりと定義された関係ではないのだけれど――のは、彼が負傷して海軍を退役し、ロンドンに戻ってきてからだ。

ここ何週間か、いままで以上に一緒に過ごしていて、たっぷりのキスを交わしていた。それでも、恋人同士になるのか、ただの軽いお楽しみに留《とど》めておくのか、ちゃんと話し合ってはいなかった。わたしの一部は、関係を明確にしてものごとを台なしにするのをいやがっていた。戦争中はたしかなものがひとつもない。わたしたちはとても好き合っている。いまはそれだけで充分ではないの？

「ただ……ラムゼイを信用しないように」フェリックスが言った。

わたしは驚いて彼を見上げた。「どういう意味？　この国に信用できる人がいるとしたら、それはおそらく少佐よ」

「またわざと誤解したふりをするんだね」フェリックスは微笑《ほほえ》みながら言った。「わかったよ。はっきり言おう。嫉妬してるんだ」

「フェリックスったら！」わたしは笑った。「ばかなことを言わないで」

最初から、フェリックスと少佐はおたがいを特に気に入っているというわけではなかった。任務に当たってはなんとか敬意を抱き合う関係を築いたものの、底流にある嫌いな気持ちは消えていなかった。

「ばかなことじゃないよ。彼はきみに好意を持っている」

「ありえないわ」いろんな気持ちが奇妙に入り交じっていた。なかでも大きかったのは、暗い映画館で少佐の近さを強く意識してしまった罪悪感だった。

「それについて、きみと口論するつもりはないよ」フェリックスが言う。「きみの人生はきみのものだからね。ただ、気をつけると約束だけはしてほしい」

「あなたも約束して」あいかわらずフェリックスがスコットランドでなにをしているのかわかっておらず、法律のおよぶ領域外のことではないだろうかと考えていた。詳細は教えてくれなかったものの、彼の話しぶりからそんなニュアンスが伝わってきたのだ。

「約束するよ、スウィート」

「よかった。わたしが戻るころには、あなたも無事に戻っているよう願っているわ」脇道にふたりきりだったので、彼の上着の下に腕を入れて抱きつき、顔を見上げた。

思っていたとおり、その仕草のおかげでハンサムなフェリックスの眉間《みけん》に寄っていたしわが和らいだみたいだった。フェリックスもわたしに腕をまわしてくれた。「そんな風に見られたら、ぼくはきみに逆らえないってわかってるよね」

「それを当てにしてたの」

フェリックスが顔を下げてキスをしてきた。わたしはつかの間、明日はどうなるのかと考えるのを忘れた。

フラットに戻るころには、日暮れが急速に近づいていた。お腹《なか》が鳴ったけれど、ネイシーのシチューには待ってもらわないと。今夜もドイツ軍が攻めてくるのなら――何週間も毎晩空襲があったのだから、おそらくそうなるだろう――旅の荷造りをする時間はあまりないはずだ。目的意識のおかげで、フェリックスの腕のなかでつかの間感じた夢心地の気だるさが消え、やかんを火にかけてから寝室へ行った。クロゼットからスーツケースを出してベッドに置き、荷造りをはじめる。

二週間分の着替えを詰めるのに、たいして時間はかからなかった。平時でも流行やフリルには関心はなかったし、いまは平時とはほど遠い。実用的な服に続いてスーツケースに入れたのは、ヘアブラシ、化粧品少々、石けん、それに歯ブラシだった。

やるべきことが終わったので、紅茶を淹《い》れ、湯気の立つカップと少佐から渡された一式を持ってソファに腰を下ろした。すべてを出してテーブルの上に広げる。

少佐から聞いていたとおりに、翌早朝に出発するサンダーランドまでの切符が入っていた。帰りの切符がないと気づく。では、いまのところわたしの任務には明確な期限がないのだ。

下宿屋の名前と住所がきれいな字で書かれている小さなカードもあった。書いたのはきっとコンスタンスだろう。少佐の秘書のコンスタンスは、とても有能なのだ。

一緒に入っていた書類でそれが裏づけられた。身分証明書と配給手帳があり、どちらもエリザベス・ドナルドソンの名前になっていた。前に少佐と任務に就いたときに使った偽名だ。書類はすべて本物らしく見えた。

写真は、最初に少佐に協力することになって国家機密保護法を遵守するという署名をしたときに撮られたものが使われていた。軍情報部における犯罪者写真台帳のようなもののために撮られたのだろうと推測したのだけれど、あちらはそれとは異なる利用法を考えていたらしい。

自分の写真をよく見てみた。実生活ではめったに見せないまじめな表情をしていて、老けて見えた。白黒写真のなかで青白い肌と黒い髪の対比が際立っていたし、緑色がわからない目は黒っぽくなっていた。化粧はしておらず、天然のウェーブがかかった髪が顔のまわりにほつれていた。全体的に見て、特筆すべきことがひとつもない写真だった。通りですれちがう、見苦しくない格好のただのイギリス人女性。だからこそ、周囲に溶けこむのがうまく、金庫破りにすぐれているのだ。だからこそ、待ち受けている冒険がどんなものであれ、自分がそれに適しているのを願った。

最後の品は、わたしにはいちばん興味深いものだった。『イングランド北部の鳥類』という本だったのだ。眉《まゆ》をひそめてページをめくっていく。下線の引かれたことばとか、余白の書きこみを探したけれど、そんなものはなかった。本の背にしわはなく、新品のようだ。この本の意味はなに？　暗号帳《コードブック》みたいなもの？　わたしが解読することになる暗号の鍵だろうか？

こういうものを説明もなしに渡すとは、少佐らしかった。

書類を封筒に戻し、ハンドバッグに入れた。いきなりの旅に対して、できるだけの準備はできた。

紅茶のカップを手に取り、もう少し野鳥観察の本を調べてみようとした。

そのとき、空襲警報が鳴った。

翌早朝、ヴィクトリア駅に着いた。警報が解除されるとすぐに家を出た。道が通れ、駅が空襲を受けていませんようにと願いながら。幸い、駅は変わらずにあり、人々が堂々とした煉瓦《れんが》造りの駅舎の前を通ったり、その下にある洞穴のような駅に吸いこまれていったりと、まるで大規模な死と破壊に毎晩直面などしていないかのように日々を続けていた。

自分の国を誇りに思った。すくみ上がったり屈服したりするのを拒絶する人々を誇りに思った。ある意味では、サンダーランドへ逃げることに対して少しばかり罪悪感を抱いてしまいそうだった。たしかにサンダーランドだって空襲を受けないわけではないけれど、毎晩攻撃されているわけではなかったから。

小さなスーツケースがひとつだけだったので、列車内に持ちこんだ。乗車し、スーツケースを網棚に載せ、座席に落ち着いた。野鳥観察の本はそばに置いたハンドバッグのなかで、移動中にしっかり目を通すつもりだった。驚いたことに、少しも疲れていなかった。

昨夜は、地下室の間に合わせのベッドでなんとかうとうとできた。家に防空壕《ぼうくうごう》として使える地下室があって幸運だった。それをミックおじが太い筋交いで補強した。これまでのところ、地下室はわたしたちを守ってくれており、おおぜいのロンドンっ子たちのように地下鉄の駅に避難せずにすんでいた。

空襲が続くのが明らかになったとき、ネイシーがブランケットや枕を家のなかから運びこんで、地下室をできるだけ快適な空間にしてくれていた。遠くに爆撃音が聞こえたり、地面が揺れたりしても、昨夜は分厚いキルトをかぶって眠りに落ちていた。何週間か前なら、そんな状態で眠れるなんて想像もできなかったけれど、人間の体が過酷な状況に適応するようすにはいつも驚かされる。

ミックおじとネイシーは、わたしがひとりで旅をすると聞いていい顔をしなかった。わたしはおとなの女性だという事実も、昔からのふたりの過保護ぶりを変えることはほとんどなかった。

「気に入らないな、エリー」ミックおじが言った。「私も一緒に行かなくてほんとうにいいのかい？」

わたしは微笑んだ。「ひとりで行くしかないの。ラムゼイ少佐の指示だから。相手が指示に従うのを少佐が当然と思っているのは、おじさんも知ってるでしょ」

ミックおじが眉根を寄せた。「まあ、少佐ならかならずおまえの面倒を見てくれるだろう」

「できるときに電話してくれるわね？」ネイシーが言う。「あなたの無事を確認できるように？」

わたしは極力連絡を取るようにすると請《う》け合い、お返しにふたりには気をつけて無事でいてくれるよう約束してもらった。ふたりをいつも以上にぎゅっと抱きしめ、家を出た。

列車は発車しようとしており、野鳥観察の本を広げたとき、話しかけられた。「ここは空《あ》いてますか？」

顔を上げると、英国空軍《RAF》の軍服を着た紳士が通路にいた。飾らない感じのハンサムな人で、髪は黒っぽく、同じく黒っぽい目はきらきらしていて、その周囲にうっすらしわがあった。長身で浅黒く、微笑むと白い歯が覗《のぞ》いた。とっても魅力的な光景だった。

「ええ、空いてます」

「座ってもかまいませんか？」

「もちろん」列車は混み合っていたし、ちょっとした旅の仲間がいるのも悪くないと思った。だって、ハンサムな男性と感じよくおしゃべりするほうが、野鳥観察の本を読むより楽しいに決まっているから。

男性は隣りに座って制帽を取り、隙あらばカールしようとするみたいな短く切った髪に手櫛《てぐし》を通した。

「どちらまでいらっしゃるんですか？」彼が訊いてきた。

少し考え、嘘をつく理由はないと判断した。だって、この男性がわたしより遠くまで行く予定だったら、わたしがどこで列車を降りるかわかってしまうから。

「サンダーランドです」

「ほんとうですか？　私もです。三カ月ほど前にサンダーランドの空軍基地に配属されたんです」

「被害の大きさはどうですか？」サンダーランドも空襲を受けたのを知っていたけれど、直前の空襲は一カ月前だ。港湾都市で、炭鉱や造船所があるのだから、攻撃を受けるのも当然なのだろう。でも、いまやドイツ軍はロンドンを集中的に攻撃しているから、ほかの地域は空襲を免《まぬが》れているかもしれない。

「敵が望むほど大きくはないが、われわれが望むほど小さくはない、といったところですね」彼の返事だ。「どうしてサンダーランドへ？　ご主人に会いにいくのかな？」にっこり微笑んで言ったので、既婚者ではなさそうだと思って訊いたのだろう。

「いいえ」少佐から渡された一式に入っていた情報を思い出す。「遠い親戚が亡くなって、サンダーランドの家が遺《のこ》されたから、遺品整理をしにいくんです」

「それはご愁傷さまです」

「ありがとうございます」

「レイフ・ボーモント大佐です、なんなりとお申しつけを」彼が手を差し伸べてきたので、わたしは握手をした。その手は温かく、ごつごつしていた。

「エリザベス・ドナルドソンです。お会いできて光栄です、ボーモント大佐」

「レイフと呼んでください」

「では、わたしのことはリズと呼んでくださいね」なぜありもしないあだ名を教えたのかわからなかったけれど、エリザベスよりもリズのほうが自然に感じられたのだ。本名だって、エレクトラと呼ばれたことはなく、いつだってエリーだもの。もちろん、ラムゼイ少佐が稀《まれ》にわたしの名前を呼ぶときをのぞいて、だけど。

列車はスピードを上げた。わたしたちはしばらくのあいだ、新たな破壊の夜を過ごしたロンドンから立ち上る煙を窓越しに黙って眺めていた。

「かならず敵をやっつけてやりますよ」彼が言った。

わたしはうなずき、ロンドンを留守にしているあいだミックおじとネイシーが無事でありますように、と無言の祈りを捧《ささ》げた。

気づくとすでにロンドンを出ていて、窓の外を流れる景色は広大な草原となり、遠くで羊が草を食《は》んでいた。たったいまあとにしてきた場所とは、まったく異なる世界のようだった。

ボーモント大佐とわたしは心地よい沈黙を楽しみ、ときおり流れていく景色についてひとことふたこと交わした。ふたりとも、混沌《こんとん》としたロンドンをあとにできてほっとしているのに、それを認めたくないのが明らかだった。

しばらくして、野鳥観察の本を拾い読みしはじめた。この本がどういう役割を果たすのか、どうして情報一式のなかでこの本が言及されていないのか、いまだにまるでわからなかった。そもそも、渡された一式には詳細はほとんど書かれていなかった。ラムゼイ少佐は、わたしをいらだたせるためだけに詳細をすんなり明かさないのではないか、と思うことがあった。

「鳥がお好きなんですか？」ボーモント大佐が本に目を留《と》めて言った。

わたしはつかの間ためらった。任務のなかでこの本がどういう意味を持っているにせよ、ほとんどなにも知らない分野について知ったかぶりはできなかった。「好きになりはじめたところなんです。サンダーランドは野鳥観察に適しているかもしれないと思って」

ボーモント大佐は、さして関心も示さずにわたしのことばを受け入れた。「私も本を持ってきてるんですよ」そう言って、軍服のポケットから小型の本を出してきた。

本の題名を見る。「『ギリシア神話の魅力』だわ！」ちょっと興奮して声をあげてしまった。

「ご存じですか？」大佐は驚いていた。

「お気に入りの一冊です」

ボーモント大佐がにっと笑った。「ケンブリッジ大学で古典文学を学んだんです」

大佐に対する興味が膨らむのを感じた。ギリシア神話は、わたしにとってとてもたいせつなものなのだ。本を自分で持てる年齢になったころから神話や伝説を読んできて、何千年も前の物語を生き抜いた登場人物にいつも結びつきを感じた。なんといっても、わたしはエレクトラ（ギリシア神話の登場人物の名前）と名づけられたのだし。

わたしたちはギリシア神話について話しこみ、旅があっという間に進んでいき、気づいたときには列車がサンダーランド駅に入るところだった。野鳥観察の本はちらっと見ただけに終わったけれど、この本を読む時間ならあとでたっぷり取れるだろう。

大佐はわたしのスーツケースを列車から降ろしてくれた。プラットフォームに降り立つと、このあとどうすればいいか心が定まらないまま彼と向かい合った。車内ではおしゃべりを楽しんだものの、親しくなる異性を探しているわけではなかった。なんといっても、フェリックスという人がいるのだから。フェリックスとは正式のカップルではないけれど、温《ぬく》もりがあって安定した彼の存在がどんどん大きくなってきていた。別の男性を登場させてことをややこしくする必要をまったく感じなかった。

大佐にも恋人がいるのかもしれないし、あるいはわたしの態度からなんとなく察したのかもしれない。いずれにせよ、彼は握手の手を差し出してきた。「ここにいるあいだに、ばったり出くわすかもしれませんね。サンダーランドはそれほど大きな町じゃありませんし」

「そうですね」わたしはにっこり微笑んだ。「お会いできて光栄でした、レイフ」

「こちらこそ、リズ」

彼は制帽を傾ける挨拶をし、向きを変えて歩み去った。わたしはしばし彼を見送り、広い肩を堪能した。それから、もっと重要なことに気持ちを切り替えた。

新たな任務の目的地に到着した。どんな冒険が待っているのか、早く知りたくてたまらなかった。

駅を出たところで少し立ち止まり、サンダーランドについて知っていることを思い浮かべた。あまり多くはなかった。この町があるタインアンドウィア州に来るのは、はじめてだ。

町がウィア川沿いにあり、北海《ほっかい》に面した港があるのは知っていた。造船の中心であり、炭鉱もある。ラムゼイ少佐は不埒《ふらち》な目的のためにわたしをここへ来させたのだろうか、という考えが頭をよぎったりもした。造船所に侵入しろと言われるのだろうか？　なにもかもがとても曖昧《あいまい》で、なにをすればいいのか、少佐はいつ接触してくるのか、なにもわからない状態にまた腹が立ってきた。

滞在場所が手配されているのはとても助かるけれど、ロンドンにいる家族が空襲を受けているのに、自分だけが安全で快適な海辺の町にいて暇を持てあますなんてがまんできなかった。

すぐに少佐に対してかっとしてしまう性格を抑えこみ、深呼吸を何度かして気を落ち着け、状況を把握しようと周囲を見まわした。少佐から渡された一式のなかに下宿屋までの地図が入っていたので、不必要な注意を向けられないようそれを記憶してあった。

下宿屋まではたった一マイルほどだったので、歩いてみようと考えた。そうすることで、状況《レイ・オブ・ザ・ランド》（地勢、地形の意味もある）を把握する機会が得られるから。

下宿屋の近くまで来ると、往来の激しい道路に出た。歩行者の小さな集団と一緒に道を渡るのを待った。荷台がおおわれた大きなトラックが数台通る。付近にあるはずの造船所とＲＡＦ駐屯所を往復しているのだろう。近々サンダーランドの詳細な地図を調べる必要がある。そうすれば、少佐がわたしになにを望んでいるか見当がつくかもしれない。

そんなことを考えていたせいで注意が散漫になったとき、背後からだれかにぶつかられるのを感じた。わたしはよろつき、トラックが近づいてくる道路へと出てしまった。

3

完全にぺちゃんこにされる前に体勢を立てなおせたかもしれないけれど、反射神経を試す必要には迫られなかった。腕をがっちりつかまれ、歩道へと引き戻してくれる人がいたのだ。

「気をつけて」温厚な声が言った。

「ありがとうございます」命の恩人ともいうべき紳士をふり返る。男性は長身で色白で、細い口ひげをたくわえていた。向かってくる自動車の前にわたしが意図的に飛び出したのではないかどうかをたしかめるように、薄青い目が顔を探ってきた。

「大丈夫ですか？」男性はわたしの腕をつかんだままだったけれど、もう転ぶ心配がなくなったので力はそれほど入っていなかった。

「ええ、大丈夫です。だれかにぶつかられたんです」ちょっとばかみたいに感じた。「助けてくださって、ほんとうにありがとうございました」

「どういたしまして」男性はわたしの腕から手を離し、帽子を傾けて挨拶したあと、通りに沿って歩み去った。ちょうどいいタイミングで彼がいてくれたことに感謝しながら、少しのあいだ見送った。それから、通りを渡るのを待っている人たちを見まわした。道路に飛び出しそうになったとき、何人かが危ないと叫んだけれど、わたしがおぞましい死を逃れたいま、こちらを気にしている人はだれもいないみたいだった。

先ほどのできごとを思い出して、眉間《みけん》にしわが寄った。わたしは不器用ではない。激しくぶつかられたのだ。実際、突き飛ばされたように感じた。

往来の激しい通りで折り悪《あ》しくぶつかられたという以上の邪悪なものがあったなんて、わたしの想像の産物にすぎないことを願った。いずれにせよ、先ほどの男性がわたしをつかんでくれてよかった。これからはうんと気をつけよう。

複数台のトラックが通り過ぎたあと自動車が途切れたので、おそるおそる道路を渡って旅路を再開した。

昔から方向感覚にはかなりすぐれていた――基本的に暗いなかで行なう仕事では強みだ――ので、下宿屋の住所へはなんなく向かえた。ただ、しょっちゅう肩越しにふり返っては、背後に潜んでいる人間がいないのを確認した。先ほどのできごとで、認めたくないくらい動揺しているのかもしれない。

下宿屋は、賑《にぎ》やかな通りにある古めかしい建物だった。数台の自動車が通りを走行しており、どちらの方向へも歩行者がきびきびと歩いていた。通り沿いに店やレストランが数軒あった。脇道に引っこんだひっそりした住宅街ではなかった。

ドアに〈貸間あります〉の札がかけられていたので、ここでまちがいなさそうだった。建物自体には特に変わったところはなく、それがこの場所が選ばれた理由なのだろう。建物は薄青色、鎧戸《よろいど》はダークグレーで、堅実で見苦しくない外観だ。玄関ポーチへ行ってドアをノックした。

すぐに建物のなかで足音がした。近づくにつれて足音が大きくなり、ドアが勢いよく開くと、朗《ほが》らかな赤ら顔にかからないよう黒っぽい髪を引っ詰めにした、背が高くてふくよかな女性が現われた。「はい？」たったひとことながら、ぶっきらぼうには聞こえない口調だ。

「ミセス・ジェイムズですか？」わたしは訊《き》いた。

「ええ」

「エリザベス・ドナルドソンです。お部屋をお借りする件でお電話をした？」

「ああ、はい、はい。どうぞ、ミス・ドナルドソン。お待ちしてました」

ミセス・ジェイムズに電話をしたのは、おそらくコンスタンスだろう。でも、知らない女性の声なんて区別がつかないにちがいないと思ったのだ。コンスタンスがほかになにを話したにせよ、ミセス・ジェイムズがおぼえていないことを願った。

「談話室はそこで、食堂はこっちよ」ミセス・ジェイムズが玄関ホールの両側にあるドアを指さした。「あなたのお部屋に案内しますね」

階段を上がり、狭い廊下を建物の裏手の部屋へと案内された。壁は薄黄色に塗られ、ベッドには明るい色のキルトがかけられていた。部屋は新鮮な空気とつや出し剤のにおいがした。

窓がひとつだけあり、建物裏手のこぎれいな庭に面している。ベンチで本を読んでいる女性が見えた。

「電話でも言いましたけど、大きな部屋じゃないでしょ。でも、いま空《あ》いているのはここだけで。かまいませんか？　もしこの部屋でよければ、〈空き室〉の掲示を下ろしますけど」

「ええ、とてもすてきな部屋で気に入りました。ありがとうございます」

「賃料は一週間分を前払いしてもらってますけど、あなたはおばさん——安らかに眠りたまえ——のお宅に寝泊まりされるかもしれないから、来週分についてはどうなるかようすを見ましょう」

「ありがとうございます」わたしがなりきる人物の基礎情報は、海辺にあるおばのコテージを売りに出す準備をする、というものだった。そんなコテージが実在するのかどうかはわからない。

「さて、落ち着いてもらえるよう、わたしはこれで失礼しますね。なにか用があれば声をかけてください。朝食は朝の七時、夕食は夜の七時よ。昼食は各人好きにしてもらってるわ」

「いいですね。ありがとうございます」

ひとりになったわたしは、ベッドにスーツケースを上げて開けた。服を出し、衣装だんすにしまう。荷物を出して整理するのにそれほどかからなかった。

野鳥観察の本をベッドに置いて、環境が変わればなにかわかるだろうかとまたぱらぱらとめくってみた。さまざまなページから、鳥たちが頑固に黙ったまま秘密めいたまなざしで見返してきた。

ため息をついて本を脇に放り、外を探索してみようと決める。自分の任務がなんにせよ、この下宿屋と関係があるのだろうかと訝《いぶか》る。少佐がこの場所をわたしの滞在先に選んだのには、ぜったいに理由があるはずだ。わたしの任務はこの近隣で行なうものなのかもしれない。もしそうなら、周囲の状況を把握しておいたほうがいい。

階段を下りて正面玄関から外へ出た。途中でだれにも出会わず、下宿屋には静まり返った雰囲気があった。ミセス・ジェイムズは空き部屋は一室だけだと話していたけれど、いまは下宿屋にはだれもいないみたいだった。みんな勤めに出ているのかもしれない。このあたりは労働者階級が住む地域のようだし。

下宿屋の裏手で本を読んでいる女性はいたけれど。彼女からはじめるのがよさそうだ。彼女と話ができたら、なにか情報を得られるかもしれない。

下宿屋裏手のちょっとした庭には塀がなく、草木のあいだに石ころと少しばかりの貝殻で作った小径《こみち》があった。すばらしい庭というわけではなかったけれど、きちんと整えられたかわいらしいものだった。まさに、下宿屋の庭として完璧だった。下宿人が散歩したり新鮮な空気を吸ったりするだけの広さがありながら、それほど手入れが必要ない庭だ。

わたしの腰より背の高い草木はなかったので、女性が本を読んでいたベンチを見つけるのはむずかしくなかった。彼女は片手に本を、もう一方の手に煙草《たばこ》を持っていた。できるだけさりげなく近づいていく。小径の砂利を踏む音に気づくかと思ったけれど、女性は本の世界に入りこんでいるらしかった。

「こんにちは」近づきながら声をかけた。

女性が本から顔を上げた。「こんにちは」

淡褐色のきれいな肌と潤んだ焦げ茶色の目をした美しい人だった。髪はわたしと同じく黒で、頭の後ろで大きなお団子に結い上げているところを見ると長いのだろう。強いて言うなら中東系だと思う――もちろん、ひとくくりにして決めつけるのはよくないけれど。

「ここのお部屋を借りたところなの」自己紹介のつもりでわたしは言った。「あなたも間借り人？」

「いいえ。あそこの家に姉と暮らしてるの」庭をはさんで反対側に建つ小さな白い家に向かって、彼女が頭をくいっとやった。

「あら、このお庭はお宅のものだったの？」勝手に入ったのを謝ろうと思ったけれど、もう少し情報を得られるまで引き下がるつもりはなかった。

「ううん、ミセス・ジェイムズのお庭よ」女性が返す。「でも、わたしがここで本を読んでも気にしないでいてくれるの。わたしたち、仲がいいのよ」

「ミセス・ジェイムズはとてもいい人みたいね」

「すっごくやさしい人なの。でもね、ここから通り十本の範囲内で起きることはすべて彼女に筒抜けだから、気をつけておいたほうがいいわよ」

わたしは微笑《ほほえ》んだ。「おぼえておくわ」教えてもらえてよかった。設定から逸脱しないように気をつけなければ。その一方で、下宿屋の大家と親しくなって情報を引き出せれば役に立つ。

「ここは読書にうってつけの場所ね」会話を続けるために言った。

女性はうなずき、本を脇に置いた。ひょっとしたら、わたしの持っているのと同じ『イングランド北部の鳥類』だろうか、と見てみた。どんな任務かわかっていないけれど、本がメンバー間の符丁のようなものになっているのかもしれない。

残念。くたびれた『ジェーン・エア』だった。

なにをすべきかヒントすらくれずにこんな状況にわたしを投げこんだラムゼイ少佐に、心底腹が立った。わたしがどれほどいらだつか、彼は完璧にわかっていたはずだ。それに、わたしが自力で任務を突き止めようとすることだって、わかっていたにちがいない。

「煙草を吸いにここへ出てくるの」彼女は煙草を地面に落とし、靴のつま先で踏み消した。「姉は家のなかで煙草のにおいがするのにがまんできない質《たち》だから」

わたしはうなずいた。「わたしのおばも嫌ってたわ。もう他界したけど。サンダーランドへはおばの家の片づけをするために来たの」

「お気の毒に。わたしと姉は大おばに育てられたの」

「わたしはおばをあまりよく知らなくて」わたしは言った。「でも、家がわたしに遺《のこ》されて。住める状態かどうかわからなかったので、下宿屋で部屋を借りることにしたの。ここには二週間くらい滞在することになると思うわ」

「そう」女性はあまり関心がなさそうだった。戦争に関して、わたしに有利なことのひとつだ。人はあまり質問をしない。だれもが生活を根っこから引き抜かれてしまっていたからだ。他人の動向に関心なんてほとんど持てないのだった。

　わたしはおそらく必要以上にこちらの情報を出した。相手の信頼を得るにはそれがいい方法だと学んでいたからだ。自分について喜んで話す人間は、信頼に足る人間に思われることが多いのだ。もちろん、この女性から盗むつもりはない。ただ親しみやすい人間だと思ってもらいたいだけだ。ラムゼイ少佐が指示したように、地元の味方がいるのは常に役に立つ。

「この地域で楽しめることってあるかしら？」わたしはたずねた。

　彼女の目がきらめく。「たくさんあるわよ。英国空軍《RAF》の男性がおおぜい来るから。ＲＡＦのアスワース地区が近いから、夜のクラブにはちょっとした話し相手を求めるパイロットたちがかならずいるの。もしよかったら、近いうちに踊りにいかない？　あなた、結婚はしてないんでしょ？　結婚してたって別に問題じゃないんだけど、独身のほうが楽しめるから」

　わたしは笑った。「ええ、独身よ。踊りにいくのはいいわね。ところで、わたしはリズ。

「リズ・ドナルドソンよ」

「サミーラ・マドックス。サミって呼ばれてるわ」

「知り合いになれてうれしいわ」話を続けようとしたとき、建物の正面のほうから叫び声が聞こえ、自動車のタイヤがキキーッと鳴る音と女性の悲鳴がした。

わたしよりも先にサミが反応し、ベンチに本を置いて建物の正面に向かって急いだ。わたしもすぐにあとを追った。

建物の前の通りに出るころには、人々が集まりはじめていた。野次馬《やじうま》は通りのまんなかに立っているみたいだった。自動車事故だったのだろうか？　ある思いが頭に浮かんだ。今日一日でふたつの事故がわたしの近くで起きる確率はどれくらいだろう？

わたしたちは少し近づいた。そして、男性が道路に倒れているのを目にした。最初は、怪我《けが》をして意識を失っているのかもしれないと思った。すでに何人かが男性のそばに集まっていたけれど、わたしにできることはないかと進み出た。でも、男性の顔を見て、もう手遅れだと気づいた。

男性の顔は、苦痛にゆがんだまま固まっていた。口に白い泡を吹いていて、薄青い目は見開かれ、灰色の空を見上げていた。どう見ても手の施しようがなかった。

あまりに心を騒がす光景だったので、男性を知っていると気づくのにしばらくかかった。

二時間弱前に、わたしが道路に転び出そうになったのを助けてくれた男性だった。

4

恐怖と驚愕《きようがく》で体がぎくりとなった。トラックに轢《ひ》かれそうになったわたしを救ってくれた男性が、いま、通りで死んでいる。非現実的な奇妙な感覚におおい尽くされそうになり、心臓が激しく鼓動しはじめた。むごたらしい死を目撃するのはこれがはじめてではないけれど、だからといって平気になるわけではなかった。無理やり息をして、意識を集中するよう自分に強いた。

激しい鼓動が落ち着いて、思考が明確になってきた。このすべてがどこかおかしかった。男性はわたしを尾《つ》けてきたのではない。それは確信があった。では、彼はこの通りでなにをしていたのか？　それに、わたしが事故に遭わないように救ってくれた人が、それからいくらもしないうちに悲劇的な死を遂げるなんて、どういうこと？　少なくともここまで大きな偶然を信じたことがなかった。

もう一度男性を見た。彼の目を閉じてあげたかった。命の恩人に対して、わたしにできるせめてものことのように思われたから。すぐに彼のそばへ行き、もう救うには遅すぎるとはっきりしすぎるほどはっきりしていたけれど、腕をつかんで脈を取ろうとした。そよ風が吹いて口の泡が揺れたけれど、彼は息をしていなかったし、体も微動だにしなかった。こみ上げてきた吐き気を抑えこみ、男性の手首に触れた。

指に触れる肌はまだ温かかったものの、彼の顔を見た瞬間に悟ったように、完全にことされていた。わたしは手を引っこめた。そのとき、彼がなにかを握りしめているのに気づいた。紙片のようだった。

自分がどうしてしまったのか、よくわからない。本能的なものだったのか、ショック状態が続いたせいで考えなしに行動したのか。いずれにしろ、彼の手から紙片を引き抜いてポケットにすべりこませたのだ。全員が男性の顔を見ていたし、わたしは掏摸《すり》の腕がいいので、なんてことなかった。

立ち上がり、死体からあとずさった。ほかにわたしにできることはなにもなかった。サミを探して周囲を見まわすと、若い女性と話していた。わたしたちが駆けつけるきっかけとなった、悲鳴をあげた女性かもしれない。若い女性はまっ青《さお》で、自分の体に腕をまわしてとめどなく涙を流していた。あまりに顔色が悪いので、気絶するのではないかと心配になって近づいた。

「もう手遅れだった?」サミの声は不思議なくらい淡々としていた。

「残念だけど」

若い女性がすすり泣いた。

「大丈夫ですか?」わたしは声をかけた。「座ったほうがいいのでは?」

彼女はすぐには返事をしなかった。倒れている男性を凝視したままだ。周囲に人が集まっているせいで、彼の姿はよく見えなかった。

「し……信じられない」若い女性がささやくように言った。

サミを見ると、心配そうな表情を向けられた。

「座ったほうがいいと思うわ」わたしは若い女性に言った。

彼女に逆らうようすがなかったので、わたしはサミと一緒にそばの歩道脇に停《と》まっている自動車のところまで彼女を連れていった。女性はボンネットにぐったりと寄りかかった。

「かわいそうなハル」ざらついた声で女性が言った。

「彼を知っているの?」わたしはたずねた。

女性はしんどそうに目をわたしに向け、小さくうなずいた。「名前はハル・ジェンキンス。彼は、わたしたちの友だちなの……友だちだったの」

「週に何度か飲む仲なのよ」サミの顔はしっかり落ち着ききっていた。彼女もすごく動揺しているのに、感情をあらわにすまいと踏ん張っているのだ、と気づく。

「なにが起きたのか見ました?」わたしは若い女性にたずねた。

ショックを受けている彼女から無理やり聞き出そうとするのはよくないかもしれないとわかっていたけれど、警察がいつ到着してもおかしくなかったので、目撃者に質問できるチャンスはいましかなかったのだ。この件を少佐に報告しなければならないだろう。こういうことは理由もなく起きはしないのだから。

「か……買い物に行くところで、道の反対側にいる彼に気づいたの。手をふったけど、彼は……彼にはわたしが見えてないみたいだった。ふらついたあと……倒れたの」わっと泣き出した彼女の肩を抱き、わたしは亡くなった男性が見えないよう向きを変えてやった。

「わたしはリズ」やさしく言った。「あなたは？」

「ネッサ」鼻をくすんとやる。「ネッサ・シンプソン」

ネッサの顔はいまも血の気がまったくなかったけれど、少なくともヒステリックではなかった。動揺した彼女を責められない。戦時中ということもあり、近ごろでは死はありふれているとはいえ、通りのまんなかで人が急に死ぬのはとんでもなく衝撃的だ。

彼は見た目には健康で屈強そうだったけれど、きっと心臓発作かなにかに襲われたにちがいないというのがおおかたの見方になるだろう。ただ、死因はそういう自然のものではないのが明らかに思われた。もっと邪悪なものだった気がする。

そのとき、警察官ふたりが到着した。ひとりが死体のそばにひざをつき、もうひとりは野次馬を下がらせはじめた。

「警察は目撃者から事情を聞きたがるわね」サミが言う。「話してこなくちゃ、ネッサ」

ネッサはまた洟《はな》をすすりつつもうなずいた。「わかったわ」

サミはネッサと腕を組み、歩道脇で興奮気味の野次馬に話しかけている警察官のもとへ連れていった。

野次馬に近づいてどんな話がされているか聞くべきだろうか、とわたしは逡巡《しゅんじゅん》した。けれど、ネッサの話を聞くかぎり、ハル・ジェンキンスの最期の瞬間についての新たな情報は出てこなそうに思われた。

ポケットにすべりこませた紙片を思い出す。引っ張り出しても大丈夫だろうか？　周囲を見まわしたところ、思ったとおりだれひとりとしてこちらに少しも注意を向けていなかった。そこで、紙片をポケットから出して開いた。

小さな紙切れで、上質の便箋《びんせん》から破り取られたものであるのは明らかだった。そこに黒いインクで大文字で書かれた内容は〈おまえが持っているのはわかっている〉だった。

そのメッセージについて考えた。なかなかドラマティックな文言ではあるが、これだけではほとんどなにもわからない。ひょっとしたら単純に彼の仕事に関することだとか、友人からのメモかもしれない。死をもたらした不調に見舞われたときに、たまたまこの紙片を持っていただけかもしれない。

それでも、つらい死に方をしたときに紙片をあんな風に握りしめていたのは、それが重要なものだという証拠なのではないかと思わずにはいられなかった。

ハル・ジェンキンスは、そんなに重要ななにを持っていたのだろう？　彼のポケットを探る機転を利かせられていればと思ったけれど、もう遅すぎた。

サミが一団から離れるのを見て、わたしは紙片をポケットのなかに戻した。

「ネッサのことはあの警察官が対処してくれるって」わたしのそばまで戻ってきて、サミが言った。「わたしたちが来たときには彼はもう死んでいたって伝えたから、残っている必要はないわ」

わたしはうなずき、路上で動かないハル・ジェンキンスをもう一度ちらりと見た。だれか——おそらく警察官——が死体にブランケットをかけていた。さらにふたりの警察官が到着していて、交通整理をしたり、新たな野次馬に立ち止まらないよう告げたりしていた。

サミが言ったように、わたしたちにできることはなにもなかった。だとしても、倒れたハルを置いて立ち去るのが少し申し訳ない気がした。わたしは今日彼に命を救ってもらったのに、こちらは彼を助けられないなんて、まちがっているように感じた。こうなったら、ハルが死んだ理由と状況を探り出す方法を見つけ……。

「大丈夫？」サミが訊いた。「顔色が悪いみたいだけど」

わたしは目を瞬《しばたた》き、彼女に意識を戻した。「ええ、大丈夫。ちょっと……ショックが大きくて」

サミが事故の起きたほうをふり向いた。「そうね。死というものに慣れるだろうってつい思ってしまうけど、慣れることなんてないのよね。知っている人が亡くなった場合は特に。

かわいそうなハル」

「彼とは親しかったの？」

サミが首を横にふる。「〈銀の六分儀〉――通り沿いにあるパブよ――の常連のひとりだったの。この通りに住んでる人間はみんなしょっちゅうそのパブに行っていて、それで仲よくなったのよ。わたしはそれほど親しかったわけじゃないけど、それでもあんな彼を見るのはショックだったわ」

「ええ。おそろしいわよね」

サミが大きなため息をついた。「行きましょ。ミセス・ジェイムズがお茶を淹《い》れてくれるかもしれないわ」


ミセス・ジェイムズが淹れてくれたお茶は、わたしの好みにぴったりのとても濃くてとても甘いものだった。こういう状況でネイシーならきっとするように、ミセス・ジェイムズもぶつぶつ言いながら世話を焼いてくれたので、心が安らいだ。わたしは母を知らないけれど、ネイシーが世話をしてくれたから母親らしい愛情が足りなかったためしがない。

サミは事故現場では冷静にふるまっていたのに、テーブルについたいまになって動揺を見せていた。両手に持ったティーカップとソーサーがかすかに震えていた。思いがけず死体に遭遇した余波についてはあいにくよく知っていたので、サミに同情した。

「ショックが大きすぎて」サミは言った。「最初は自動車にはねられたのかと思ったんだけど、そうじゃなかったみたいね」

「そうね。ネッサ・シンプソンは彼が道の反対側にいるところを見たのよね」わたしは言った。「彼女の話では、ハルはふらついたあと倒れたらしいし」

「心臓発作でも起こしたのかも。近ごろの男の人たちは激しいストレスを感じているから」

「ハル・ジェンキンスの心臓にはまったく問題なかったと思いますよ」ミセス・ジェイムズだ。「あんなに元気な若者だったのだから」

わたしは驚いて顔を上げた。「大家さんも彼をご存じだったんですか?」

ミセス・ジェイムズはうなずいた。「近所の人なら全員を知っているわ。わたしはここに四十年以上住んでいるんですもの」

「じゃあ、彼もご近所さんだったんですね」あまり穿鑿《せんさく》がましく聞こえないよう努めた。とはいえ、ミセス・ジェイムズはちょっとしたうわさ話が好きそうだったので、気づかれるとは思わなかった。

ただし、サミはまた別だ。彼女は鋭敏で、観察力にすぐれている。彼女はすぐさま状況を掌握し、注意を怠らずに落ち着きを保った。わたしが熱心にあれこれ探り出そうとしたり、設定の話をまちがえたりしたら、気づかれるだろう。サミのいるところでは、慎重にふるまう必要がある。

「そうなの」ミセス・ジェイムズが話に身を入れてきた。「彼はミセス・ヤードリーのところで部屋を借りていたわ。この通りの端に建つ、大きな灰色の家よ」ミセス・ジェイムズが頭をふる。「ミセス・ヤードリーは彼の部屋を週末までに空《あ》けるわね。ぜったいよ。屋根裏部屋なんてだれも望まないけど、彼女のことだから損をしたくなくて間借り人を見つけてくるに決まっている」

「ミセス・ヤードリーはミスター・ジェンキンスが亡くなったことにショックを受けないと思ってらっしゃるんですか？」わたしはたずねた。

「そうねぇ、それについては、ミセス・ヤードリーは彼をそれほどよく知らなかったんじゃないかしら。間借り人と親しくなるタイプの人じゃないから。それに、ミスター・ジェンキンスはここ――この通りって意味だけど――に来てまだ日が浅かったしね。サンダーランドの出身だけど、ミセス・ヤードリーのところに間借りしたのはほんの何週間か前なのよ。片耳の聴力を失ったせいで入隊できなかったと話していたわね。でも、お国のために造船所で働いていたわ。生活ががらっと変わってしまったんでしょうね、かわいそうに。戦争前はたしか本を扱う仕事をしていたはずよ」

ミスター・ジェンキンスがお国のためにしていた仕事の情報を頭にしまいこんだ。紙片に書かれていた、彼が持っているという謎の物体は、造船所で手に入れたものだろうか？　それは、ミスター・ジェンキンスが入手していいものではなかった？

お茶を飲んだあと、わたしは体を休めて計画を練るために、断りを言って部屋に下がった。この旅は早くも予想を超えるものになりつつあった。今夜は忙しくなりそうだ。ちょっとした不法侵入をするしかないのが明らかだった。

5

暗くなるのをじりじりしながら待った。ミセス・ジェイムズが正しければ、ハル・ジェンキンスの荷物が片づけられて新たな間借り人が決まる前に部屋に忍びこむという時間はかぎられていそうだ。となると、大家が行動を起こす前に今夜侵入するしかない。

考えれば考えるほど、ミスター・ジェンキンスが握りしめていた、彼がなにかを持っていると書かれていた紙片が死に関係しているという思いが強くなった。もしそうならば、そのなにかを突き止める絶好の機会はごくごくかぎられることになる。

連絡を取る方法を少佐が教えてくれていればよかったのに。少佐の傲然《ごうぜん》とした態度にはしょっちゅう腹を立てているけれど、ハル・ジェンキンスの死は緊急事態だから相談したかった。だってそうでしょ、少佐がわたしのために手配した下宿屋の前の通りで人が変死する確率がどれくらいあるっていうわけ？

秘書のコンスタンスが少佐と連絡を取れるかどうか、電話して訊《き》いてみようかとつかの間考えた。でも、少佐が連絡手段を用意していくとは思えなかった。彼は隙《すき》のない人だから、コンスタンスから連絡する方法を残していくよりも、自分からときどき連絡を入れるにちがいない。まあ、今夜なにかを見つけたら、明日コンスタンスに電話して伝言を残してもいい。それ以外だと、近いうちにザンダーランドでわたしと会うようにすると言っていたから、それを待つしかないだろう。それまでに劇的なことが起こらないのを願うだけだ——それと、わたしの身が危険にさらされないのを。

公正な立場でものを言えば、少佐は意図的にわたしを危険な目に遭わそうとはしないと思う。むやみに危険を冒す人ではない。特に、自分以外の人の命がかかっているときは。いずれにしても、ハル・ジェンキンスがわたしのすぐ近くで急死するとは予期していなかっただろうから、早く詳細を報告したかった。

それまでのあいだ、ひとりでなんとかするしかなかった。少佐はきっと怒るだろうけれど、どうしようもない。

仕事に向けて、黒いズボンと黒いシャツを着た。ズボンを持ってくる先見の明《めい》があってよかった。なぜなら、木に登らなければならないからだ。

夕食のあと散歩に出かけ、下宿屋の下見をしてきたのだった。準備なしでけっして仕事をしてはならない。それがミックおじのルールだ。その下宿屋は、ミセス・ジェイムズから聞いていたように通りの端にあった。ヴィクトリア時代の建物で、二階建てで屋根裏部屋があった。下宿屋なので、玄関から入って階段で屋根裏部屋へ上がるのは危険だろうと考えた。だから、建物のそばに立っている大きなオークの木を利用するのが最善だと判断した。ちょうど屋根裏部屋の窓に向かってまっすぐに伸びているがっしりして見える枝があったので、そこを侵入ポイントに決めた。

家宅侵入はもちろん経験があったけれど、ひとりでするのははじめてだった。これまではミックおじやいとこたち《ボーイズ》がそばにいてくれた。ひとりきりなのは、ちょっぴりこわかった。彼らの援護がなければ、頼りにできるのは自分の能力だけで、運命が用意しているもののなすがままだ。

ミセス・ジェイムズの下宿屋の階段で何段めがきしむかに注意し（上から三段めと五段めだ）、暗がりのなかでその段を避けて階段を下りた。

部屋の窓から地面に飛び下りようかと考えたのだけれど、窓のちょうど下には生垣があり、そこに飛び下りたら引っかき傷ができて散々な目に遭うのは火を見るより明らかだった。階段を下りて正面玄関から楽に出られるのに、窓から飛び下りるなんてやりすぎに思われた。なんといっても、ここは花嫁学校《フィニッシング・スクール》ではないのだから。真夜中に外出したければ、そうできるのだ。

通りは暗く静かで、暗幕が家々の明かりが外に漏れるのを防ぐ仕事をきちんと果たしていた。わたしが通りを歩く姿を窓から覗《のぞ》く可能性のある目撃者もいない、という利点もおまけについてきた。

ミセス・ヤードリーの下宿屋に着き、もう一度周囲をちらりと見たあと目をつけていた木の陰にすべりこんだ。靴を脱いで根もとに置く。靴がないほうが木登りが楽だし、屋根裏部屋に入って動きまわるときも音がしにくい。

木登りそのものはなんの問題もなかった。ボーイズとともに育ち、ばか騒ぎする近所の不良団についてまわっていたからだ。そのうち、そろそろ女性らしくふるまうべきだとネイシーに言われてしまったのだけれど。数えきれないくらい何度も木に登ったわたしは、この木に少しも手こずらなかった。あっという間に登っていた。

しっかりした足場を見つけ、少し時間をかけて枝の隙間から周囲を見まわす。月光とやさしいそよ風を堪能した。

それから、もっと重要な仕事にかかった。窓はヴィクトリア時代の上げ下げ窓で、内側から掛け金がかけられていた。これは予想どおりだ。隠しておくくらい——殺されるくらい——価値のあるものを持っていたのなら、用心するだろうからだ。

あいにく、それはつまり、もっとも楽に侵入するには、窓ガラスを割らなければならないということだ。これはわたしが受けた訓練のすべてに反する。侵入の証拠をひとつも残さないことの重要性を、ミックおじは常に強調していたからだ。とはいえ、こういうなりゆきに準備ができていないというわけではない。とどのつまりわたしはミックおじの姪《めい》っ子なのだから。でしょ?

これはよくある家宅侵入で、それほどの技術は必要なかった。道具キットからガラス・カッターを取り出し、掛け金のすぐ上に当たる上窓のガラスの中央に小さな四角い溝を切っていった。枝を揺らす風が吹くのを待ち、物音をできるだけ隠す。溝が充分深くなったところで、カッターの刃とは反対端の小さなボール部分を使って溝の内側に沿って軽く叩《たた》いていった。

ここがいちばん音をたてる場面だけれど、避けようがなかった。唯一の予防措置は忍耐で、軽く叩くのをいちどきに二、三回に留《とど》めて極力注意を引かないようにするくらいだ。最後に一度しっかりと叩くと、ついに四角いガラスが暗幕に受け止められてゆっくりと内側に落ちた。

いまの音をだれかに気づかれたかと息を殺した。わかるかぎりでは、通りにも下宿屋内部にもなんの動きもなかった。

ガラスに小さく開けた穴から注意深く手を入れ、掛け金をはずした。腕を引き戻し、無傷の下窓を押し上げた。

窓はぴくりとも動かなかった。

さらに力を入れて押したのに、かすかに動きが感じられただけだった。もう錠はかかっていないのだから、これは窓自体の問題だ。おそらく潮風のせいで窓枠が膨張《ぼうちょう》したのだろう。古い時代の窓ではよくあることだ。

道具キットから厚いヤスリを取り出し、端を窓枠の下に入れて反対側の端を強く押し下げた。脳みそよりも腕力がものを言う局面だけれど角度も重要で、どうすればいいかはわかっていた。枠が降参して小さくパキッといい、窓が二、三インチ開いた。

隙間に指を入れて揺らし、窓を持ち上げはじめる。すでに思っていた以上の物音をたてていたので、ゆっくりとやる。なかに入れるだけ上げるのに、数分かかってしまった。

枝の上でバランスを取り、前のめりになって上半身を入れ、両手を部屋の床について下半身も隙間をくぐらせ、音をほとんどたてずになかに入った。

立ち上がり、数分間じっとして耳を澄ました。建物のなかは静かで、木のあいだを吹き抜ける風の音が外でときおりするだけだった。

侵入をだれにも気取られていないと確信が持てると、ポケットから懐中電灯を取り出してつけた。これもまた暗幕のおかげだ。懐中電灯をつけてうろついても、外からはわからない。

懐中電灯の明かりを動かし、ハル・ジェンキンスの最後の居住場所を見ていった。

部屋はがらんとしていてこぎれいで、がっかりした。調べるのが簡単なのはたしかだけれど、整然とした部屋のようすからハル・ジェンキンスが秘密に関して不注意ではなかったと推測できるからだ。なにかを隠しているとすれば、かなりうまくやり遂げたはずだ。

貴重なものを探し出す経験がわたしにあったのは幸いだ。

窓に近いベッドを最初に調べた。マットレスを押してなかになにか隠されていないかをたしかめる。スプリングがきしんだだけだった。マットレスの下にもベッドの下にもなにもなかった。

続いて隅にある小ぶりの書き物机へ向かった。机の上にはデスクマットしかなかった。探偵小説のように筆圧で文字の跡がデスクマットの表面に残っていないかと照らしてみたけれど、数十年にわたって書かれたと思われる文字の跡が乱雑に重なっていて、懐中電灯の弱い明かりのなかで判読するのは無理だった。

引き出しを開ける。ペンや鉛筆が数本、とても鋭利なペーパーナイフ、糊《のり》の小さな瓶、切手二枚、安価で簡素な便箋《びんせん》が数枚、それに封筒が入っていた。手早く便箋をめくり、なにか書かれていないか見てみた。がっかりするほどなにも書かれていなかった。

衝動的に便箋をデスクマットの上に置いて鉛筆でこすった。子ども時代のある夏、ボーイズとわたしはロンドンの古い墓石をこするという、少し不気味な遊びにはまった。いちばん古くてへんてこりんな碑文を見つける競争になった。

デスクマットから有益な情報が得られるかどうかはわからなかったけれど、やってみる価値はあった。こすり終えた便箋は折りたたみ、時間と明かりのあるところで考えるときのためにポケットにしまった。

隠し区画だとか秘密の引き出しがないのを確認したあと、書き物机の隣りにある小さな本棚へ移った。革装の本が数冊あった。

背をなめるように懐中電灯の光を当てると、そのうちの一冊のタイトルに注意を引かれた。

『野鳥観察術』という本だった。わたしが持っている野鳥観察の本と同じではなかったけれど、ふと考えこんでしまうくらいには似通っていた。少佐と会ったらすぐにあの本の意味をたずねなくては。

本を一冊ずつ本棚から出してページをめくってみたけれど、隠されているものはなかった。ざっと見たところ、書きこみも印もなく、栞《しおり》すらはさまれていなかった。

次は衣装だんすだ。人の衣類を徹底的に漁《あさ》るのは、なぜだか少しばかり失礼な感じがした。とはいえ、泥棒を生業《なりわい》としていれば、他人の所有物にあまり感傷的になってなどいられないので、そういった思いをそれほど苦労せずに頭の隅に押しやれた。

服は多くはなかった。すべて洗濯され、きちんと整理されていた。

上着のポケットを探ると、数ペニー、短くなった鉛筆、紙マッチがふたつ見つかった。紙マッチはどちらもナイトクラブのもので、あとでその場所を調べてみることにした場合に備えてポケットに入れた。

部屋のほかの場所も手早く調べた。ラグの下の床（ゆるんだ床板なし）、ナイト・テーブル（ランプと灰皿のみ）、木製の椅子（座面のクッションなし）。

ハル・ジェンキンスの人となりを部屋の状態から推測したくなる。表面的にはきれい好きで倹約家で、情熱を傾けるものや趣味がほとんどなく、気が滅入《めい》るほど整然とした生活を送っている。でも、別の印象も受けた。もっとそれらしい印象だ。胡散臭《うさんくさ》さだ。部屋は整いすぎ、殺風景すぎた。常に移動している人間を示しているように、ひとところに留まるつもりのない人間を示しているように思われた。いつでも逃げ出せるようにしている人間とか。いざというときは、捨て置いていけないものがこの部屋にはひとつもなかった。

ミセス・ジェイムズの下宿屋のわたしの部屋についても同じことが言える。だからこそ、いまの解釈がぴったりに思えるのかもしれない。結局のところ、わたしは秘密の任務で一時的にここにいるのだから。どうやらハル・ジェンキンスもそうだったようだ。

力強くわたしの腕をつかみ、近づいてくるトラックに轢《ひ》かれないように引き戻してくれたのを思い出す。見も知らぬ人間を躊躇《ちゅうちょ》なく助けてくれた。それはプラスの得点になるわよね？　それなのに、ほとんど空っぽの部屋をざっと見ただけで、ハル・ジェンキンスに対する疑念がいや増した。

どうやら、危険を冒して彼の部屋に侵入したのはむだだったようだ。部屋の反対側に洗面所だろうと思われるドアがあったので、覗いてみることにした。

タオル掛けにタオルがかかっているのと、洗面台に石けんがあるだけで、あとはなにもないきれいなものだったけれど、驚きはなかった。

ミラー・キャビネットを開けてなかをたしかめる。ひげ剃《そ》り用石けん、剃刀《かみそり》、それに櫛《くし》があるだけだった。ヘアトニックやアフターシェーブ・ローションといった、ハル・ジェンキンスがここにいたと示す、香りを残すものすらなかった。彼は周囲の世界に自分の生きた証《あかし》を残すつもりがなかったのだ。

キャビネットの扉を閉めて洗面所を出ようとして、はっと動きを止めた。皮膚《ひふ》がひりひりした。なにかがおかしい。精密に調整された内なる警報装置が空襲警報にも負けないくらいの音量を発していたけれど、その理由がよくわからなかった。部屋のほうで物音がしたのを聞き留《と》めたのだろうか？

急いで懐中電灯を消し、耳を澄ましながら洗面所のドアにそっと近づいた。目は完全なる暗がりにまだ慣れていなかったけれど、部屋から階段か踊り場へ出るだろうドアのほうを見た。

だれかがドアの向こうにいるのだろうか？　ハル・ジェンキンスの部屋でわたしが動きまわっている音を聞きつけ、調べにきた？　息をひそめ、話し声か錠に鍵の挿しこまれる音が聞こえるのを待った。なんの物音もせず、静まり返ったままだった。

暗闇で目の焦点が合ってくると、部屋の隅に大きな影があるのに不意に気づいた。周囲のなによりも濃い影だった。あの隅には家具はなかったはずだ。なにひとつ見落としていない自信があった。そのとき影が動き、わたしはぞくっとした。

この部屋にいるのは、わたしひとりじゃない。

6

影がぎょっとするほどすばやくわたしのほうへ向かってきた。その影が何者か、なにが望みかはわからなかったけれど、それがわかるのをじっと待つのはまずいと天才でなくてもわかった。

わたしは窓に向かって走った。つかえずに外へ飛び出せることを願って。でも、影の動きは速かった。侵入者は、窓枠に突進したわたしを背後からつかんだ。

男――明らかに男で、しかも大柄だった――に向かって脚を蹴《け》り出したのに、なんの効果もなかった。くるっと部屋へと引き戻され、男と一緒にベッドに倒れこんだ。静寂のなかでスプリングのきしむ音が轟《とどろ》いた。激しくもがいてもむだだった。全体重をかけてわたしを押さえこんでいる男は、岩のようだった。

静かにする鍛練をずっと続けてきたというのに、悲鳴が喉にせり上がってきた。悲鳴をあげたら警察が呼ばれるはめになるけれど、死ぬよりはましだ。そんな思いが頭をよぎっているとき、手で口をおおわれた。

本物のパニックがこみ上げてくる気配があり、さらに激しく抵抗した。どうすれば逃れられるかを考えようとする。

すると、懐中電灯の光を顔に向けられ、目が見えなくなった。

でも、耳はなんの問題もなかった。聞きおぼえのある声が悪態といやみと怒りを一緒くたに吐き出し、わたしにかかっていた体重が軽くなった。

「きみだとわかっているべきだったよ、ミス・マクドネル」

ラムゼイ少佐が放してくれたので、思いきり押しやった。アドレナリンの名残でいつも以上に力が入っていたけれど、彼はほとんど動かなかった。それでも、彼の下からもがき出てベッドを下りられるくらいの隙間《すきま》は空《あ》けてくれた。

脚の感覚がないまま弾《はじ》かれたように立ち上がり、くるりと彼をふり向いた。「なにしてるの?」落とした声で問い詰めた。正直なところ、いまだに心臓が喉にせり上がっている状態でよく声が出たものだと思う。

「こっちが訊《き》きたいよ」少佐の口調も表情も頭にくるほどおだやかだった。

心臓は激しく打ち続けており、不意に頭がくらっとした。

腹の立つことに、少佐はわたしがふらついたのに気づいたみたいで、肩に手をかけてベッドの端に腰を下ろさせた。

「脚のあいだに頭を入れるんだ」

「気絶なんてしません」いらっとしたおかげで頭が少しはっきりした。「一度も気絶したことがないもの。ただ……あなたのせいで死ぬほど驚いただけ」

「きみを侵入者だと思ったんだ」少しの間。「もちろん、まったくの的はずれだったわけではないが、まさかきみだとは思わなかった」

「あなたはここでなにをしていたの？」わたしは食い下がった。

「きみと同じこと、だろうな」

ラムゼイ少佐はわたしから離れ、部屋のドアへと向かった。彼はそっちから来たの？　もしそうならば、信じられないくらい静かにやってのけたわけだ。でも、それがいちばん可能性が高そうだ。大柄な少佐が木登りに長《た》けているなんて想像できないもの。とはいえ、少佐にはこれまでもいろいろ驚かされている。

少佐はドアに耳を当て、だいぶ経《た》ってから開けて暗い廊下を覗《のぞ》きこんだ。満足したらしく、ドアをまた閉めるとベッドの端に座ったままのわたしのところに戻ってきた。

「この下の部屋は、今夜は幸いだれもいない。もしいたら、先ほどの取っ組み合いで注意を引いていたかもしれない」

頭がすっかり晴れ、両手の震えもほとんどおさまっていた。でも、怒りはまったく減じていなかった。よくも縫いぐるみ人形みたいにわたしをベッドに押し倒してくれたわね？

「あなたのせいでわたしは死んでいたかもしれないのよ」咎《とが》める口調で言った。

「私に殺すつもりがあったなら、きみは死んでいる」

ラムゼイ少佐のこういう魅力的な言い方には慣れていたけれど、そのことばにはぞっとした。しばしなにも言えなかった。

「なにか見つけたか?」

その質問に驚いて、彼を見上げて目を瞬《しばたた》いた。不法侵入した件を非難されるものとばかり思っていたのに。まあ、それはあとで時間のあるときにたっぷりされるのだろう。

「これと言ってなにも。というか、ここは胡散臭《うさんくさ》いくらい殺風景ね」

少佐はうなずいたものの、それでも部屋をざっと見てまわった。わたしはベッドに座ったままそのようすをうかがい、彼がわたしと同じ場所をすべてチェックして新たなものをなにも見つけられなかったのを見て満足した。

少佐とハル・ジェンキンスの関係、ここサンダーランドでのわたしの任務はなにか、そのふたつは関連があるのかなど、訊きたいことが山ほどあった。とはいえ、それをたずねるのにいまが最善のタイミングではないのはわかっていた。それに、もしたずねたとしても、少佐はおそらく話す気になってくれないだろう。

わたしはいまも、先ほどの取っ組み合いに認めたくないくらい動揺していた。起きたことにではなく、起きたかもしれないことに。実のところ、相手が少佐ではなくハル・ジェンキンスを殺した犯人だったなら、わたしはいま生きていなかったかもしれない。

自分は向こう見ずで、それにはリスクが伴うのは前々からわかっていたのに、この部屋に入ったあと気をゆるめてしまったのだ。愚《おろ》かな過ち。自分の行動が無鉄砲だったかもしれないとは認めたくなかったものの、おじが好んで言うように、失敗からなにかを学んだなら完全なる損失ではない。

そう、教訓は学んだ。次は武器になるものを持ってくるようにする。

少佐がわたしのそばに戻ってきた。「どうやって入った?」

わたしは窓に向かって顎《あご》をしゃくった。「木を登って」

少佐の両の眉《まゆ》が心持ち上がった。彼は窓辺へ行き、懐中電灯を消してから暗幕をめくった。窓ガラスに開いた穴と、わたしがくぐり抜けた隙間を見て取る。そのあと窓を下げて掛け金をかけた。割れたガラスにはもちろん気づかれるだろうけれど、ほかのすべてはもとのままだった。

「行くぞ」少佐が言った。

彼について部屋を横切る。少佐がドアを開け、廊下を覗き、先に行けと二本の指で示し、わたしが廊下に出ると、片手を上げて止まれと合図した。ピカデリー・サーカスで交通整理でもしているみたい、とむっとした。

ラムゼイ少佐はハル・ジェンキンスの部屋のドアを閉め、先に立って階段のところまで短い廊下を行った。わたしたちはまた立ち止まって耳を澄まし、それから下りはじめた。裸足《はだし》だったのは幸いだ。とはいえ、少佐はなにを履いているにしろ充分静かだった。

二階分下りる。少佐はこちらから来たらしく、経路を把握していた。注意しながらも、ためらいなく進んでいく。ついに玄関まで来た。ありがたくもドアはきしみもせず開いてくれ、わたしたちは外へ出た。

通りに出ると、わたしは家の横手へ、大きなオークの木へ向かおうとした。

少佐がわたしの腕をつかんだ。「どこへ行く?」ささやき声でも命令口調ができるみたいだ。

「靴を木の下に脱いできたの」

少佐が視線を下げてわたしの素足――ストッキングは木登りには持ちこたえられないから穿《は》いてこなかった――を見て腕を放した。わたしは陰のなかへ急ぎ、靴を履いた。通りを歩き続けていた少佐を早足で追いかける。下宿屋から充分離れるまで、ふたりとも無言を通した。

当然ながら、沈黙を破ったのはわたしだった。「訊きたいことがたくさんあるのだけど」

少佐は歩みをゆるめもせず、わたしを見もしなかった。「そうだろうな」

「どこか話のできるところはあります?」

ほんのかすかなためらい。「いい考えだとは思わない。下宿屋へ戻って、朝になるまで外に出ないように」

いらだちの息を吐く。「少佐、わたしは……」

彼が立ち止まってふり向いた。わたしがどれほど近くを歩いていたか気づいていなかったみたいで、その拍子に体が触れ合いそうになった。彼が少しだけ身を引いた。

「事態が……こみ入ってしまったのはわかっているが、今夜は時間がない。頼むから私の指示に従ってくれないか?」

〝頼む〟ということばに不意を突かれた。そのことばを少佐から言われたことはこれまでなかったと思うし、口調は懇願風《こんがんふう》ではなかったとしても刺々《とげとげ》しくはなかった。

「わかりました」気持ちが変わる前にそう返事をした。この胡散臭げな任務に対して、少佐には少佐の理由があるにちがいない。辛抱強くならなければ。

「よし。すぐにも連絡する」

わたしはうなずいた。また連絡をもらえるとわかって、少しだけいらだちがおさまった。今夜のところは用ずみにされたものの、少佐が近くにいるのはわかったし、ハル・ジェンキンスが亡くなったのを少佐が知っているのもわかった。重要なのは、わたしの直感が正しかったことだ。死んだ男性はわたしの任務に関係があるのだ。

「了解」少佐に投げつけたい質問のあれこれをぐっとこらえる。静かなる威厳を持って退場するためだ。「お休みなさい、少佐」

少佐に背を向けてミセス・ジェイムズの下宿屋のほうへと歩きはじめた。

「ミス・マクドネル」

わたしは顔だけ向けた。

「くれぐれも厄介ごとに巻きこまれないように」その瞬間、少佐に抱いていたかもしれない好意が消散した。

ラムゼイ少佐は翌朝現われなかった。夜明けと同時に少佐が来ると本気で考えていたわけではないけれど、彼が来た場合に備えてポリッジを急いで食べて庭に出た。

でも、貝殻が敷かれた小径《こみち》をぶらつくわたしに声をかけたのは、少佐ではなくサミだった。

「リズ！」

顔を上げると、サミが自宅裏のドアから手をふっていた。「姉を紹介するから来て」

わたしは手をふり返した。「ありがとう！」

近づいていくと、ドアのそばでサミと一緒に女性がいた。

「姉のライラよ。ライラ、こちらはリズ・ドナルドソン」

ライラ・マドックスは妹のサミとよく似ていたけれど、髪や肌の色が少しだけちがっていた。瞳の色は焦げ茶色で同じだったけれど、髪は黒というよりは茶色で、肌もサミより少しだけ明るめだ。ふたり揃《そろ》って目を見張るほどの美人で、一緒に出かけたらおおぜいにふり向かれるだろうと容易に想像できた。

「会えてうれしいわ」ライラが言った。その声はやわらかで、サミより低かった。上品で控えめ、といった第一印象を受けた。お茶を飲みながらのうわさ話を、妹のサミほど好きじゃないだろう。「サンダーランドに来たばかりだとサミーラから聞いたけど」

「そうなの。少しのあいだだけいる予定。おばの家のあれこれを片づけに来たのよ。最近亡くなったので」

「お悔やみを言わせて」

「ありがとう」

「お悔やみと言えば」サミが口をはさんだ。「今夜みんなでパブに行って、ハルのお別れ会みたいなことをするの。あなたも来る？　しんみりしたものにはならないから。ハルはそういうのが好きじゃないし。彼の冥福を祈ってお酒を飲むだけ。来れば、この通りの住人に会えるわよ」

「いいわね」わたしは言った。

わたしはライラを見た。サミがハルの名前を口にしてから、黙ったままだ。「お友だちのこと、残念だったわね」

「彼はわたしの友だちじゃなかった」その口調は読み取りにくかった。これといった感情はこもっておらず、単にさらりと事実を述べただけだった。

「姉はあんまりみんなと一緒にパブに行かないの」説明が必要だと思ったらしく、サミが言った。「でも、ハルとは何度か会ってるのよ」

「彼はひどい目に遭ったわ」ライラの冷ややかな口調は変わらなかった。

「なにがあったの？」わたしはたずねた。「亡くなったときの事情が詳しくわかったの？」

サミが首を横にふった。「ううん、それはないと思う。ゆうべネッサ・シンプソンと話したの。警察がいろいろ訊いてたけど、だれもほとんどなにも知らないみたいだったって。ハルは急に具合が悪くなって倒れたように見えたらしいわ」

「仕事に遅れるんじゃないの、サミ？」ライラが言った。

サミが腕時計を見る。「うわっ！　急がなきゃ。薬局の上司は遅刻にきびしいの。じゃあ、今夜また。八時に迎えにいくから、一緒に歩いていきましょう」

「完璧」

「仕事が終わったらまっすぐ帰ってくる？」ライラが訊く。「今日は薬局の臨時仕事はない？」

サミは目玉をぐるりとまわした。「はい、お母さん」

そして、ジャスミンの香りを残してサミは行ってしまった。

姉妹のやりとりにどう反応したらいいかわからなかったわたしは、ライラに向かって微笑《ほほえ》んだ。「お会いできてうれしかったわ」

「同じく、ミス・ドナルドソン」

「リズって呼んで。お願い」

ライラがにっこり笑って受け入れ、ほかに話すこともなかったわたしたちは別れた。ライラは妹のサミとはちがって、知らない人間に気安く接しないらしい。

下宿に戻ったわたしは、自室に向かった。ラムゼイ少佐がすぐさま来て、持っている情報を分かち合ってくれるという期待はできない気がしていた。真夜中にハル・ジェンキンスの部屋に忍びこんだわたしを見つけたのが気に入らなかったのだろうと思う。昨夜の教訓をきっちり叩《たた》きこむために、彼がわたしをどこかへ無理やり引きずっていかなかったことに驚いている。いずれそうされるだろうけれど。

昨夜の冒険について考えていたら、あることを思い出した。デスクマットからこすり写した跡を明るい日中に見ようと思っていたのだった。役に立つものが見つかるとは期待していなかったけれど、なにひとつ見落とすなとミックおじから叩きこまれていた。

昨夜穿《は》いていたズボンのポケットから紙片を取り出し、窓辺の机についた。紙片を広げて机に置き、できるだけしわを伸ばした。

明るい日中でもなにが書かれていたか読み取れなかった。こすり写しはちゃんとできていた。できすぎなほどに。何百という手紙を書いた形跡がすべて残っていて、直線や曲線がごちゃ混ぜになっていた。

読み取れることばはほとんどなく、なんとか読み取れた〝昨日〟、〝最愛の人〟、〝コーヒー〟、〝海〟といった重要でなさそうなことばだって、いつ、どういう理由で書かれたものかわからなかった。

不意に、フェリックスがここにいてくれたらよかったのに、と思った。彼は筆跡の微妙なちがいを読み取ることに長けているからだ。彼にはさまざまな才能があるけれど、なかでも贋造師《がんぞうし》としての腕がピカ一なのだ。以前少佐に頼まれた任務で、その違法な技術を使って協力してくれたことがあった。とはいえ、目の前のぐちゃぐちゃにからみ合ったことばを見ていたら、さすがのフェリックスだってわたし以上にまともに読み取れるとは思えなかったけれど。

そのとき、からみ合ったことばのなかである単語が目に飛びこんできた。大文字で書かれていたうえ、深い溝になった傍線が引かれていたからだ。強調するために力をこめたかのように。〝殺す〟

7

あら、興味深いこと。

顔を近づけて目を細め、そのことばをよく見る。まちがいなく〝殺す〟と書かれていたけれど、その前後の文言は周囲のことばの渦《うず》に紛《まぎ》れてしまっていた。同じ文のなかの別のことばを読み取れた気がする。〝フォン（VON）〟だ。名前——それも、ドイツの名前——の一部の可能性がある。

別の考えが浮かんだ。こすり写したものをフェリックスに送って、判読できるかやってみてもらうのだ。見こみは薄いだろうけれど、やってみる価値はある。フェリックスがいつまでスコットランドにいる予定か知らなかったけれど、すぐに送ることにした。戻ってきたときにわたしからの手紙が待っているようにしたかった。

紙片をもとどおりにたたみ、これを見てほしいとフェリックスに宛《あ》てて短い手紙を書いた。封をしようと思ったとき、心のなかにあるものを軽い調子で書きくわえた。

あなたが無事で、おとなしくしているのを願っているわ。気をつけてね、フェリックス。これといって新しい話題はないけれど、いまはとっても危険な状況だとひしひしと感じています。あなたに会えなくてさみしい。またすぐに会えますように。ダンスに連れていってね。

XX《キスキス》
エリー

追伸：返事をくれるなら、リズ・ドナルドソン宛《あて》でお願い。

封をしてから、切手がないのに気づく。階下へ行ってミセス・ジェイムズにたずねた。

「あいにく一枚もないのよ。でも、郵便局までそんなに遠くないわ。納屋に自転車があるから、よかったら使ってちょうだい」

その提案を大いに気に入った。周辺のようすを調べ、ハル・ジェンキンスがなにをしようとしていたのかを探ろうと思っていたところだったのだ。それに、わたしと出会った場所と亡くなった場所のあいだで彼が行った可能性のある場所も見てみたかった。自転車があれば、いろんな場所をまわれる。

ひとつだけためらいがあるとすれば、それはラムゼイ少佐が来るかもしれないからだった。

でも、ためらいはすぐに消えた。留守のあいだに来たら、少佐の自業自得というものだ。たまには彼がわたしを待ったっていいじゃない。

ハンドバッグと上着を手に取り、ふと思い立って野鳥観察の本も持っていくことにした。納屋から自転車を出して走り出す。今夜みんなと集まるパブ〈銀の六分儀〉、パン屋、花屋、そしてサミが働いていると思われる薬局を通り過ぎる。

いつかこの町をもっと見てみたくなった。サンダーランドは自転車でまわるには大きすぎる町だけれど、タクシーでまわったっていい。任務にもっとも関係する可能性のある場所を見ておきたかった。英国空軍基地《RAF》、それに、可能ならば造船所と炭鉱の場所。

RAFの基地は、これまでわかった範囲では、このなかでいちばん近くに位置している。ミセス・ジェイムズの下宿屋に部屋を借りて以来、頭上を飛ぶ飛行機の音をしょっちゅう聞いていた。

当然ながら、わたしが見てみたい場所のすべては警備が厳重だから、軽やかな足取りで近づいてあれこれ訊《き》いたりはできないけれど、情報を集めることはできる。

犯罪者人生から学んだのは、どんな仕事においても偵察が鍵になるということだ。不法侵入しようとしている家を知るだけでは充分ではない。その近隣まで知っておく必要があるのだ。

任務の目標はともかく、自転車を走らせるのは気持ちよかった。体を動かし、髪に風を感じたおかげで、答えは出ないまでも頭はすっきりした。

ウィア川まで出て、海に注《そそ》ぎこむ東側をちらりと見る。ここから海は見えないものの、そよ風のなかに潮のにおいがした。ロンドンは大好きだけれど、海岸沿いの暮らしに惹《ひ》かれる部分もあった。遺伝かもしれない。ミックおじと亡くなった父はゴールウェイ（アイルランド西部の港市）出身だから。

川に別れを告げ、トラックに轢《ひ》かれるというおそろしい運命をからくも逃れた場所に向かってペダルを漕《こ》いだ。あの日と同じく、そこは往来の激しい区域だった。それから部屋を借りている下宿屋の通りのほうに目をやり、二地点間の建物を見て取る。民家や、下宿屋の通りの突き当たりにあるのと同じような店が多かった。ごくありきたりの光景だ。

フェリックス宛の手紙を出したあと、カフェに寄ってお茶とチーズ・サンドイッチのランチを注文した。野鳥観察の本を取り出し、食べながらページをめくる。鳥は人並みに好きだったし、いろんな題材の本にすぐに夢中になれるタイプだったけれど、この本はかなり退屈だった。

でも、この任務で鳥について学ばなければならないのであれば、やりきってみせる。幸い、わたしは頭の回転が速く、記憶力もいい。合法、非合法のどちらの仕事でもそれは貴重な資質だったけれど、国のためにスパイ活動をすると決めたときほど役に立ったことはなかった。

それに、わたしに挑戦する気がないとはぜったいに言わせない。たしかに、この本はあまり刺激的ではないけれど、それは重要ではない。それに、少なくとも水彩の挿絵は美しいし。サンドイッチをひと口嚙み、オオライチョウの絵をじっくり眺めた。

少しして、わたしのテーブルからあまり離れていない場所の動きが視野に入り、顔を上げた。列車で一緒だったレイフ・ボーモント大佐が入り口のところに立っていて、席に案内されるのを待っていた。彼はまだこちらに気づいていなかったけれど、野鳥観察の本よりはうんと好ましい相手だと判断した。

「ごきげんよう、レイフ」声をかけ、本を閉じた。

ふり向いた彼は、わたしを見て笑顔になった。「リズ。驚いたな。こんなに早くまた会えるなんて思っていませんでしたよ。相席してもかまいませんか?」わたしの向かい側の椅子を示す。

「もちろんだわ」心をこめて言った。

レイフは腰を下ろし、制帽を横の椅子に置いた。「私のお気に入りのカフェを見つけたようですね」

ウェイトレスがすばやくやってきて、コーヒーを注文するハンサムなRAFの大佐にかわいらしい微笑《ほほえ》みを向けた。ウェイトレスが立ち去ると、彼はわたしに注意を戻した。

「おばさんの家の整理は進んでますか?」

「まだはじめてもいないんです」悲しげな口調を繕《つくろ》う。「下宿屋に落ち着こうとしていた矢先に……ちょっと気を取られることがあって」

到着したその日に男性が亡くなった件を話そうかと半ば思ったけれど、とりあえずのところはやめておいた。

「おばさんは町のどのあたりに?」

亡くなった想像上のおばの家の場所を曖昧《あいまい》に伝えた。少佐から渡された情報のなかには、家の所在地についてははっきり書かれていなかったのだ。いずれにしろ、犯罪者のなかで育ったわたしは当然ながら警戒心が強く、そういう情報を簡単に口にはしなかっただろう。亡くなったおばと家の存在がほんとうだったとしても。

「RAFはいかが?」わたしはたずねた。

レイフが気安い笑みを浮かべた。「変わりないですよ」これもまた曖昧な返事だったけれど、予想に難《かた》くはなかった。というか、曖昧な返事しかないだろう。いまみたいな時代には、ほんのちょっとした情報を漏らしただけで大惨事になるかもしれず、レイフ・ボーモントは雑談でぽろりと口をすべらすには頭がよすぎる。

コーヒーが運ばれてきて、レイフが口をつけた。

「今夜食事を一緒にしませんか? 〈疾風《ザ・ゲール》〉というすばらしいクラブがあるんですよ。料理も音楽も最高なんです。ダンスもできますよ」

「えぇっと……とってもそそられるけれど、今夜は先約があって」

「そうですか。じゃあ、またの機会にでも」レイフは断りの返事をさらりと受け流し、先の約束を取りつけようとごり押しもしなかった。よかった。彼は魅力的でハンサム――それに、わたしとフェリックスは正式につき合っているわけでもないし――だけど、そもそもサンダーランドにはデートの相手を探しにきたわけではないのだから。新たな友情の誕生すらも、まだ内容のわからない任務から気を散らす原因になりかねず、そうなったら注意を引かずにサンダーランドを動きまわるのに支障が生じるだろう。すでに知り合いに鉢合わせしつつあるのだから。

そうはいっても、ネイシーからは礼儀作法を守るよう育てられたし、ミックおじからは情報源の可能性をみすみす捨てないよう育てられた。それに、サンダーランドに知り合いがいるのも悪くはない。少佐だって、地元の人間と親しくなるようにと言っていたし。

「明日、明後日《あさって》はおばの家の整理で忙しくしているかもしれません」どこかの時点でラムゼイ少佐と会うことになるのはまちがいない、と考えながら言った。「でも、サンダーランドをもっと見たいから、今週後半にでもドライブに誘ってもらえたらうれしいわ」

レイフがにっこりした。「じゃあ、木曜日はどう?」

「いいわね」

わたしはミセス・ジェイムズの下宿屋の電話番号を伝え、お茶を飲み干すと彼に別れを告げた。

八時ちょうどにサミが迎えにきてくれた。濃いガーネットレッドのワンピースを着たサミは目を見張るほど美しくて、ツイードのスカートと白いブラウスの自分の格好が少しばかり質素すぎるように感じられた。

「お姉さんを待つ？」外に出たとき、わたしはたずねた。太陽はとっくに地平線の向こうに沈んでいて、空は暗くくすんだ青色になっており、生垣のなかでナイチンゲールが甲高《かんだか》い声で鳴いていた。

「もうお店に行ってると思う。ライラは宗教上の戒律みたいに時間を厳守するの」

ふたりでパブに向かいながら、今日一日にあったことをおしゃべりした。

「自転車ならわたしも持ってる」サミが言った。「いつか一緒に自転車でビーチに行きましょ。まあ、ビーチはほとんどどこも入れなくなってるけど、近くまでは行けるから。ピクニックをしてもいいわね」

「楽しそう」サンダーランドに来て二日めなのに、わたしの社交カレンダーはすでにロンドンにいたときよりも埋まりつつあった。

〈銀の六分儀〉に入ると、すぐさま店の雰囲気に呑《の》みこまれた。暗く煙《けぶ》った空気、エールと料理のにおい、騒々しい笑い声。育ちのよい女性はこの店の雰囲気に惹かれないかもしれない。でも、花嫁学校《フィニッシング・スクール》には通ったけれど上流階級出身ではないわたしは、たちまち気持ちがほぐれた。家でいとこたち《ボーイズ》の騒がしい声やミックおじのパイプのにおいに囲まれて過ごした夜を思い出して。

サミがわたしの腕を取り、人混みをかき分けて隅のテーブルへ向かった。そのテーブルには四人座っていた。

最初にわたしが気づいたのはライラだった。サミと同じく、ライラも目立つ美人で、視線がすぐに引き寄せられる。でも、それだけではなかった。周囲の人たちとは一線を画すなにかが彼女にはあった。肉体的に距離があるような錯覚を起こすよそよそしさ。まるで、鐘形《かねがた》ガラスに守られている陶器の人形のような。

彼女は店内の雰囲気に少しうんざりしているみたいだったけれど、同席者のだれひとりとして同じ気持ちではなさそうだった。

「こんばんは」サミがテーブルに近づく。「新しいお友だちのリズを紹介させて」迎え入れてくれた彼らをサミが紹介してくれた。「ライラはもう知ってるわよね。ネッサも」ライラの横に座っているブロンドの女性を示す。ハル・ジェンキンスが亡くなった午後に会った女性だ。

「こんばんは、リズ」ネッサが言った。はじめて会ったときはそれどころではなくて、彼女の外見に注意が向かなかった。幅の広い青白い顔で、鼻のまわりにそばかすが少し散っており、薄青い目をしていた。

「で、こっちはカーロッタ・ホーガン」小柄なブルネットの彼女は、『イングランド北部の鳥類』で描かれていた、薄茶色の体で黒っぽい目をした華奢《きやしや》なニワムシクイの水彩画を彷彿《ほうふつ》させた。

野鳥観察の本と、その本から得た知識を心のなかでののしる。

「彼はアルフレッド・リトル。ミセス・ジェイムズのところの間借り人よ」わたしはその若者に目をやったけれど、会うのははじめてだった。すごく青白い顔をした痩せた人で、髪はブロンド、瞳は灰色で、パブに入れる年齢に達していないように見えた。アルフレッドは恥ずかしそうに微笑んできたあと、すぐに目をそらした。

「今夜はみなさんの仲間に入れていただいて、ありがとうございます」わたしは言った。「悲劇の犠牲となったハルとは知り合いではありませんでしたけど、彼の追悼の場に参加できて感謝しています」

サミと腰を下ろすと、ライラとネッサにはさまれた格好になった。

ライラの人となりを見きわめようとしてきたわたしには、ほかの人たちが話をしているあいだ、ひとつ気づいたことがあった。ライラはただよそよそしいのではなかった。用心深いのだ。同じく用心深いわたしなのだから、もっと早く気づくべきだった。わたしのいる業界では、用心深さは必要不可欠なもので、仕事をしていないときでもそれを磨いてきた。常に周囲の状況を把握し、近くにいる人がなにをしているかに注意していた。

ライラも同じように意識的に注意を払っていた。周囲のあらゆるできごとを把握していた。なぜだろう？　生来の性格なのか、それ以上のなにかなのか？

わたしは火のないところに煙を立てようとしているのかもしれない。そこが戦争の厄介なところだ。なんの問題もないところに問題を探そうとしてしまうから。でも、危険が現実に存在する場合は、考えすぎではない、でしょ？　だって、人がひとり死んでいるのだから。

ネッサのほうを向き、おしゃべりをはじめる。

彼女は愛想がよくて思ったことをすなおに口にする人で、近隣や軍事関連の仕事について気安く話した。

「造船所で働いているの。溶接工をやってるわ」

「すごいのね」わたしは心から言った。数字の組み合わせを突き止めて金庫を開けるのではなく、ブローランプを使うスパーキー・スペルマンと一緒に何度か仕事をした経験があった。獰猛《どうもう》な火が人間に操られるようすに昔から魅了されてきた。火というもっとも破壊的な自然の要素が、なにかをなし遂げるために人間に協力することに。

「戦争前にしていた仕事よりはましなの」ネッサが言う。「店員だったのよ。でも、耐えられなかった」

「戦争に終わってほしくない気持ちもあるのよね」テーブルの向かい側からカーロッタが割

りこんだ。「だって、女は感謝のひとつもされないままもとに戻るわけでしょう」

「カーロッタったら!」ライラが言った。

カーロッタは反抗的に肩をすくめた。「でも、ほんとうのことよ。わたしは教師にはなりたくないし、なるつもりもない。男の人たちが戦地から戻ってきたら、そっちの仕事をやらせてあげるわ」

「きみたち女性陣はまた婦人参政権運動に肩入れしようっていうんじゃないだろうね」

顔を上げると、グループの新たなメンバーが到着したようだった。その若者は背が高くて肩幅ががっしりしていて、髪は赤褐色で、赤ら顔は表情が豊かだった。

「彼はロニー・ポッター。これでちょっとした追悼の会の全員が揃《そろ》ったわね」サミの口調は朗《ほが》らかだ。「ロニー、リズ・ドナルドソンを紹介するわ。ミセス・ジェイムズの下宿屋に滞在してるの」

ロニーが握手の手を差し出してきた。「はじめまして、リズ。おれはロナルドって呼ばれてるんだ」にっこり笑って言う。「保育園を卒園してからこっち、ロニーって呼ぶのはサミだけでね」

ロナルドはサミから渡されたエールのマグを持ち上げ、スピーチの前に咳払《せきばら》いをした。彼がこの小さなグループの実質的なリーダーなのだろうか。リーダーはサミかと思っていたのだけれど、みんなロナルドが来るのを待っていたし、いまは彼に注目して話し出すのを待っている。

「ハルはどんちゃん騒ぎが好きじゃなかったが、いい友だちで、彼なりに剽軽《ひょうきん》なところがあった。いつもにこにこしていて、陽気にしゃべったり冗談を言ったりしていた。はじめて会ったときのことは一生忘れないと思う……」

ロナルドが披露しはじめた逸話にみんなはどんな表情をしているか、どんな反応を示しているかと、わたしはグループを見まわした。ハル・ジェンキンスとそれぞれの関係はどんなものだろう。彼とはどれほど親しかったのだろう。テノールのロナルドのスピーチからすると、ハル・ジェンキンスは人とあまり近しくならないタイプのようだった。

隣りのライラは体をこわばらせたまま身じろぎもしておらず、悲しんでいるのかいらだっているのか判断がつかないままだった。ネッサは悲しげながら感情をこらえているみたいだ。カーロッタの表情は重々しい。アルフレッドは落ち着かなげだ。襟《えり》もとをゆるめたいのか、指を入れているところを一度ならず目にしていた。

会ったばかりとはいえ、垣間《かいま》見たそれぞれの性格によって異なる悲しみの現われ方は、どれも本物の反応のように思われた。もちろん、スパイや殺人犯は本心を注意深く隠すだろうとわかってはいたけれど。

ハル・ジェンキンスの死をそういう風に考えはじめている自分に気づく。つまり、ハルはスパイで、殺されたのだと。その考えに驚くべきだったのかもしれないけれど、そうはならなかった。なんといっても、ラムゼイ少佐がなんらかの形で関与しているからだ。ゆうべ遭遇した事実から、それだけははっきりしていた。そして、ラムゼイ少佐は些末《さまつ》な問題に関与はしない。

少佐といえば、まだ接触してこない彼にわたしは怒っていた。じっと待たせたままでいるなんて、無責任にもほどがある。

ありていに言えば、まさにいまこの瞬間にわたしが危険な目に遭う可能性だってあるのだ。自分の身の安全を極度に心配した経験はないけれど――泥棒稼業をしていると、強い自衛本能なんて持っている余裕がないのだ――疑わしい死亡事件があったのを知っているのに、それでもわたしを放っておく少佐に少しばかり腹を立てずにはいられなかった。

ロナルドがハルの冗談を口にしてグループのみんながくすくすと笑うのが聞こえ、わたしははっとわれに返った。

「いまの冗談は一生使い続けるだろうな。ハルに敬意を表して。きみに献杯だ、ハル」ロナルドがグラスを掲げた。

「ハルに」サミもグラスを高く上げる。その動きがすばやすぎて、少しこぼれた。

「ハルに」みんなで声を合わせた。

献杯が終わるとグループのみんなは肩の力を抜き、おしゃべりしたり冗談を言い合ったりしはじめた。みんなは、明らかに部外者のわたしを話に入れようとしてくれた。次の一杯をわたしのおごりにすれば、その状況をよくすることはあっても悪くすることはないだろうと思った――あと、みんなの口を少しばかり軽くするのにも役立つだろうと。

ウェイトレスに合図しようとしたけれど、わたしたちが入ったあとパブはすごく混みはじめており、唯一姿が見えたウェイトレスはこぼれそうなエールがいっぱい載ったトレイを運んでいた。

「みんなのおかわりを買ってくるわね」椅子から立ち上がり、同じように立ち上がろうとする男性陣を手ぶりで座らせた。

「サミとわたしはアルコールを飲まないの」ライラが言った。サミが一瞬むっとした顔になったけれど、姉のことばを否定はしなかった。

「わたしもそんなに飲まないのよ」わたしは言った。「ジンジャーエールはどう?」

ライラがうなずいた。

わたしはバーカウンターへ向かった。そこも混んでいて、バーテンダーの注意を引くのを待っていると、すぐ背後にだれかが近づいてくるのを感じた。

「やあ」耳もとで男性の声がした。

そのことばがわたしに向けられたものであるのはほぼ確信があった。でも、ふり向かなかった。

パブで男性から声をかけられるのも、これがはじめてではなかった。ミックおじやボーイズは、一緒にいるときは常に防護壁のようなものを作ってくれたけれど、自分ひとりで対処するやり方も身につけている。

「きみと話がしたいな」耳のすぐ近くで男が言った。

「ごめんなさい」ふり向きもせずに言う。「ひとりじゃないので」

「例外を作ってくれるつもりはない？」

「ええ、そう……」このときになって男性を見上げたわたしは、目を瞬《しばたた》いた。一瞬、少佐だとわからなかった。ひとつには、いつもの陸軍の軍服姿ではなかったからだ。RAFの青い軍服を着ていた。すごく似合っていると認めざるをえなかった。

でも、それ以外にも目に見えてちがっている点があった。いつもは任務と不機嫌のせいで堅苦しい物腰なのに、いまの彼はパイロット然とした自信たっぷりな雰囲気をまき散らしていて、声までが別人のようだった。ぶっきらぼうな口調からあまりにもかけ離れた温《ぬく》もりのある魅力的な声で話しかけられて、その声の持ち主がラムゼイ少佐だと把握できなかった。

はじめて会うふりをするようにと言われていたのを思い出し、笑顔で少佐を見上げた。

「そうしてもいいかも」彼の問いかけに対する返事だ。

そのときウェイトレスが来たので、飲み物の注文をした。ふたたび少佐をふり向くと、彼は先ほどより近くにいた。

「だれかと一緒に来てると言ってた？」少佐がたずねた。

わたしは隅のテーブルに向かって顎《あご》をしゃくった。ロナルドの言ったなにかにグループのみんなが大笑いしているところだった。みんなロナルドの話に夢中で、わたしにはまったく注意を払っていなかった。「お友だちと飲みにきたんです。あなたもご一緒にいかが?」

「それよりも、きみと話がしたいな」周囲で耳をそばだてている人がいたら、戯《たわむ》れをかけているとしか思えないような口調だった。ふだんの少佐を知っている身としては、こんな変化に慣れるのは時間がかかりそうだった。

「ダンスに誘ってくれるべきなんじゃないかしら」わたしは両の眉《まゆ》をほんの少し上げてみせた。隅のピアノについた女性が曲を奏ではじめ、間に合わせで作られたダンス・フロアに数組が移動した。

「そうだな」

「楽しみにしていますね」にっこり笑い、少佐の横を通ってふり返りもせずに立ち去った。

8

グループのテーブルに戻りながら、この新たな展開について考えをめぐらせた。英国空軍《RAF》の軍服なんて着て、ラムゼイ少佐はここでなにをしているのだろう？　少佐がこのパブに来たのはたまたまだと信じるには、わたしは彼を知りすぎている。少佐はわたしを尾《つ》けてきたのだ。尾行に丸一日もかかったなんてといらだちを感じたけれど、遅くても接触してこないよりはましだった。

ライラとサミはテーブルから少し離れたところで、小声ながらも切迫した口調で話をしていた。サミは激怒しているような表情だった。近づいてくるわたしに気づいたライラが急に話をやめ、妹のサミから離れた。

「もう行かないと」ライラが言った。「頭痛がするの。ここは騒々しいから」トロンボーンとクラリネット奏者がどこからともなく現われ、威勢のいいジャズの調べにくわわった。なかなかうまかった。

「そうね、ちょっとうるさいかも」わたしは言った。「まあ、ときにはちょっとした喧噪《けんそう》と活気も悪くないとは思うけど。ひとり暮らしだと、静かすぎるから」

「わたしたちには想像もつかないわ」サミの口調にはかすかに棘《とげ》があった。

「そうね」ライラが妹に向かって意味ありげなまなざしを送った。「いつも姉妹一緒だから」

ふたりが口喧嘩《くちげんか》をしていたのは明らかだ。サミはいまも腹を立てていて、ライラはそんな妹をなだめようとしている。あるいは、自分たちは敵同士なのではなく味方同士なのだと言いふくめようとしているのだろうか?

「家に帰ってアスピリンを呑《の》むわ」ライラだ。「楽しんでね。ごきげんよう、ミス・ドナルドソン」

「ごきげんよう」帰っていくライラを見送った。「問題はなし?」サミにたずねた。

彼女はなんでもないとばかりに手をひらひらとやった。「ライラはいつもあんな調子なの。自分の人生だけじゃなくて、わたしの人生もきっちり取り仕切る必要があると思ってるのよ」

姉であるライラらしいとわたしは思った。ふたりの関係がわかるようになってきた。サミのほうが明らかに社交的だ。ライラは伝統的なものに重きを置き、現代的なふるまいをする妹をあまりよく思っていない。

わたしもいとこたち《ボーイズ》相手に同じような経験をしている。コルムとトビーは自分たちだってばかをやってきたのに、わたしが厄介ごとに首を突っこまないように常に気を配り、歳上の自分たちにはお説教をする権利があると感じているのだった。家族のなかでいちばん歳下でいるのは相当の試練で、姉が押しつけようとしている境界線をサミが押し戻そうとするのは当然に思われた。

「よかれと思ってのことじゃないかしら」わたしは言った。

サミは顔をしかめ、テーブルの自分の席に戻った。彼女はカーロッタと落とした声で話しはじめた。ライラに対する文句でも言っているのだろう。カーロッタは同情的な表情だ。

飲み物が運ばれてきて、わたしたちは飲みながらおしゃべりを続けた。

わたしの一部は少佐が近づいてこないかと意識を研ぎ澄ましたままでいた。でも、どうやら彼は時間をかけるつもりのようだった。じゃあ、わたしはその時間を有益に使おうじゃないの。

「お仕事はなにを?」ロナルドにたずねた。彼はわたしのおごりの二杯めを飲んでいて、ウエイトレスに三杯めを頼んでいた。まだ酔っ払ってはいなかったけれど、酔いつつある少し潤《うる》んだ目をしていた。

「波止場で働いてる。入隊志願しようかとずっと考えてるんだが、波止場の仕事も重要なんだって言われ続けてさ」

「もちろんそうだわ」おだてるように言う。「港を出入りする船がいままで以上に増えてるんでしょうね」

ロナルドがうなずく。「ほとんど毎日船でいっぱいだよ。アルフレッドは炭鉱で働いてるんだ。だからこんな顔色なんだよ」

その冗談にアルフレッドが弱々しく笑ったのを見て、しょっちゅう言われているのだろうと思った。

「私と踊ってくれますか?」顔を上げると、少佐がテーブルのそばに立っていた。少佐を見たサミの目が興味を示しているのがわかった。ラムゼイ少佐は行く先々で女性の関心を引くようだ。わたしはそれに何度も気づいているけれど、少佐は気づいていないみたいだ——あるいは、心底どうでもいいと思っているか。いつもは、ということだけど。今夜の彼はそれを積極的に利用している。自分が魅力的であるのをわかっていて、RAFの青い軍服と同じくらい仮装の一部としてそれを利用している。

グループのみんなをちらりと見る。カーロッタは少佐を崇拝するサミにくわわり、黒っぽい目をきらめかせている。ネッサはそこまであからさまではなかったものの、やはり少佐をすてきだと思っているのがわかった。

わたしは彼ににっこりしてみせた。厳格な指揮官の少佐が役割を演じているのではなく、ほんとうに颯爽《さっそう》としたRAFの軍人だったら、そうするだろうからだ。「喜んで」

少佐はわたしの椅子を引いてくれ、肘《ひじ》に手を当ててダンス・フロアへといざなってくれた。抱き寄せられ、踊りはじめた。

当然ながらというべきか、これまでラムゼイ少佐とダンスをする理由がなかったのだけれど、すばらしく上手だとわかっても驚きはなかった。堅苦しい軍人という殻の下にはかなり洒落《しやれ》た人がいた。伯爵の甥《おい》だから夜会にもそれなりに出席してきたはずだ。それに、生来の運動神経のよさで、たいていのことをうまくこなすのだ。

「ダンスがとてもお上手ね」よく考えもせずに言ってしまった。

「ありがとう。きみも上手だ。花嫁学校《フィニッシング・スクール》でちゃんと学んだものもあるんだな」

つかの間、いまのことばに驚いてしまったものの、すぐに少佐がわたしについて調査していたのを思い出した。わたしの人生を事実や日付で整理したファイルがあるのだ。ミックおじがわたしをフィニッシング・スクールへ行かせたことは、当然少佐も知っていた。でも、それに関する調査は表面的なことに留《とど》まらなかった。

「ちゃんと学んだものもある？」少佐のことばをおうむ返しに言う。「つまり、ちゃんと学べなかったものもあると言いたいわけ？」

少佐が少し身を寄せてきた。「怒ったときに顎《あご》をつんと上げる癖をなおせなかった。目に怒りをたたえる癖も」

少佐に腹を立てたかったのに、思わず浮かんだ笑みをこらえられなかった。彼の描写したわたしは、とても正確だった。「わたしの性格を矯正するのがフィニッシング・スクールの目的じゃなかったわけだし」

「そうだな。われわれもそれは望まない」

わたしたちはしばらく無言でダンスのリズムに浸った。少佐に言いたいことがたっぷりあったけれど、まわりに人がおおぜいいた。ここは理想的な合流場所ではなかったけれど、ふたりが知り合う場として少佐はここを選んだのかもしれないと思い至った。

　ＲＡＦの軍人はこの町で毎日のようにパブで女性に声をかけていて、少佐はそれをまねたのだ。一緒に過ごすためには、おたがいに惹《ひ》かれ合っているふりをしなくてはならない。男女が一緒に働く口実として、以前にもやった経験があった。

　少佐の声がして、わたしははっと現実に戻った。

「熱心に友だち作りをしていたみたいだな」

「お友だち作りはうまいの。そういうのが得意な人間もいるのよ」

　そのあと、ふたりは黙って踊った。それから少佐が身を寄せてきた。「ハル・ジェンキンスの部屋を探ろうと思った理由は？」

「彼が亡くなった場に居合わせたの。あの状況にはおかしなものがあった。それに、それだけじゃなくて、亡くなる一、二時間前に、わたしがトラックに轢《ひ》かれそうになったところを助けてくれたのよ」

　それを聞いて驚いたとしても、少佐はそんなそぶりをみじんも見せなかった。「場所は？」

「下宿屋から二、三ブロックのところよ。だれかにわざと突き飛ばされてなんかない、とは言いきれない」

「ハル・ジェンキンスはなんと言っていた？　話はしたのか？」

「いいえ。わたしは助けてもらったお礼を言っただけ。でも、そのあと彼が亡くなったとき、手になにかを握りしめているのに気づいたの。〈おまえが持っているのはわかっている〉と書かれた紙片だった」

「ゆうべ私に報告すべきだったな」表情は完璧に愛想のよいものだったけれど、ことばには棘があった。

「そんな時間をくれなかったじゃないの！」

「許可していない住居侵入中のきみと鉢合わせして、少し気がそれてしまったんだろう」

心からの笑いを小さくあげた。「あなたの表情からは、わたしに説教をしているなんてだれにもわからないでしょうね。あなたってすばらしい役者だわ、少佐」

「大佐だ」少佐が正す。

わたしは彼を見上げた。「自己紹介してもらったほうがいいと思うわ」

「RAFのジョン・グレイ大佐です」ジョン・グレイだなんて、少佐にぴったりの創造性の欠片《かけら》もない偽名だこと。きっと、簡素な〝ジョン〟という名前にずっと憧れていたのに、すてきな〝ゲイブリエル〟という名前にがまんしてきたのだろう。

「お会いできて光栄です、大佐。リズ・ドナルドソンと申します」

「こちらこそ光栄です、エリザベス」わたしが選んだ縮めた名前を無視している。「紙片はいまも持っているか？」

「ええ。次に会うときに渡すわ。さて、いくつか質問に答えてもらうわよ」わたしは言った。「ハル・ジェンキンスのことは知っていたの？　彼はあなたの下で働いていたのか、それとも敵側の人間だったのか？」

「いまはその話にふさわしくない」

「彼は殺されたのだと考えているの」わたしは食い下がった。「死に顔が……不自然だったし、唇《くちびる》に白い泡みたいなものを吹いていたし」亡くなった男性の表情を思い出し、身震いが出そうになるのをこらえた。

「ああ、見たよ。私もあそこにいたのでね」

驚いてはっと顔を上げた。「気づかなかったわ」

「気づかれないようにしていたからな」

わたしは彼の足を踏んだけれど、彼は気づかないふりをした。

しばらく無言で踊った。

「あなたと話がしたいの」ついにわたしは言った。少佐がそれ以上情報を分かち合ってくれないつもりなのがわかったのだ。「あなたと話す必要があるのよ。わたしは突き飛ばされてトラックに轢かれかけたわけだし、人がひとり殺されたのだから、ある程度の説明はしてもらっていいと思うのだけど」

「だから、きみと知り合いになる場を設けたんじゃないか。一緒にいるところを見られても大丈夫なように」少佐はなにか考えこんでいるのか、ここでいったんことばを切ったあと、ふたたび話し出した。「明日の朝迎えにいく」

わたしは少佐をまじまじと見た。こちらの要求に屈したなんて疑わしかった。「ずいぶんすんなり引くのね」

「私が同意するまで、きみはうるさくつきまとうだろう。ということで、デートだ」

「デート？」

「そうだ。私がきみに言い寄っているのがわからないか？」

それを聞いてわたしは大笑いした。少佐の目もおもしろがっている気がした。その目は、軍服の色の影響で青さが際立っていた。

情報を明かそうとしない少佐にいらだってはいたものの、ダンスは楽しんでいた。最近ではダンスに出かける機会も少なくなっていた。一度か二度連れていってくれたフェリックスにはぜったいに言えないけれど、ダンスは彼の脚に負担なのではないかと心配だった。フェリックスは生まれつき動きが優雅で、義足になってもそれは変わらなかったものの、認めようとしないくらい痛むのではないかと、ときどき気になった。

ダンスが終わり、ラムゼイ少佐がみんなのいるテーブルへわたしをエスコートしてくれた。

女性陣から期待のこもった目を向けられ、わたしが紹介役をした。アルフレッドもロナルドも、少佐の登場をそれほど喜んでいないようだった。まあ、アルフレッドは引っこみ思案だし、ロナルドはわたしがダンスをしているあいだにさらに一、二杯飲んでいて、椅子に座る姿が少しだらりとしていたせいなのだろうけれど。

「一緒に飲みましょうよ、大佐」サミが誘った。

「こんなに楽しいグループに誘われて心が揺れますが、あいにくこのあと所用がありまして」少佐らしくもない魅力をふりまく。「別の機会にお願いできますか？」

「ええ」サミがふっくらした唇に小さく笑みを浮かべた。「楽しみにしているわ」

サミはわたしの目の前で少佐に媚《こび》を売っていたけれど、彼女からしてみたら、わたしには文句を言う権利はないのだろう。わたしと少佐は出会ったばかりなのだから。どのみち、サミはがっかりするはめになるけれど。

でも、そうはならないかもしれない、と不意に思った。少佐の私生活についてはなにも知らない。何人もの女性がいるかもしれず、サミから情報を得ながら彼女と親しくなるのを楽しむかもしれなかった。

大きなものがかかった任務に少佐とともに就いてきたせいで、親しくなった幻想を抱いてしまった。でも、わたしたちは友だちではない。共通のゴールに向かって働く同僚にすぎない。それがすべてだ。

ラムゼイ少佐はとんでもなく魅力的な男性だ。女性と交際する時間などないと一度ならずはっきり言われていたけれど、ひょっとしたらもっと軽い関係のほうが好みなのかもしれない。わたしになにがわかる？

こんな考え方はまったく生産的でないと気づいて会話に注意を引き戻したちょうどそのとき、ラムゼイ少佐がわたしのほうを向いて手を握ってきた。「明日を楽しみにしていますよ、ミス・ドナルドソン」

「わたしもです」まつげを大げさにパタパタやってみせた。

少佐は微笑《ほほえ》み、テーブルのみんなに会釈をして立ち去った。

少佐の姿が人混みのなかに見えなくなると、サミが小さく口笛を吹いた。「理想の男性をつかまえたわね、リズ。前にあんなにハンサムな人を見たのがいつだったか、思い出せないくらいよ」

「彼、ほんとうにハンサムよね」カーロッタも言う。

「電話番号は教えた？」サミだ。

「明日の朝、ドライブに出かける予定になったの」

「さすが」サミが返す。「やるじゃない。嫉妬しちゃうな！」

サミがウインクを寄こし、わたしたちはまた飲み物に口をつけた。このグループがどんどん好きになっていた。全員が温かくておもしろい。口数の少ないアルフレッドですらがわたしに慣れてきて、炭鉱での仕事について少し話してくれた。

このなかのだれひとりとして、ハルを殺す理由なんてなかったはず。そうでしょ？

そうは思ったものの、全員が機密情報のからむ可能性がある軍事関連の仕事に就いていることに気づかずにはいられなかった。ロナルドは港で、アルフレッドは炭鉱で、ネッサは造船所で働いている。そしてカーロッタは、サミと同じ薬局で働いていると知った。

このなかのだれかがほかの人に知られたがっていないことを、ハル・ジェンキンスが知ってしまったのだろうか？　ハルは、邪悪な陰謀みたいなことをこのなかのだれかと企《たくら》んでいたのだろうか？

あまりにもたくさんの疑問がそのままで、ハル・ジェンキンスの死の謎に少しも近づけていない感じがした。明日、ラムゼイ少佐がそんな疑問の一部にだけでも答えてくれるといいのだけれど。

9

周囲で起きているすべてに心をかき乱されていたのに、不思議と熟睡できた。この何週間かのロンドンよりも、安心して眠れる状況だったからかもしれない。サンダーランドが空襲を逃れられているというわけではなかったけれど。ここは港湾都市で、それゆえにナチスに爆撃の格好の標的にされてしまう。ただ、これまでのところ夜は静かで、窓の外でときおり鳴く夜鳥（夜鷹《よたか》だろうか？）の声や木々を吹き抜ける潮風に眠りに誘われた。

そんな贅沢《ぜいたく》ともいえる夜を過ごして罪悪感をおぼえ、家に電話しなくてはと思った。朝食前にロンドンに短い電話をかけさせてほしい、とミセス・ジェイムズに頼んだ。早い時刻に電話をすれば、だれかに聞かれる確率も低いだろうと思ったのだ。

「もしもし」呼び出し音が二、三回したところでネイシーが出た。その声を聞いて、愛が――それに、安堵《あんど》も――膨《ふく》れ上がった。ネイシーが電話に出たということは、彼女もおじも無事で、家も崩壊していないということだ。

「もしもし、ネイシー。エリーよ」

「ああ、エリー、電話をくれてよかった」

「そっちは大丈夫？」

「ええ、すべてつつがなしですよ。あなたのことが心配でたまらなかっただけ」

「もっと早く電話できなくてごめんなさい。いろいろ立てこんでいて。ふたりとも元気？」

「元気ですよ。空襲は続いてますけど、あたしたちは無事です」

わたしが海辺への旅行も同然の日々を楽しんでいるあいだ、おじやネイシーが夜ごとの危険な空襲を受けている。またもや罪悪感にぐさりとやられた。もちろん、わたしは戦争のためにここで自分の役目を果たそうとしているのだけれど、うちの家族の近くに爆弾が落とされていると考えるのはつらかった。

「フェリックスから連絡はあった？」なにかメッセージがあったら、ネイシーに電話で伝えておいてくれれば、わたしから彼女に連絡したときに聞く、と彼に言ってあった。

「いいえ、なにもありませんよ」

なにかまずいことが起きたのでもないかぎり、彼がスコットランドから電話をしてくると本気で期待していたわけではなかった。彼はなにをしようとしているのだろう。たずねても、一度ならずはぐらかされたし、それについては話したくないとまで言われていた。

妙だったし、少しばかり不安になった。

それに、ハル・ジェンキンスの部屋のデスクマットからこすり写したものを彼に見てほしかった。

「長話はしてられないのよ、ネイシー。ただ、そっちが無事かどうかたしかめたかっただけなの」

「わかってますよ。あたしたちは大丈夫。あなたは体に気をつけてるの？　ちゃんと食べてる？」

わたしはにやついてしまった。「両方ともイエスよ」

「あ、ミックが話したいんですって。気をつけてね」

「約束する」

回線がしばらく静かになったあと、ミックおじの声が聞こえてきた。「もしもし、エリー嬢ちゃん。元気にやってるかい？」

「元気よ、ミックおじさん。おじさんの声が聞けてうれしい」

「私もおまえの声が聞けてうれしいよ。昨日、おまえ宛《あて》の手紙が届いたと伝えておきたくてな」不意に、おじの声が少し変だと気づいた。

「そうなの？」

「差出人はクラリス・メイナードだ」

わたしは固まった。クラリス・メイナードは、わたしがまだ幼かったころにスペイン風邪で亡くなった母の親友だった人だ。彼女の存在をつい最近知って、フェリックス以外だれにも話したことのないうちの家族の秘密の過去について、話を聞きたくてたまらなかった。冷厳な事実は、母はわたしが生まれる前に夫殺しの罪で死刑を宣告されていた、ということだ。けれど、妊娠が発覚して刑の執行を猶予された。結局、わたしが母をおぼえていないくらい幼いときに亡くなったけれど。

ミックおじとネイシーがわたしを――コルムとトビーと一緒に――愛のあふれる環境で育ててくれたので、愛情が不足していたことはない。それでも、家族の悲劇という影のなかで生きてきた事実に変わりはなかった。

母は無実を訴えたまま亡くなり、母の不利になる証拠をどれだけ読もうとも、わたしは母が父を殺したとは信じられないのだった。

最近、ふたりの人間と話をして、それがただの空頼《からだの》みではないかもしれないと感じるに至った。そのひとりは母の囚人仲間だった女性で、真犯人に心当たりがあるが、それを明らかにするのは百害あって一利なしだと母から打ち明けられたそうだ。

もうひとりは、母の弁護士だった人だ。彼も母の無実を信じていたと言ってくれたけれど、母がなにかを隠していたとも言っていた。この弁護士と話して、クラリス・メイナードにたずねることにした。

かなり苦労して彼女の住所を突き止め、母の話を聞くためにリンカンシャーのお宅におじゃましてもいいか、と手紙を書いた。

いまは、母の事件をどうしたいのかわからなかった。母を生き返らせることはできないし、父を悲惨な運命から救うこともできない。それでも、知らなければならないと感じていた。無実を証明できれば、少なくとも母の汚名をすすげるし、うちの一家の重荷を少しだけでも取りのぞけるだろう。

ミックおじとわたしの父はとても仲がよかった。おじは母の悪口をひとことも言わなかったけれど、母が父を殺したと信じているのはわかっていた。

そしていま、わたしが留守のあいだに返事が届き、おじの声音からして差出人がだれかに気づいたのがわかった。

おじに嘘はつきたくなかった。これまで、どんなことでもおじに嘘をついた経験はない。だから、真実の半分を話した。「少し前にお母さんを知っている人たちと偶然出会って、そのときにミセス・メイナードの名前が出たの。か……彼女に連絡を取ってもかまわないだろうと思って」

回線の向こうが静かになった。ミックおじがことばを失うなんてめったになかったから、わたしは不安を募らせた。ついにおじが口を開いた。「おまえの母親について知りたいなら、私がなんだって話してあげるとわかっているだろう、ラブ」おじの声ににじむものが傷ついた気持ちなのか失望なのか、読み取ろうとした。どちらも少しずつ混じっていたのかもしれない。

「ええ。おじさんはずっとよくしてくれたわ。ただ……すべてを話すのは……おじさんにはつらいことだってわかってるの。でも、いまはその話はやめておくわ。そっちに帰ってから話しましょう」

「手紙を転送しようか？」

わたしは考えた。クラリス・メイナードの返事の内容を知りたかったし、その返事が届いていると知ってしまったいまとなっては、転送してもらわなければそればかり考えて気が散ってしまいそうだった。

「ええ、そうしてもらえたらうれしい」フェリックスに手紙を出した郵便局留《ど》めにしてほしいと伝えた。本名宛の郵便物がミセス・ジェイムズの下宿屋に届くのは避けたかった。それに、こうすれば、任務についてだれにも言うなという少佐の命令にまっ向から逆らわずにすむ。サンダーランドにいるとわかったとしても、そんなのはたいした情報ではないから。

「わかった」ミックおじが言った。「じゃあ、そっちに送るよ」

「ありがとう」ふたたびの沈黙。電話を切る前にたずねずにはいられなかった。「ミックおじさん？」

「なんだい？」

「怒って……ない？」

「もちろんだよ、ラブ」子どものころのわたしを慰《なぐさ》めてくれたときのように、温《ぬく》もりがあってやさしい声だった。「ただ……あることが……いや、おまえがさっき言ったように、帰ってきたときに話そう。転送する手紙の内容でそれまでに話したいことがあれば、電話をくれればいい」

「わかった。ありがとう」

いまはこれでよしとするべきだったけれど、こんな調子で電話を切りたくはなかった。おじから充分よくしてもらっていないと感じてるとか、わたしの人生でおじが果たしてくれた役割に感謝してないなんて、思ってもらいたくなかった。おじは、親としてできる以上のことをしてくれた。それでも、この件はわたしが追求しなくてはならなかった。たとえそれがどんなものであろうとも、真実を知る必要があった。

そのすべての気持ちをことばにしている時間はなかったので、いちばん強い気持ちを伝えるだけにした。

「あんまり伝えてないかもしれないけど」感情がこみ上げてきて、喉がふさがった。「愛してるってわかってくれてるわよね、ミックおじさん」

おじの声に笑みを感じ取った。「私も愛しているよ、エリー嬢ちゃん」

ミセス・ジェイムズの下宿人たちと一緒に温かくて濃厚なポリッジの朝食をとった。だれも会話をすることにあまり関心がないみたいだった。アルフレッド・リトルは朝食の場にいなかった。彼とは下宿屋ではまだ顔を合わせていなかったけれど、炭鉱の労働時間は長いと知っていた。

スプーンを置いたとき、頰《ほお》を赤らめ目をきらきらさせたミセス・ジェイムズが食堂に駆けこんできた。

「リズ、男性のお友だちが談話室でお待ちよ。訪問にはちょっと早い時刻よね？　きっとあなたにぞっこんなんだわ」

「ありがとうございます、ミセス・ジェイムズ」少佐が早く現われたと聞いてうれしかった。自分がサンダーランドに呼ばれた理由や、それがハル・ジェンキンスの死とどう関係するのかを知る心の準備はできていた。いや、それ以上にあれこれ説明してもらわなければ。

談話室へ行くと、少佐が窓辺に立っていて、わたしがサミと出会った裏庭を見ていた。足音を聞いてふり向いた彼が笑顔を見せたので、わたしは不意を突かれた。人をこき使う少佐ではなくて、魅力的な英国空軍《RAF》将校になりすましているのを忘れていた。彼の笑顔にはいつもどきりとさせられた。めったに見せないまっすぐな白い歯を目にして、彼にも人間らしい温かみを見せられるのだと思い出させられた。

「おはよう、エリザベス」

「おはようございます、ジョン」この規模の下宿屋で、大家がうわさ話好きときたら、この会話が盗み聞きされている可能性は高い。そこで、なんとかたしなめるような口調を取り繕《つくろ》った。「思っていたより早くいらしたのね」

「きみに会いたくて待っていられなかったんだ」なめらかな返事だった。「もう出かけられるかな?」

わたしは行き先を知らなかったけれど、いま文句を言ったところであまり意味はなかった。

「なんとか。急いで部屋へ上がって上着とハンドバッグを取ってくるわ」

「本も忘れないように」

一瞬、ぽかんとしてしまった。それから、少佐がなんのことを言っているのか気づいた。

『イングランド北部の鳥類』だ。

「わかったわ」野鳥観察の本をなんのために渡されたのか、いよいよわかると思ったら興奮した。


階上の部屋へ行って上着とハンドバッグを取ると、急いで階段を下りた。少佐は玄関ホールで待っていて、ミセス・ジェイムズにつかまっていた。ふたりは気軽な感じで話していた。ラムゼイ少佐がまたもや微笑《ほほえ》みを浮かべてミセス・ジェイムズを魅了しており、彼女は相手をしてもらっている時間を楽しんでいた。少佐からあんな風に魅力をふりまいてもらった経験のないわたしは、いらだちを感じた。まあ、魅力をふりまいてもらいたいと特に思っているわけではないけれど。嘘くさい社交辞令を言われるよりは、その人にとっての自分の立場がはっきりわかるほうがいい。とはいえ、礼儀正しくする価値もない相手だと見なされているのがわかって、胸をぐさりとやられたのはたしかだ。

にこやかな表情を顔に貼りつけ、少佐とミセス・ジェイムズに近づいた。「準備できたわ」

「楽しんでいらっしゃいね」ミセス・ジェイムズが言った。

「ありがとうございます」

「夕食までに彼女を帰せないかもしれません」少佐がわたしの腕を取りながら、ミセス・ジェイムズに言った。「でも、あまり遅くなりすぎないように気をつけます」

大家がまばゆい笑顔を少佐に向け、わたしたちは下宿屋を出た。

少佐がわたしの背に手を当てて近くに停《と》めてある自動車に向かって歩くあいだ、ふたりは無言だった。

彼がドアを開けてくれ、わたしはするっと乗りこんだ。少佐は運転席側へとまわり、いくらもしないうちに自動車を走らせはじめていた。

「いくつか説明してもらう必要があるわ、ラムゼイ少佐」わたしは言った。

「きみはそう思っているだろうな。だが、いっぺんにすべてというのはやめておこう。いいな？」

いつもの少佐に戻っていた。魅力はふたたび必要になるまでしっかりしまいこまれた。ほんとうは冷ややかでよそよそしい人なのに、やさしく愛想のよいふりができるなんて、改めて驚嘆する。

「陸軍がお気に召さなかったら、舞台仕事でやっていけるわね。感じのよさをオンにしたりオフにしたりするようすはすごいもの」

「私がいつも感じ悪いとほのめかしているわけではないだろうね?」

「ほのめかしてなんかいません。はっきりそうだと言っているの」

少佐が微笑んだ。めったに見ない、心からの笑顔だった。「きみが相手だと取り繕う必要がないからね、ミス・マクドネル。私といるときのきみが明らかに取り繕う必要がないのと同じで」

パブを通り過ぎ、川へと向かうしばらくのあいだ、わたしたちは無言だった。すると、少佐が海のある北東に自動車を向けた。

「野鳥観察の本にはどんな意味があるんですか?」わたしはたずねた。

「きみの偽装の一部だ」

「それだけ?」自分が必要以上にその本に意味を持たせていたとわかってむっとした。

「偽装はどんな任務でも重要な部分だ、ミス・マクドネル。軽んじてはいけない」

「簡単に言わないで。あなたは、鳥についての無意味な事実を何時間もかけて暗記してないでしょ」

「それなら、がんばって頭に入れた知識を生かさないとな」

ラムゼイ少佐はわたしの背後の後部座席に手を伸ばし、なにか重いものをこちらのひざに置いた。双眼鏡だった。

わたしは少佐を見た。

「鳥の観察をしよう」

10

町から離れて海岸に向かい続けると、景色が美しくなっていき、緑が遠くまで広がり、点点と生えた木々が見え、ときおり岩肌が覗《のぞ》いた。

少佐は自分に都合のいいタイミングになるまで情報を明かすつもりがなさそうだったし、どちらも雑談をする気分ではなかったので、わたしは窓を下げ、ひんやりしたそよ風のなかに感じられる海の空気を楽しんだ。北東部の海岸に来たことはなかった。それどころか、ロンドンから出ることがめったになかった。生活も仕事もロンドンにあったし、わたしたち家族は休暇旅行をするタイプではなかったから。

「ハル・ジェンキンスは毒殺された」少佐は衝撃のやり方で沈黙を破った。「青酸カリだ」

わたしははっと息を呑《の》んだ。ハル・ジェンキンスが顔をゆがめ、唇《くちびる》に泡を吹いていたのを思い出した。「おそろしいわね。かわいそうなハル」

「あっという間だ。敵地で活動するスパイは、捕らえられた場合に備えてカプセルに入れた青酸カリを持っていることが多い」

顔を上げて彼を見る。「彼はスパイだったと思う?」

「それはまだわからないが、青酸カリはふつうの人間が持っているようなものではない」

「たしかに」反射的に同意していた。前回の任務では猛毒が関係していた。どうやらドイツ側はたっぷりの猛毒を持っているらしい。

ハル・ジェンキンスについて知っているわずかなことを思い出す。不埒《ふらち》な人には見えなかった。わたしはそういう直感にはすぐれている。犯罪者のなかで育ったので、人を読むのにとても長《た》けていた。ハル・ジェンキンスとはほんの短いかかわりしかなかったけれど、良心的な人ではないとしても、少なくとも思いやりのある人という印象だった。なんといっても、彼はわたしの命の恩人と言っても過言ではないからだ。デスクマットからこすり写した紙に〝殺す〟という文字跡を見つけはしたものの、深夜に彼の部屋を探っても悪事を示す実際の証拠は見つからなかった。

デスクマットから発見したものについて少佐に報告すべきかもしれないとは思ったものの、こすり写した紙片をフェリックスに送ってしまったのを思い出した。あのときはいい考えに思えたのだけど、ラムゼイ少佐に話したらぜったいに気分を害するだろう。

とりあえずのところは、情報の一部を脇に置いておくのもいいかもしれない。なんといっても、具体的なことはなにもわかっていないのだから。あの単語がハル・ジェンキンスの間借り中に書かれたものかどうかすらもわかっていない。〝殺す〟ということばは、ラブレターみたいなもののなかで強調のために使われたもので、完全に無害で、ハル・ジェンキンスとも彼の死とも無関係なのかもしれない。

それでも、彼は殺された。そうでしょう？　毒を摂取していたのだから。わたしの命を救って別れたあと、青酸カリの入ったカプセルを呑んだとは考えにくい。筋が通らない。

「でも、彼が自分でカプセルを呑んだなんてことはないわよね？　往来の激しい通りでそんなことをする理由は？　だれかに捕まりそうになっていた、というなら話は別だけど」

「そうは思わない」少佐の返事だ。「気づかないうちに呑まされた可能性が高い。死ぬ直前だったはずだ」

この筋書きにはまだよくわからない部分があった。というより、大半が曖昧《あいまい》だった。少佐が質問に答える気分でいるあいだに、最初からはじめることにした。

「わたしをサンダーランドに来させたのはどうして？　この任務におけるわたしの目的はなに？　はじめからハル・ジェンキンスと関係のあることだったの？」

「ある意味では。情報屋から、ハル・ジェンキンスがかかわっている可能性のある活動についてうわさ話を耳にしたと聞いた。その情報屋はなにかをつかんでいるようだった」

「その活動とは？」

「詳細についてはあとで話そう」

少佐が手の内を見せたがらなくても、驚くべきではなかった。可能なかぎりわたしがなにも知らされないままなのは、いつもどおりだ。その理由はわかったためしがない。わたしたちの仕事が秘密の性質を負っているからという単純なものなのか、少佐がわたしを信頼していないからなのか。なんといっても、わたしは泥棒だから。

少なくとも、以前は泥棒だった。

近ごろでは、法律を守る国民のどの領域に自分が当てはまるのか、もはやよくわからなくなっていた。ラムゼイ少佐とかかわるようになって以来、泥棒稼業を行なってはおらず、少佐から依頼されるスパイ撲滅活動には危険と刺激が満載で、違法な行為をしたいという衝動を鎮《しず》めてくれている。

だとしても、少佐の秘密主義には腹が立つ。「どうしてすべてを謎めかすの、少佐？　そろそろわたしを少しくらい信頼してくれたっていいんじゃないの？」軽い口調を心がけたけれど、まじめな問いかけだった。少しは信頼されてもいいくらいの働きはしてきたつもりだ。

少佐がちらりとわたしを見た。「きみを信頼していないわけではない、ミス・マクドネル。単に数多くの要因が作用しているせいだ。はっきりした答えのわからないものもあるし、わかっているものに関しても、いま向かっている場所に着いてから説明したほうがいいんだ」

わたしはそれを受け入れ、先に進んだ。「だから、ミセス・ジェイムズの下宿屋に滞在させることにしたの？　ハル・ジェンキンスが同じ通りに住んでいるから？」

「きみに彼の近くにいてもらうのが好ましかった。ミセス・ヤードリーの下宿屋には空き室がなかった。あいにく、すべてがこちらの望みどおりになるとはかぎらなくてね」

「じゃあ、わたしに彼の行動を監視させるつもりだったの？」

「それは私がやっていた。しばらく前から彼はレーダーに引っかかっていた。ただ、きみが彼の仲間と知り合いになってくれればいいと願っていた。最近彼がわずかでも一緒に過ごした相手は、きみの新しい友人グループなんだ。ハル・ジェンキンスはグループの仲間と定期的にパブで会っていた。パブが混み合っていて騒々しいのは、きみ自身が体験したとおりだ。周囲に気づかれずに情報だとか小さな包み程度のものを受け渡すのに理想的だ。予想どおり、きみは私よりも遙《はる》かにうまくハル・ジェンキンスの友人グループに入りこんだ」

わたしは彼に笑顔を向けた。「ご自分を安売りするのはだめよ、少佐。きっとわたしよりもたくさんの情報をサミ・マドックスから聞き出せていたでしょうね」

ラムゼイ少佐はなにも言わなかった。どういうわけか、わたしはがまんできずに食い下がった。

「わたしに言い寄るふりをするんじゃなくて、サミに言い寄るべきだったのよ。そのほうが情報源に近づけたのに」

「そういう策略は好きではない」

彼をちょっぴりからかわずにはいられなかった。「仕事と楽しみをぜったいに混ぜたりしないの、少佐？」

彼に目をじっと見つめられ、熱いものが首筋を這《は》い上がってくるのを感じた。

「だいたいにおいて、それは賢明でないと考えている」しばらくして、彼はようやくそう答えた。「それに、目的を果たすためにロマンスを利用するのは、特に不快に思う。私は守るつもりのない約束はしない」

軍人然とした姿の下には貴族の血が流れているのをときたま忘れてしまう。彼が道義心と騎士道精神を叩《たた》きこまれたのは疑うべくもない。

「いまは戦争中でしょ」わたしは言った。「最近はたいていのロマンスで約束なんか必要ないと思うけど」

自分の思っていることを言ったまでだったけれど、役に立ちそうというだけで女性の心をもてあそびたくはないという少佐に感心する部分もあった。多くの男性が高潔な動機なくそういうふるまいをしていたので、仕事が楽になる可能性があっても少佐がそれを避けているのはあっぱれだった。

戦時中のロマンスについてのわたしの意見を少佐が無視したので、車内はしばらく無言だった。わたしはこれ以上の質問を差し控えられると示すためだけに黙っていた。まあ、さしあたっては、だけれど。

ついに道路沿いの背の高い草の奥に少佐が自動車を停《と》めた。ほかの自動車にぶつかられる危険がない場所だ。少佐は自動車を隠そうとはしなかったので、少なくともいまは極秘任務をするのではなさそうだった。

少佐が自動車を降りた。わたしはこちらにまわってくる彼を待たなかった。自分で降りて周囲を見渡した。

すてきな場所だったけれど、見るものはあまりなかった。ここまで走ってきた道路と同じように見える。遠くに波音が聞こえるけれど、この場所は少しくぼんでいるうえにあいだに森があったので海は見えなかった。

気持ちのよい日で、つかの間、それを堪能した。空は明るい青色で、小さな雲が夢のように漂っていた。

静けさに心を奪われた。風に揺れる背の高い草や木々の葉の音、それに遠くの波音以外なにも聞こえない。

「ロンドンを離れるといつも不思議な気持ちになるわ」近くに来たラムゼイ少佐に言った。「静けさには慣れてなくて」

「特にいまはそうだな。爆撃音に慣れてしまって、その音が聞こえないと眠れないくらいだ」冗談と言ってもよかった。今日の少佐は機嫌がいいみたいだ。

「前にも言いましたよね、少佐。あなたは眠らないと確信してるって」

「なんとかときどきは眠ってる」少佐はわたしがシートに置きっ放しにした双眼鏡に顎《あご》をしゃくった。「忘れないように」

任務に逆戻りというわけだ。

わたしは双眼鏡を取り、ストラップを首にかけた。「お次は?」

「鳥を探す」

少佐はくるりと向きを変えて歩み去りはじめたので、わたしが目玉をぐるりとまわして腹立たしげにどすどすと続くのを目にしなかった。ただ、背中を穴の開くほどにらみつける視線は感じたかもしれない。

わたしたちは心地がよいとも言いきれない沈黙のなか、草原を数分間歩いた。少佐はわたしにまったく注意を払わず、しょっちゅう飛んでいく鳥を熱心に見た。

できのいい生徒よろしくしっかり予習していたのを証明するためだけに、わたしはモリバトとムクドリを指さした。

ときおり、それらしく見えるように双眼鏡を覗いた。というか、少佐にはそう思ってもらいたかった。ほんとうは、少佐がわたしをここへ連れてきた理由のわかるものが見えないかとやっていたのだ。

ついにわたしは双眼鏡を下ろし、足を止めた。「わたしたちはなにをしているのか、話してくれる気はあるんですか?」

少佐も立ち止まり、わたしをふり返った。「偵察だ」

わたしは周囲に広がる草原を見まわした。「見るものなんてなにもないけれど」

少佐はそれには返事をせず、ふたたび歩き出した。もう少し情報をあたえてくれるまで動くのを拒否しようかと思ったけれど、結局わたしも歩きはじめた。最近だれかがここを歩いたのか、背の高い草のなかにかすかに見分けられる小径《こみち》ができていた。少佐がここに来ていたのだろうか？

雑木林まで来ると、少佐は歩くのをやめてわたしをふり向いた。「見られている可能性がある。仲がよさそうにふるまわなくてはならない」

これには笑わずにはいられなかった。「仲がよくない印象を人にあたえてるのはわたしじゃないと思いますけど、少佐」

彼がほんのかすかに眉《まゆ》を上げ、手を差し出した。わたしは一瞬その手を見つめたあと、自分の手を重ねた。少佐は小さくうなずいてから、わたしの手を引いて雑木林を離れた。ちょっとした上り坂をのんびりと進む。草はさらに背が高く伸びていて、茨《いばら》がときおりわたしのスカートに引っかかった。

「もうそんなに遠くない」少佐が言った。

「大丈夫。歩くのは好きだから」嘘ではなかった。昔から好きだった。ロンドンでも、町をあてもなくぶらつき、景色を楽しんでいた。二本の脚で歩きながら心をさまよわせると、開放感を味わえる。

当然ながら、いまは開放感を味わっているときではなかった。恋人同士が午後の散歩を楽しんでいるみたいにラムゼイ少佐に手を握られているのだから。彼と手をつないでいるのがすごく落ち着かないというわけではなかった。ラムゼイ少佐には自意識というものがまるでなかったので、わたしも気まずく感じずにすんだ。それに、少佐にとって自分がどういう立場なのかわかっていた。彼の動機を誤解する危険はまったくない。

小山を登ると、自分たちが目指していたらしき場所が見えた。有刺鉄線のフェンスに囲まれているのが決定的な証拠だ。

その場所の配置をすばやく見て取ったあと、建物になんの興味もないかのように双眼鏡を海に向けた。ここからは海が見え、水面で陽光がきらきらと光っていた。

「あそこはどういう場所なんですか？」少佐にたずねた。

「表向きは〈孔雀《くじゃく》出版〉という小さな出版社だ。少なくとも、戦争前はそうだった。紙の配給などの戦争がらみの要因や、〈孔雀出版〉の専門分野の市場がそれほど大きくないという事実によって、操業が停止された」

「専門分野はなに？」

「鳥類学だ」

わたしは少佐を見た。ようやく状況が少しわかった。少なくとも、建前としては。詳細はいまもぼんやりしている。

「つまり、野鳥観察はここに来るまでの口実というだけではなかったのね。でも、ハル・ジエンキンスが鳥に関連する理由で殺されたなんて言わないわよね？」

「そのせいで彼が殺されたとは考えにくいな。それよりも、あの建物で行なわれている活動のせいだと考えるほうが理にかなっている」

わたしはふたたびフェンスのほうを見た。「出版社にしては建物の警備がきびしくない？」

「そのようだ。この出版社の所有者はシェリダン・ホールという男だ。海岸沿いに一マイルほど行った〈大嘴鵙《おおはしもず》〉という名前の領主館に住んでいる。だれに訊《き》いても、彼は裕福で、変わり者で、完全に鳥に取り憑《つ》かれている。会社を閉めなければならなくなったとき、かなり声高に文句を言ったそうだ。この地域での英国空軍《RAF》の活動が活発になったせいで、野鳥観察のパターンがめちゃくちゃになったとも騒いだらしい」

「言い換えれば、裕福な男性によくあるふるまいってことね」そっけなく言った。

「それはともかく、私に突き止められたかぎりでは、かなり静かな暮らしぶりだ。どんな怪しげな気配もないくらいごく平凡な生き方をしている。ただ、会社のほうはそうでもない。情報屋によると、印刷所で妙な動きがあるといううわさがあるらしい」

「具体的には？」

「おかしな時刻に人の出入りがある。閉鎖されているにしては活発な動きがある。さらには、敷地内を巡回する警備員が増やされている。そのほとんどが免役となった傷病兵だが、銃は扱える」

わたしはフェリックスのことを考えた。帰還した彼が警備の仕事に就かずにいてくれてよかった。彼がさらに危険に身をさらすと考えたら胸が苦しくなり、スコットランドでなにをしているのかを考えないようにした。

いまはそんなことを考えている場合ではない。

少佐から聞いたすべてを吟味したところ、すべてがおさまるべき場所におさまりはじめた。いま現在稼働していない出版社の印刷所でそれほど多くの動きがあるのはたしかに妙だ。それに、どうしてそんなにおおぜいの警備員がいるのだろう？　所有者が印刷機や備品を守りたがるのは当然だけれど、なにか隠しているのでもないかぎり、わざわざおおぜいの警備員を雇う理由がわからない。

「それがかわいそうなハルとどう関係があるんですか？　彼は出版社になんらかのかかわりがあったとか？　でも、ハルはたしか造船所で働いていたと思いますけど」

「戦争前は出版社で働いていた。戦争のせいで会社が閉鎖されて造船所に移った」

デスクマットからこすり写したなかに〈フォン〈VON〉〉という文字があったのを思い出す。あれは孔雀（Pavonine）の一部だったのだろうか？　組織内のだれかが彼を殺そうとしているという意味だった？　辻褄《つじつま》は合うように思える。

「それでも、印刷所内で起きていることにいまもつながりがあったのね」

「そうだ。この施設に出入りする彼を情報屋が目撃している。大きな鞄《かばん》やスーツケースを運んでいることもあったそうだ」

「鳥本の闇市?」とても信じられないという口調で言いながら、わたしの思考は別の方向へ向かいはじめていた。

「彼らが印刷していたのは本ではなかったのだろうと推測せざるをえない、ミス・マクドネル」

「偽札ね」

わたしが点と点をすばやく結びつけたときにするように、少佐は満足そうにうなずいた。「すばらしい推理だ」少佐が言った。

喜ぶべきなのか、侮辱されたと取るべきなのか、わかったためしがない。

それほど飛躍的な推理ではなかった。印刷所なのだから。偽札作りには特別な装置、本とは異なるインクや紙が必要にはなるけれど、使われていない印刷装置を利用することはできる。

偽札作りについてわたしが知っているすべては、ノーツ・マクナルティから教わったものだ。ときどきミックおじとカードをする、偽札作り組織とつき合いのある人だ。みんなは、プレイする前に彼のお金をすべて念入りに確認した。

「でも、それって警察の仕事ではないの? あなたはこれにどうかかわっているの?」

「私が受け取った情報は、その偽札がスパイ活動に関係している可能性を示している」少佐が答えた。「どう対処すべきかを決める前に、あそこでなにが行なわれているかをたしかめる必要がある」

わたしたちはしばらくそこに立ち、双眼鏡越しに印刷所とその周辺を順番に見た。

「で？」とうとう少佐が口を開いた。

わたしは彼に目をやった。「で、って？」

「あそこへ侵入する手伝いをしてくれるのか？」

わたしは明るい笑みを浮かべた。「ラムゼイ少佐、もう訊いてくれないのかと思ったわ」

少佐の考えているのがそれであることを願っていたのだ。だから、侵入の実行の第一候補に選んでもらえたのがうれしかった。仕事に取りかかるときには血が沸き立つのを感じるのだけれど、いまもそうなった。難関が――それに、おそらくは危険も――待ち受けているとわかっているからだ。

次にすべきなのは明らかに、状況を把握してどこから侵入するのが最善かを探るための下見だ。

「ロマンティックな散歩でこの辺をまわりましょう」少佐ににっこり笑ってみせる。

少佐はなにも言わず、ためらいもせず、そばに来てふたたびわたしの手を取った。「行こうか」肘《ひじ》をつかんで囚人相手にするように連れまわすのはよくないと学んでくれたようだ。

任務におけるふたりの関係はまちがいなくよくなっていた。

わたしたちは、手をつないでのんびりと印刷所のほうへ向かった。

「すてきな場所」少佐を見上げて言った。話もせずに歩きまわるのは奇妙に映るだろう。

「とても広々しているのね」

「ああ。サンダーランドの海岸線はなかなかすばらしい」

「ロンドンから出ることがあまりないの。世界中を旅したかった。世界が混沌《こんとん》に陥《おちい》る前に旅をはじめるべきだったわ」

「戦争は永遠に続くわけではない」

「そうだといいけど。ときどき終わりが見えないように感じられるの」

「北アフリカで私が学んだことがある。地平線が遠すぎるように思えるときは、足をもう一方の足の前に出すことに集中するのが最善だと」

ふたたび少佐に目をやる。心強いことばに慰《なぐさ》められた。取り越し苦労をしても埒《らち》が明かないという意味のことは、ミックおじも言いそうだった。ときどき、ミックおじと少佐は見かけほどかけ離れていないのではないかと思う。

「砂漠が恋しい?」そんなことばがどこから出てきたのかわからなかった。わたしたちは個人的な話をあまりしないのに。でも、気になった。北アフリカから比較的安全なロンドンへ呼び戻されたのを少佐が喜ばなかったのをわたしは知っている。いまも戻りたいと思っているのだろうか。

「ときどき。容赦のない美しさがあるんだ。特に日没時は。太陽が最後にぱっと燃え上がり、砂漠の砂が熾火《おきび》のように輝く瞬間がいつも見られる」片方の口角が上がる。「すまない。いつもは詩人みたいなことを言わないんだが」

情景が目に浮かぶような少佐のことばに、わたしはなぜか感動した。「前々からあなたにはちょっと詩心があるんじゃないかと思っていたのよ、少佐」

少佐がかすかに笑みを浮かべた。「私は多彩な才能の持ち主でね、ミス・マクドネル」

敷地の海に近い側《がわ》に沿って歩き、ときどき双眼鏡を目に当てて鳥を探しているふりをした。今日は建物内には人がいないようだった。もちろん、だれも目にしないからといって、そこが無人だとはかぎらないけれど。

改めてよく見てみると、敷地を囲っているフェンスは思っていたほどおそろしそうではなかった。十フィートくらいの高さでいちばん上が有刺鉄線になっていたけれど、極端に頑丈なものではない。もっとむずかしい場所にだって侵入した経験がある。

切れ味のいいワイヤー・カッターがあれば解決だ。けれど、侵入を感知されたくなかったら、もっとも気づかれにくい場所か最低限の損傷ですむ場所を選ばなくてはならない。

敷地の南側に当たる施設の裏がよさそうだった。成功の可能性は、当然ながら警備員がどれくらい頻繁に巡回するかに左右されるし、暗闇でわたしたちがすることは明るい日中でも簡単に発見されないようにする必要もある。

わかるかぎりでは、フェンスで囲まれた敷地内には三つの建物があった。いちばん大きな建物は、おそらくメインの印刷が行なわれた場所だろう。高さのある箱形で、窓の数は少ない。近くに少し小さめの建物があり、快適なコテージのような見た目だ。そこに事務室や、間に合わせの警備員室があるのだろう。三つめの建物はほかの二棟から背後にだいぶ離れており、大きなシャッター・ドアや搬出入口《はんしゅつにゅう》があることから、倉庫かなにかららしかった。

総じて、小規模ながらも設備の整った施設のように見えた。鳥についての本を出すことに専念している出版社にどれほどのお金があるだろう？　シェリダン・ホールは事業の大半を趣味としてお金を注《そそ》ぎこんでいたのか、実際に利益を上げていたのか？

あいかわらず野鳥観察を楽しんでいるふりをして施設をかなり行き過ぎ、反対側から折り返してぐるっとひとまわりした。それでもやはり人っ子ひとり見なかった。

「日中も警備員は勤務しているの？」わたしはたずねた。

「いつもは最低ひとりはいるが、自動車が来ないかぎり警備員室にいる。日中に巡回しているところは見たことがない。巡回は夜だけだ」

つまり、少佐はわたし抜きですでに偵察をしていたわけだ。なにがどうなっているかをわたしに教えにこようともしてくれなかったあいだ、少佐がしていたのは偵察だったのかもしれない。

「わかった。で、いつ仕事に取りかかるの？」

少佐はわたしを見た。「どれくらい早く取りかかれる？」

わたしは肩をすくめた。「命じてくれればいつでも」実際は、はじめる気満々だった。ミックおじから忍耐と計画が重要であると叩きこまれたけれど、この場所の配置について知る必要のあるものはすべて見たと思う。

「早ければ早いほどいいな。ハル・ジェンキンスが死んだいま、組織がどう動くか読めない。彼の死で組織に注意が向けられるのをおそれて、印刷所での活動を停止するかもしれない」

「今夜はどうかしら?」

少佐が考えこむ。「今夜は半月で天気は良好そうだから、きみの準備ができているならそれがいいかもしれないな。なにが必要だ?」

「侵入に必要となりそうな道具は持ってきてます。ある種の技術を必要としていなかったら、あなたはわたしをここへ来させたりしないって思ったから。ただ、フェンスを破るのにワイヤー・カッターがあったほうがいいかも」

「わかった。計画を練り上げられる場所へ行こう」

11

わたしは真夜中に下宿屋をふたたびこっそり出た。まだほかの下宿人に見つかっていないのが驚きだった。あるいは、ミセス・ジェイムズに見つかっていないのが。大家に見つかったほうが悲惨なことになるだろう。こんな夜中にどこへ行くのかと思われるにちがいないし、そうなったらもっともらしい口実は、男性と逢《あ》い引きするためだというものしかなかった。そう話せば極秘の任務は守られるだろうけれど、下宿屋を追い出される可能性がある。もっと些細《ささい》な理由で若い女性を追い出した女大家を何人も知っていた。

でも、いまそんな心配をしても仕方ない。まだ見つかってもいないのだから。

通りへすべり出て、柳の枝の下に隠れて待っている少佐のもとへ向かった。

「準備はいいか?」少佐が落とした声で言った。

わたしはうなずいた。「ばっちりよ」計画は単純だった。単純すぎるくらいだ。それでも、夜の冒険が楽しみだった。偵察を終えると、少佐に連れられて小さなティールームへ行き、午後の残りを計画を固めるのに費やしたのだった。いまは行動を起こしたくてうずうずしていた。少佐は自動車のところまでまわり道をした。ヘッドライトにはひさしがついていたので、暗い夜道をほとんど照らさずに進んだ。途中で停《と》められて、こんな夜中になにをしているのかと問われるだろうと半ば覚悟していたけれど、だれとも遭遇しなかった。

ちらりと少佐をふり向いたけれど、暗いせいであまりよく見えなかった。ふたりとも黒い服に身を包んでいた。目的を考えたらそれが最善なのだけれど、一緒に歩いているところをだれかに見られたら、怪しげに映っただろう。とはいえ、近ごろでは葬儀も多い。わたしたちを目撃した人がいても、葬儀に出席した帰りだと思ってくれるかもしれない。

錠前師の仕事をするときと同じように、髪がじゃまにならないようにアップにしてスカーフで結わえてあった。

目的地直前まで来たとき、少佐が自動車の速度を落として雑木林のなかへ入った。暗い夜だったし、見つかる可能性はないだろうと思われた。

少佐が自動車を降りたので、わたしも続いた。

「北へ向かう。離れずついてきて、緊急時以外しゃべらないように」

わたしはうなずいた。

ふたりで歩き出す。少佐がペースを定めた。情報活動の際、少佐がわたしに特別な配慮をせずにいてくれるのが気に入っていた。少佐はわたしが彼のペースについていけるとわかっていたし、ついてくると当てにしている。いとこたち《ボーイズ》からもそんな風に扱われて育ったのだけれど、おとなになってそれが例外的であると気づいた。たいていの男性は女を見くびる。

わたしが女だからというだけで、男性より劣っていると見なすふるまいを少佐がせずにいてくれるのがうれしかった。

夜空には雲が出ていて、開《ひら》けた場所を進む際にいい具合に身を隠してくれた。ついに少佐が足を止め、片手を上げた。わたしはその場で立ち止まり、そばに来るよう少佐の合図があってから近づいた。少佐が身を寄せて小声で言った。

「目的地はすぐそこだ。警備員が敷地内を巡回しているのを忘れるな。巡回と巡回の間隔は長いが、注意を怠らず、極力物音をたてないようにしなくてはならない」

わたしはうなずいた。

「道具はいつでも使えるようにしておいてくれ。あまり時間がないかもしれない」

ポケットに入れた錠前破りのキットを手に取る。ミックおじが使っているものとほぼ同じで、財布ほどの大きさがあり、さまざまなサイズの道具が革の輪っかにおさまっている。当然ながら、門を入ったあとどんな錠を相手にするかはわかっていなかったけれど、対処できると思っていた。

ただひとつをのぞいて。「見つかったらどうするの?」声をひそめてたずねた。

「見つからないようにすればいい」それが少佐の答えだった。

「最高。どうしてそれを思いつかなかったのかしら」

敷地裏側のフェンスまで来ると、少佐がポケットからワイヤー・カッターを取り出した。

そして、フェンスの下側の金網を切りはじめた。静かな作業とは言えなかったけれど、人の注意を引くほどの音もたてていない。少なくとも、そうであるのを願った。

少佐は犯罪者として生まれ育ったかのように、手早く効率よく金網を切った。

切り終わると、金網を持ち上げてわたしに先に入るよう身ぶりをした。わたしはうつぶせになってフェンスをくぐり、ラムゼイ少佐が続くあいだフェンスに背を預けて座り、見張りをした。

無事くぐり終えた少佐はめくったフェンスを下ろし、一瞥《いちべつ》しただけでは破られていると気づかれないようにした。それから、ついてこい、と合図してきた。

大柄な男性にしてはラムゼイ少佐が優雅で機敏に動くことには、何度も驚かされてきた。陰から陰へと音もなくすべるように移動し、ときおりブロンドの髪がきらりと光るだけだった。長身でハンサムで〝黒髪〟という魅力的な男性の三要素が少佐に揃《そろ》っていたら、完全に夜陰に紛《まぎ》れてわからなかっただろう。

なにも見ず、なにも聞こえないまま、倉庫っぽい建物の裏口まで来た。しばらくじっと動かずに息を整え、たったいま通ってきた暗く静かな敷地に目を凝《こ》らした。最低でもサーチライトの光をかわさなければならないだろうと思っていたのに、あたりは暗くて動くものがなにもなかった。

「だれもいないわ」しばらく静けさが続いたあと、わたしはささやいた。

「いや、いる」

少佐のことばを信じよう。だって、この場所についてわたしよりもよく知っているのだから。こちらは今日ちらっとここを見た以外、なにも知らされていなかったのだし。

「よし」だいぶ経《た》ってから少佐が言った。「行くぞ」

わたしの返事を待ちもせず、少佐が陰のなかに消えた。

彼のあとをついていく。建物をぐるりとまわり、また別の開けた場所を横切って印刷所らしき大きな建物の裏口に来た。すぐに錠を確認する。南京錠だった。これなら眠っていても解錠できる。予期していたような、破るのがむずかしい錠とは言えなかった。とはいえ、警備員が巡回しているのなら、錠に重きを置いていないのかもしれない。

「時間はかからないわ」

少佐がうなずいた。「できるだけ静かにやってくれ。私は見張りをする」

わたしは南京錠に集中した。見た目は大きくて頑丈そうながら、解錠がむずかしいものではまったくなかった。ポケットから道具を取り出して作業に取りかかった。

ほんの二、三分で決着がついた。ちゃんとした道具と腕があれば、経験豊かな錠前師にそれ以上耐えられる南京錠などほとんどない。錠を開けて道具を片づける。肩越しに少佐を探す。少佐がどこへ行ったのか見当もつかなかったけれど、ひとりでなかに入らないほうがいいことくらいはわかっていた。

「早かったな」少しして少佐が戻ってきた。シャックル（錠をかける箇所に引っかけて使う南京錠のU字状の部分）を掛け金《ハスプ&ステープル》からはずし、南京錠をポケットにしまった。ラムゼイ少佐がドアの取っ手をつかみ、確認するようにわたしを見たので、きっぱりとうなずき返した。準備万端だった。

少佐はゆっくりとドアを引き開け、内部を注意深く確認したあと、わたしに先に入るよう身ぶりをした。わたしはなかに入った。内部はもともとかなり暗かったけれど、あとから入ってきた少佐がドアを閉めると、まっ暗になった。しばし静けさのなかで耳を澄ます。潮風の音がするだけだった。少佐が小さな懐中電灯をつけた。

わたしは周囲を見まわした。外から見ていたときより大きいみたいで、懐中電灯の小さな明かりの輪は奥まで届いていなかった。

「なにを探せばいいのかしら？」

「偽札作りの証拠だ」少佐が落とした声で言った。「疑わしそうなものを見つけたら、声をかけてくれ」

周囲を見まわしたわたしは、大きな作業台に完成した本の山があるのを目にした。製本についてはあまり知らないけれど、少しだけそれについて読んだことがあった。おそらくここは仕上げ作業場だろう。そばには工業用ミシンみたいな装置があり、その背後には革や糸巻き《スプール》に巻かれたさまざまな色の糸の棚があった。

本の山に近づく。どれも鳥に関係するタイトルがつけられていたけれど、よく調べる前に懐中電灯を持った少佐が奥に移動した。

少佐の懐中電灯の明かりを頼りに倉庫をまわった。自分たちの探しているものは印刷機の近くにあるはずだと思った。そこで偽札が作られるからだ。

型を作るのに使用される大きな銅板や、銅板を切断するのに使用される見た目のおそろしい鋸《のこぎり》でいっぱいの棚を避けて通る。この場所にうち捨てられた雰囲気はなく、インクや金属活字のにおいがいまも残っていた。もし賭けなければならないとするなら、装置は使われていた、と言うだろう。それも最近。

植字機を目にしたわたしは、自分の懐中電灯を取り出してスイッチを入れた。型に入れられ、金属でおおわれた、言ってみれば本の初校になる活字に引かれるように近づいた。

作業場に積まれた大きな板が目に入り、それが探しているものかどうかをたしかめようと近づいた。偽札に使う国王陛下の顔がそこに描かれたりしていないだろうか？

板を手に取り、鳥の絵だとわかって笑いそうになった。鳥から逃れられないようだった。板の山を検《あらた》めていったけれど、ここで印刷された本の挿絵で使われたさまざまな鳥の絵ばかりだった。

そばに少佐が来たので、板を一枚掲げた。「アカツクシガモよ。説明しましょうか」

「いまはけっこう」

わたしたちは印刷機のほうを見た。偽札がここで作られているという形跡はまだ見つかっていなかった。守銭奴のためこんだ財産みたいに積み上げられていたら助かるのだけれど、いまのところそんなものはなかった。

「彼らはお金をなにに使うのかしら？　スパイのことだけど」

「主にわれわれの国で暮らす生活費だろう。スパイたちだって周囲の人間と同じように暮らすのに金が必要だ。ただ、より大きな局面で言えば、破滅的なレベルのインフレを引き起こすために偽札を大量に作ろうとしている可能性もある」

少佐のことばを信じるしかなかった。わたしは国の経済に興味を持ったことがないのだから。

「とはいえ、彼らはここでそういう活動をしているのではないと思う」少佐があたりを見まわしながら言った。「大きな施設ではないからな。昼夜関係なくぶっ通しで働かなくてはならなくなる」

「どうして今夜は作業をしていないのかしら」

「ミスター・ジェンキンスが不運な死を迎えたばかりだから、数日はおとなしくしているようにと指示が出たのかもしれない。だとしても、もう少し証拠があってもよさそうだが」

少佐は印刷機をしっかり見ようとわたしから離れていった。手を触れたけれど、汚れなかった。乾いていないインクはなし。少佐は印刷機の前面に移動し、反対側へまわった。

わたしは壁ぎわに置かれた作業台に近づき、表面を懐中電灯で照らした。最初は手早く、次にゆっくりと。

「少佐」わたしは呼びかけた。彼を見ようとはしなかった。目の前に広げられたものから目が離せなかった。

少佐が隣りに来たのを感じた。ふたりして作業台を見る。どうやらだれかがこの作業台で練習したらしく、印刷が少しゆがんでいてインクが若干にじんでいた。それでも、これがなにかははっきりわかった。国民登録身分証明書だ。

「偽札を作っているだけじゃなかったのね」

「ああ。ドイツ側スパイのために偽造文書を印刷していたんだな」

気持ちがぐっと落ちこんだ。これはほんとうにまずい。偽札作りの組織が経済の不安定化を目論《もくろ》んでいるというのも充分まずいけれど、身分証明書の偽造は別のもっと差し迫った意味でおそろしかった。偽の身分証明書があれば、敵がわたしたち国民のなかに紛れこめるのだから。

身分証明書が印刷されてしまったら、それぞれ異なるインクと異なる筆跡で必要事項を記入し、スパイの写真を撮って貼ればいいだけになる。

「どうします？」小声で少佐にたずねた。

「持っててくれ」

少佐は懐中電灯を渡してきて、ポケットから小さなカメラを出した。わたしが作業台と偽の国民登録身分証明書を懐中電灯ふたつで照らし、少佐が何枚もの写真におさめた。

少佐が写真を撮っているあいだ、わたしは身分証明書の完成品を目で探した。見当たらなかった。まだ印刷していないのだろうか？　それとも、もうスパイに渡したあとなのだろうか？

あとで使える目印のようなものはないかと、印刷された国民登録身分証明書をじっくり観察する。フェリックスから引き継いだ技だ。同じ機械や同じ刷版《さっぱん》を使って印刷した場合、じっくり見れば独特の小さな癖があるのがわかるのだ。

思ったとおり、紋章の左側の獅子《しし》のすぐ下に小さなかすれがあった。彼らの使った刷版には極小の傷があったのだ。ほとんどわからないくらいの傷だったけれど、ふたたび見たら気づける自信があった。

「この傷に気づきました？」その箇所を指さす。

少佐は目を凝らした。「よくやった、ミス・マクドネル。いずれ役に立つだろう」

彼は写真を撮り終え、偽の国民登録身分証明書の山をまっすぐに整えはじめた。わたしも手伝い、じきにすべてがもとどおりになった。

倉庫の正面ドアの外から話し声が聞こえてきたのは、そのときだった。わたしたちがいる場所からそう離れていない。

「なにか聞こえたか?」ひとりめが言った。ほとんどささやいているみたいなひそめた声だったけれど、ちゃんと聞き取れた。つまり、すぐ近くにいるということで、心臓によくなかった。

「聞こえたと思う」どら声のふたりめが言う。「話し声みたいだった」

おっと、非常によろしくない状況だ。

指示を求めて少佐を見た。

彼は、倉庫の裏側に向かって頭をくいっとやった。わたしたちが侵入した方向だ。

向きを変え、音をたてずにすばやく動きはじめた。懐中電灯を消さなくてはならなくなった場合でも、裏口までの経路は頭に入っていた。

幸いだった。いくらもしないうちに、倉庫正面の錠が開けられる音が聞こえてきたのだ。少佐とわたしは同時に懐中電灯を消し、彼がわたしの腕を取って少しも迷わずに装置や機械の迷路を進んだ。

裏口のドアからすべり出たあと、わたしはポケットから南京錠を出してもとどおりに施錠するのを忘れなかった。すべてをもとどおりに戻す。最初からミックおじにそう叩《たた》きこまれており、しっかり訓練を重ねたおかげで窮地に陥《おちい》ってもきちんと実行できた。

「おれは裏にまわる!」どら声が建物の西側から聞こえてきた。

ラムゼイ少佐はわたしの耳もとに唇《くちびる》を寄せ、ひとことだけささやいた。「走れ」

12

フェンスに向かって走った。少佐がすぐ後ろをついてくるのを感じる。ふたりともできるだけ静かに走っていたものの、それでも警備員の注意を引いてしまうのではないかと不安だった。けれど、なぜか背後ではなんの動きもなく、見つかったと示す叫び声も聞こえなかった。

あいにく、ごまかすのがうますぎたため、フェンスを切った箇所がしばらく見つからなかった。懐中電灯の明かりに目が慣れたあとで、暗闇のなかで探すことになったからなおさらだった。

わたしとちがって少佐は逃げ出すときにも方向感覚を失わなかったようで、フェンスを切った場所へいざなってくれ、金網を持ち上げてくぐるようにと身ぶりをした。

できるだけすばやく穴をくぐり抜けた。少佐があとに続き、金網をもとに戻した。ここから侵入したのをわかりにくくするために細い針金で補修する予定だったけれど、時間があるかどうかわからなかった。

倉庫をふり返ると、警備員とおぼしき男が裏口に懐中電灯を当てているのが見えた。南京錠に特に注意を向けてはいないみたいだった。注意を向ける理由がなかった。すべてをもとどおりにしてきたのだから。

少佐に目をやったけれど、彼はわたしを見ていなかった。そのとき、少佐がなにを見ていたのか気づいた。フェンスの穴をくぐるときに髪からスカーフがはずれ、敷地内に落ちていたのだ。黒いスカーフだったから暗がりでは地面と区別がつきにくかった。でも、警備員が懐中電灯を照らしながらまわってきたら、気づかれてしまうだろう。そうなったら、フェンスの穴も……。

もちろん、スカーフを取り戻さなかったらの話だ。

ちらりと少佐を見ると、今度は彼もわたしを見ていた。そして、小さく首を横にふった。わたしはさっと倉庫に視線を戻した。警備員はもう裏口のところにはいなかったので、勘ちがいだったと判断してくれたのかもしれないとつかの間思った。

けれど、ふたりの警備員が合流してフェンスに沿って歩き、なにかを探すように懐中電灯を外側の暗がりに向けているのに気づいた。

考えなおす前にと、フェンスの穴に向かって駆けた。すばやい動きでくぐり抜けて敷地内に戻り、スカーフを引っつかんだ。フェンスからそれほど奥にあったわけではなかったのに、後ろ向きに戻るのは考えていたよりもむずかしかった。

逆向きに急いで戻るとき、シャツがフェンスに引っかかってしまい、動けなくなるのではないかとつかの間ぞっとした。なんとかシャツをフェンスからはずし、敷地外の背の高い草のなかに隠れた。

金網は少佐がもとに戻した。わたしは前もって切ってあった針金をポケットから出し、底付近に沿って手早く留めていった。これでなんとかするしかない。警備員たちが近づきつつあって、時間がなくなってきた。

「行け」少佐が小声で命じた。わたしは背の高い草のなかを体を低くして走った。背後の声はまだ聞こえていたけれど、どなり声にはなっていなかった。

少佐がついてくる音は聞こえなかった。ちゃんといるかどうかふり向いてたしかめなければならないほど、彼の動きは静かだった。ちょうどふり向いたとき、少佐がわたしにタックルしてきた。

少佐が飛びかかってくるのは見えなかった。飛びかかられる直前に暗くなったと思ったら、彼の体がぶつかってくる衝撃を感じて地面に倒れていた。

「だれかが来る」その声は、ささやきとすら呼べないほど小さかった。少佐はただの息のようにそのことばを耳打ちし、同時にわたしの唇《くちびる》に指を押し当てた。

声なんて出せなかったのに。倒れたときに息が出ていってしまったし、少佐に抑えこまれているせいで息を吸いこむのも簡単ではなかったのだ。

わかったという印にうなずいた。

少佐はわたしの唇から指を離したけれど、体の上からどいてはくれなかった。すぐ近くで足音が聞こえたのは、そのときだった。少佐が動こうとしなかった理由に気づいた。足音の持ち主がだれにせよ、三メートルほどしか離れていないようだった。その人物は敷地の反対側をまわって来たのだ。フェンスの外を。敵はわたしたちが考えていた以上に有能だった。

わたしは極力音をたてないようじっとした。呼吸すらしなかった。少佐の体で押さえつけられているので、むずかしくはなかった。少佐のために弁解しておくと、音をたてたくなかったので動けなかったのだろう。わたしは倒れてからちゃんと息ができていなかったので、頭が朦朧《もうろう》としてきた。

だから、じっと横たわっていた。背中の地面は冷たく、上から押さえこんでくる少佐の体は温かかった。

敷地内から声が聞こえ、わたしたちの近くにいる人間が返事をした。

「いや、なにもない！」男の足音が離れていく。よかった、仲間と合流するのだろう。わたしたちは見つからずにすんだ。

しばらくじっとしたままでいたあと、少佐がごろりとわたしの上からどいた。横向きのまま、わたしに動くなと身ぶりをした。

少佐にしかめ面を向けたけれど、暗かったので彼には見えなかっただろう。少佐はときどき、わたしには常識がないと思っているかのようにばかばかしすぎる指示を出す。

どれくらい時間が経《た》ったのかよくわからなかった。正直に言うと、ちょっと夢見心地になっていた。じっと横たわった場所から波音が聞こえ、ひんやりした潮風が草を吹き渡っていた。雲が切れ、頭上の空には満天の星が見えた。つかの間、そのおだやかさ、静謐《せいひつ》さを楽しんでいた。わたしたちシティガールは、自然の美しさに簡単に惑わされてしまうのかもしれない。

ついにラムゼイ少佐が体を少し起こして周囲に目を走らせた。そして、ずいぶん経ってから立ち上がった。少佐が軍支給のリボルバーを手にしているのを見て、わたしは驚いた。タックルされたとき、彼の手にはすでにリボルバーがあったにちがいない。少佐の動きがすばやいのは認めざるをえなかった。

少佐は上着の下につけていたらしいショルダー・ホルスターにリボルバーをしまった。

「もう大丈夫だと思うが、急ごう」

少佐が手を差し出して引き起こしてくれた。わたしは立ち上がり、服についた草や土を払いはじめた。「こういうことを習慣にするのをやめないと、少佐」少佐に飛びかかられたのはこれで二度めで、それでも同じくらいぎょっとした。

「怪我《けが》はないか?」

「ええ」すばやく答えた。

「よかった。行くぞ」

来た道を、来たときよりも急いで戻った。尾《つ》けられているとは思わなかったし、もし尾けられていれば少佐がすぐに気づくとわかっていた。だから、足早のペースを崩さなかった。自動車のところまで戻るころには、息が少し切れていた。ラムゼイ少佐がわたしの側《がわ》のドアを開けてくれたので、ほっと息をつきながら座席にどさりと腰を下ろした。

少佐が運転席に乗りこみ、大きな音をたてずにすばやく自動車を出した。ヘッドライトをつけないまま曲がりくねった道を走る。夜中のこんな時刻に暗い道路で自動車を走らせている愚か者がいませんようにと願った。大事故になりかねないからだ。

少佐がちらちらとルームミラーを見ているのに気づいたわたしは、ときどき肩越しに後ろをたしかめずにはいられなかった。けれど、背後にライトは見えなかった。敷地からの警報もなかった。

「逃げ切ったと思う」わたしは言った。

「乱暴な扱いをしてすまなかった」視線を前方の道路に据えたまま、少佐は言った。「どうするつもりか話す時間がなかった」

「謝らなくてもいいわ、少佐」そう請《う》け合った。「あの男の人に気づいてくれて助かったもの。それに、コルムとトビーは、わたしが女だからってやさしくしてくれなかったし。タックルなんて何度もされたわ」

少佐はおもしろがっているみたいに見えた。「きみがなかなか荒っぽい育ちなのをときどき忘れてしまう」

わたしは声を出して笑い、自動車が轍《わだち》の上で跳ねるたびに顔のそばで動くほつれたカールを押さえた。スカーフが取れてしまったので、きっと髪はぐしゃぐしゃに乱れているだろう。

「血が出ているじゃないか」少佐がいきなり言った。

髪を押さえるのに上げた手を見ると、上腕から伝った血が手首と手の甲《こう》についていた。フェンスをくぐるとき、引っかかった袖をはずそうとして腕を傷つけたらしい。アドレナリンがおさまりつつあるいまになって、痛みを感じはじめた。

破けた袖に手を当てた。「フェンスでちょっと引っかいただけだと思うわ」

そう言ったときには、少佐はすでに自動車を路肩に停《と》めていた。「見せるんだ」

「少佐、ほんとうにそんな必要は……」

「見せるんだ」

わたしはため息をついて腕を出した。少佐が手早く袖をまくり上げる。肘《ひじ》のすぐ上にひどい引っかき傷ができていて、腕に伝った血からわかるようにかなりの量の出血があった。いまでも新たな血がこんもり盛り上がってきていた。

ラムゼイ少佐がポケットからハンカチを出し、空《あ》いているほうの手でわたしの腕をつかんで軽く叩《たた》くようにして血を拭《ぬぐ》った。

「深くはないな。縫わなくてもいいだろう」

「でしょ。大丈夫ですってば」

少佐がハンカチをわたしの腕にきつく巻きつけた。わたしはかすかにたじろいだけれど、止血のためだとわかっていた。

「とりあえずはこんなところだろう」痛みを和らげようとするかのように、ハンカチの上の肌を少佐が親指でなでた。触れられた場所が、思いがけずちりちりした。

「そうね」不意に息切れしたみたいになった。「ミセス・ジェイムズの下宿屋に戻ったら、消毒するわ。ありがとう」

少佐の手はまだわたしの腕に触れたままで、顔を上げると薄暗い自動車のなかで彼と目が合った。

そして、またあれを感じた。少佐がそばにいるときに、ときどき胸がどきりとする感覚。自分が少佐に惹《ひ》かれているのをこれ以上否定できなかったし、こういう瞬間に少佐のほうはわたしになにも感じていないと信じるのがだんだんむずかしくなっていった。

ただ、少佐に惹かれている気持ちを否定できなくなったからといって、その気持ちを行動に移すつもりはなかった。

シートの上で少し体をずらした。「ありがとうございます」もう一度礼を言った。

少佐はわたしの腕を放し、しばらく目を見つめたままでいたあと、ふたたびギアを入れた。

「どういたしまして」

自動車がふたたび走り出した。ふたりともしばらく無言だった。

「今後の計画は？」沈黙に耐えられなくなり、わたしはたずねた。

ラムゼイ少佐はしばらく返事をしなかったし、ようやく口を開いたときも視線を道路に据えたままだった。「新たな情報をもとに考えなおさなければならない。この先の計画ができるまで、きみはおとなしくして注意を引かないように」

少佐がそういう類《たぐい》のことを言うとわかっていた。それがなにを意味するかも。少佐は数日間姿を消し、わたしは彼からの連絡をじっと待つということだ。

「文句を言われる前に言っておくが、ミセス・ジェイムズの下宿屋をきみの滞在先にした目的はまだ果たされていない。ハル・ジェンキンスの友人たちについて、できるだけ探り出してほしい。そのなかの少なくともひとりは彼の仲間だと私はいまも考えているし、十中八九彼の死にもかかわっているだろう」

心躍る考えというわけではなかった。サミやほかの人たちが好きだったし、彼らが背信行為や殺人にかかわっているなんて信じたくなかった。

それでも、こういうことがらにおいては、ひとり残らず顕微鏡で覗《のぞ》くみたいに調べる必要があるのは、わかりすぎるほどわかっていた。これまでだって、よくわからない理由のために人がどこまでやるかを目にしてきた。信じていた人たちが、金や復讐《ふくしゅう》のために国を裏切るのを見てきた。

「どんな質問をしてもかまわないが、あからさまにならないように。それと、くれぐれも油断するなよ、ミス・マクドネル」

わたしにむちゃをさせないように、わざと危険をにおわせているのだとわかっていたけれど、癪《しゃく》に障ることに効き目があった。

重要なことをいくつもできるときに、安全な場所にこもってなどいたくなかった。でも、ハル・ジェンキンスの友人グループと知り合いになったのを利用して、さらなる情報を探り出せるかもしれないのも事実だ。ただなにもせずに時間をやり過ごすわけではない。

それにもちろん、フェリックスに手紙を送った話を少佐にしていない。役に立つ情報が得られる可能性は低いだろうけれど、やってみる価値はあった。

「わかりました。でも、ちょっとした解錠仕事をこなしたからと、わたしを用なしにしないと約束してくれます？」

少佐の口角の片方が、それとわからないくらいかすかに持ち上がった。「ミス・マクドネル、きみには〝ちょっとした解錠仕事〟以上に役に立つと何度も証明してみせたという自覚があるんじゃないかな」

少佐にしては褒めすぎだった。しかも、なんの約束もしていないのにわたしは気づいていた。とはいえ、少佐から引き出せる保証はこれが精一杯かもしれない。

「彼らはどうしてこれをドイツで印刷できなかったのかしら?」不意に、少佐と見つけたものに思いが戻った。「ふつうはそうするものではないの? 関連書類を持たせたスパイを送りこむのが?」

「ドイツで印刷したものよりも、ここで印刷したもののほうが正確かつ最新だと考えたのではないかな。それに、ここには装置もあるわけだから、利用しない手はないと」

なかなかよくできた説明だった。とりあえずのところは。それでも、ひとつすっきりしないことがあった。「どうして彼らはハルを殺したの? おそらくはスパイのための偽造文書の集配でハルがしょっちゅう印刷所に出入りしているところを見られていたのなら、どうして彼を厄介払いしたの?」

「思いつく理由はいくつかあるが、いちばん可能性が高いのは、彼が裏切る相手をまちがえたということだな」

通りに倒れて亡くなっているハル・ジェンキンスの姿を頭から消せず、わたしは身震いした。

「紙片については?」彼が握りしめていた紙片を思い出す。「〈おまえが持っているのはわかっている〉と書いてあった。ハルはなにを持っていたの? それを持っていたから殺された? それとも、それを奪ったから? それに、それがなんだったにせよ、どうして取り返す前に彼を殺したの?」

「どれもいい質問だな、ミス・マクドネル」少佐のことばはなんの答えにもなっていなかった。きっと紙片についても考えがあるのだろうけれど、それをわたしと分かち合うつもりがないのだ。

「シェリダン・ホールはこの件についてなにを知っているのかしら。自分の出版社の経営をしっかりしていたなら、いまそこでなにが起きているかを知らないなんて妙だと思うの。彼は〈孔雀出版〉の近くに住んでいると言ってなかった？」

「南に約一マイルのところだ」

わたしは少佐を見た。「訪問してみるべきかしら？」

「あとで検討しよう」少佐の返事にわたしは驚いた。「勝手な行動はするなよ。わかったか？」

わたしはうなずいた。

「声に出して言ってくれないか」

わたしは目を険しくした。「わかりました」

「よし」

少佐はわたしの滞在している下宿屋から少し離れたところで自動車を停めた。ふたり揃《そろ》ってしばらく無言だった。彼はなにか考えているようだった。

ついに少佐が口を開いた。「私の滞在先は、ホールの領主館の〈大嘴鵙《おおはしもず》〉からそう遠くないコテージだ。ホールは毎日朝と午後に散歩をするのがわかっているが、まだ接触はしていない」

わたしは待った。

「今日の一三〇〇時に迎えにくる。ホールとお近づきになれないかどうかやってみよう」

大きな笑みが浮かんだ。「すてき」

「では、またあとで」

ドアを開けて降りると、少佐に呼びかけられた。

「ミス・マクドネル」

車内を覗きこむ。

「今夜はよくやった」

わたしは微笑《ほほえ》んだ。「ありがとうございます」

「お休み」

「お休みなさい、少佐」

穿鑿《せんさく》好きな人を窓辺へ引き寄せないよう、できるだけ音がしないようにドアを閉めた。すばやく下宿屋まで移動し、玄関前で靴を脱いでなかにすべりこむ。忍び足で階段を上がろうとしたとき、物音が聞こえた。建物のなかから聞こえたのか、裏から聞こえたのか、判断がつかなかった。動きを止めて耳を澄ます。朝食の準備をするために、ミセス・ジェイムズが早起きしたのかもしれない。夜明けが近かった。しばらくなんの音もしなかったので、きしむ段を避けながらゆっくりと階段を上がり、自室までたどり着いた。なかにするりと入り、安堵《あんど》の吐息をついた。

盛りだくさんな夜だった。できごとすべてをどう考えればいいのか、いまだによくわかっていなかった。明らかにハル・ジェンキンスは、わたしたちが考えていた以上に不正にかかわっていたのだ。

そのとき、またなにか聞こえた。今度ははっきりと外の音だとわかった。窓辺へ行き、暗幕の端をめくって裏庭を覗いた。

空は夜明け前のくすんだ紫がかった灰色に変わりはじめており、サミとライラの家の裏ポーチにふたりの人間がいるのがはっきりと見えた。

サミとライラがこんな早朝に外に出ている？　ううん、ちがう。ひとりは男性だ。そして、もうひとりはサミだった。

どうやらふたりは激しい口論をしているようだった。男性は金属製の鞄《かばん》のようなものを持っていて、自分の論点を強調するかのようにそれをポーチの手すりに叩きつけた。そのくぐもった音が、わたしが耳にした音だったのだ。

いまのでサミはかっとなったみたいで、声を荒らげたけれど、なにを言っているかまではわからなかった。だれかに聞かれてしまわなかったかと心配するように、彼女が周囲を見まわした。ふたりがなにをしているにせよ、あまり目立たないように気をつけているとは言いがたかった。

サミがまた男性になにか言ってから、家のなかに入ってドアをきっちりと閉めた。

男性はしばしその場に立ち尽くしていて、ドアをがんがん叩くか負けを認めるか迷っているみたいだった。やがて後者を選び、見るからに腹を立てている歩き方で立ち去った。

わたしはカーテンを閉めてベッドのほうを向き、いまのはなんだったのだろうと訝《いぶか》った。サミ・マドックスはどんなことにかかわっているのだろうか？

13

翌朝は思いがけず寝坊して朝食をとり損ねたので、ティールームまでぶらぶら歩いていくことにした。

ふと、サミは出勤前に軽く食事をする時間があるかもしれない、と思いつく。彼女の予定は知らなかったけれど、試してみてもよさそうだ。できるだけ早いうちに容疑者の可能性のある人たちから話を聞きはじめたかったのだ。それに、サミと謎の男性を見てしまったからには、彼女からなにが探り出せるかやってみたかった。

サミを容疑者と考えるのには少しばかり罪悪感があったけれど、いまのところ彼女を除外できないというのが事実だった。裏ポーチで男性と言い合っていたのは妙だったし、妙なふるまいには疑念がつきものだ。わたしが願っているとおりにサミが無実なのであれば、それを証明するのは早ければ早いほどいい。わたしたちみんなが危機を脱するのが早ければ早いほどいい。

午後一時に少佐が迎えにくる前に、なにか情報を入手しておきたかった。

わたしの計画は、ハル・ジェンキンスについてグループのひとりひとりと話をして、相手がなにかをぽろりと漏らさないかどうかやってみる、というものだった。あと、それぞれの身分証明書に偽造の証拠であるかすれがないかを、つまりその人物がドイツのスパイでないかをたしかめたい、とも考えている。たしかに、ハル・ジェンキンスとつながりのある人がいたとして、その人物がスパイであると断じるのは強引な気もするけれど、あらゆる可能性を調べるつもりだった。

腕の引っかき傷は今朝になっても赤く腫《は》れていたものの、出血は止まっていた。寝る前に念入りに消毒したし、包帯は起きてから巻きなおした。ネイシーの軟膏《なんこう》を持ってくればよかった。あれは効き目抜群なのだ。でも、ないものはないので、あとで殺菌効果のある軟膏を買うしかない。

ミセス・ジェイムズには訊《き》けなかった。あれこれ質問攻めにされそうだったからだ。大家やほかの人たちから注意を向けられないようにするため、長袖のブラウスと青いスカートを身につけた。

階下は無人で、そのままだれにも会わずに裏庭を横切ってサミの家まで行った。

ドアをノックする。

応対に出たのはライラだった。彼女はゴールド色のワンピースを着て、太いゴールドのネックレスをつけていた。すごくシックなライラを見て、わたしは跳ねまわる巻き毛を手で押さえたい気持ちをぐっとこらえた。

「おはよう」明るすぎる笑みを浮かべて挨拶した。ライラの信頼を得る件では全然前に進んでいない気がしたけれど、諦めるつもりはなかった。わたしたちマクドネル家の人間がその気になれば、友だちになれない人なんてほとんどいないのだ。

「サミに会いにきたんでしょうけど、いないわ」

「そう。朝食をとり損ねたから、一緒にティールームに行かないかと誘いにきたの。夜にまた来てみるわ」

ライラは少しためらったあと、こう言った。「入る？　やかんを火にかけたところで、トーストとジャムもあるけど」

誘われて驚いたけれど、顔には出さないようにした。「ご迷惑じゃなかったら、ぜひそうしたいわ」

「大丈夫」

ライラだって容疑者のひとりなのだ。彼女とふたりだけで話をするのはむずかしいと思っていたので、この展開は幸運だった。

ライラが招じ入れてくれた部屋は小さいけれどこぎれいで、明るい色や柄《がら》の調度類で楽しげに飾られていた。

「座って。お茶とトーストを持ってくるわ」

わたしはキッチンで食べるのでもかまわなかったけれど、ライラはきちんとしたいタイプなのだろう。それに、その辺に彼女がハンドバッグを置いていれば、身分証明書を見るチャンスがあるかもしれない。

ライラがお茶とトーストの用意をしにいったので、わたしは部屋にさっと目を走らせた。暖炉の前に濃いピンクのソファと椅子が置かれていた。わたしの足もとのラグは見るからに高価なもので、明るい色の糸が使われていた。ラグは盗むのが簡単なものというわけではないため、わたしの専門ではないけれど、品質のいいものを見ればそうとわかる。

暖炉の上に芸術作品が飾られていた。光沢のある玉虫色のタイル柄が施された黒檀《こくたん》らしい。別の壁には大きな絵がかかっていた。その絵もまた色彩豊かで、庭でたくさんの花や蔦《つた》のからまった木々に囲まれた女性たち数人が描かれていた。ちがう状況だったら、近づいてもっとよく絵を見ようとしただろうけれど、わたしにはハンドバッグを漁《あさ》るという仕事があった。

ハンドバッグは、ドアそばの凝《こ》った彫りが施されたテーブルの上にあった。みんなでパブに行ったときにライラが持っていたのと同じ緑色のものだった。キッチンをちらっと見てから、テーブルのところへ行ってハンドバッグの留《と》め金を開けた。

なかはきっちり整理されていた。小さな財布、口紅、鉛筆、そして身分証明書が入った緑色のカード入れがあった。カード入れをハンドバッグから出した。

キッチンからはトレイにカップを置く音が聞こえ、もうあまり時間がないとわかった。身分証明書はよくあるようにカード入れにくっついてしまっていて、取り出すのに手間取った。表紙に描かれた紋章の左側の獅子《しし》をさっと見たけれど、探していたかすれはなかった。ライラ・マドックスがなにを隠しているにせよ、身分証明書が偽造でないことだけは明らかだった。

急いで身分証明書とハンドバッグをもとどおりに戻し、ピンクのソファに座っていると、ライラがお茶のセットを載せたトレイを持って居間に戻ってきた。

「すてきな家ね」わたしは言った。

「ありがとう」彼女はソファ前の黒いローテーブルにトレイを置いた。「ミルクとお砂糖は?」

「ミルクを少しとお砂糖をお願い」

ライラは配給の砂糖をたっぷり入れてくれたので、彼女に対して好意的な気持ちになった。わたしの心は甘いものでつかまれる。戦時中のいまは特に。

ライラは自分のカップにお茶を注《そそ》いで、わたしの向かい側の椅子に腰を下ろした。ハル・ジェンキンスは毒殺だったのだから、口に入れるものには気をつけなければならないと当然思い至ったけれど、ライラ・マドックスは自宅でわたしを殺しはしないだろうと考えた。だって、彼女がわたしを排除しなければならない理由などないだろうから。

しばらく、ふたりとも無言でお茶を飲んだ。

わたしはあいかわらずライラの人となりを読み取ろうと努めていた。サミーラとは気楽な関係を築けたけれど、姉のライラはなかなか打ち解けない感じだった。どうしたらライラ・マドックスが心を許してくれるのか、探るのはむずかしかった。冷ややかでお高くとまっているように感じられるときもあれば、目のなかの温《ぬく》もりを懸命に隠しているみたいに感じられるときもある。

「庭にいる女性たちの絵はいいわね」なにか言わなくてはという気分になり、ついにわたしは口を開いた。肩越しに絵を見る。「どこで手に入れたの?」

「母が描いたものなの」

「お母さまはすばらしい画家ね」わたしは感服した。

「母は若いころからちょっとした有名人で、結婚前に数多くの絵を描いていたの。ペルシア人だった母は父と結婚してイングランドに来て、わたしたちが生まれたのだけど、ここでの生活は母にとってたいへんだった。この国に完全には溶けこめなかった」

これまでライラから聞いたなかでは、もっとも個人的な話だった。せっかく心を開いてくれたのだから、慎重に進めなければならなかった。

わたしはうなずいた。「想像がつくわ」

「父に愛されていれば母も幸せだったかもしれない。でも、父は外国人の妻というもの珍しさに飽きてしまったんでしょうね」

ライラの声にはかすかに辛辣《しんらつ》さがにじんでいたけれど、まるで他人の物語を話しているかのようにしっかりした声で続けた。

「母は病気になり、父はそんな母の世話をする気がまったくなかった。父は家にほとんどいなかった。母が亡くなったとき、父は父のおばにわたしたち姉妹を預けたの。サミーラとわたしは大おばの家であまり幸せではなかった。いえ、わたしのほうがサミーラより幸せじゃなかったのかもしれないわね。あの子はわたしよりも……順応性があるから」

いまのことばで、姉妹の関係に新たな光が当たった。ライラとサミは全然ちがっていて、ときどきふたりが姉妹だと信じられないくらいだった。きょうだいの性格がまったく異なる場合もあるのはわかっているけれど、一緒に育てられたきょうだいにはある種の共通点が見られるものだ。コルムとトビーはわたしの兄ではないけれど、同じ環境で育てられ、同じ思い出を持ち、似た性格をしている。

サミとライラにはそれが欠けているように思われる。波長がずれているとでもいうのか、通じ合っていないのだ。伝統的な躾《しつけ》に対するふたりの受け入れ方がちがうのだと思った。母親との生活と、イングランド人の大おばとの生活の分断。母親が亡くなったとき、歳上のライラは母の文化の一部でも持ち続けようとした。サミはおそらく母親の思い出が少なく、大おばとの生活にもそれほど苦労しなかったのだろう。

姉妹のどちらの気持ちもわかった。わたしは、過去と対峙《たいじ》するのがどんなものかを知っていた。まったく一緒というわけにはいかないかもしれない。けれど、どちらの母親も強烈な痕跡を残したのだ。

「わたしの母も、わたしがすごく小さいときに亡くなったの」もちろん、いまは例の物語を披露する時でも場所でもなかったので、こう締めくくった。「スペイン風邪で」嘘ではなかった。

「お気の毒に」

「母のことはまったくおぼえていないの。それがいいのか悪いのか」

ふたりとも亡くなった母親のことを考えながら、しばし黙ってお茶を飲んだ。ふと、過去に浸るためにここに来たのではないと思い出す。

ハル・ジェンキンスの話題に持っていく方法を見つけなくては。以前ハルの話が出たときのライラの反応には、少しばかり妙なところがあった。彼が死んだことにあまり動揺していなかったのはたしかだ。もちろん、だからといってそれに意味があるとはかぎらない。ライラ・マドックスについてはっきりわかっていることがひとつある。彼女は感情を隠すのがうまい。

「サンダーランドに来たのは、おばの家の片づけをするためなの。でも、気がそれてしまったみたい。実はある男性と出会ったの」

「そうなの？」彼女はわたしの恋愛にはあまり興味がなさそうだったけれど、恋をしている女性にありがちな周囲の気持ちなどおかまいなしのふりをして続けた。

「英国空軍《RAF》のパイロットなのよ。昨日彼と出かけたんだけど、もうすっかり夢中になってしまったみたい」

ライラが小さく微笑《ほほえ》んだ。「よかったわね」

「あなたは恋人はいるの？」

「いないわ」

あらま。この線ではどこへも進めなそう。もっと直球でいかなくてはだめみたい。

「そのうちぴったりの人が現われるわよ」

ライラはなにも言わずにお茶を飲んだ。

「ここでロマンスを見つけるなんて考えてもいなかったの。それどころか、はじまりがはじまりだったから、あんまりいい滞在になるような気がしなかったわ」

ライラがもの問いたげに両の眉《まゆ》を少しつり上げた。彼女はおしゃべりな人ではなかった。まあ、それでもかまわなかった。わたしがふたり分のおしゃべりを受け持つから。

「ミセス・ジェイムズの下宿に到着した直後にお庭で妹さんと出会ったとき、表で騒ぎがあって見にいったら、ハル・ジェンキンスが亡くなっていたの」

これに対する反応はたしかにあったものの、それがなにを意味するかを判断するのはむずかしかった。ライラの目になにかの感情が揺らめいてすぐに消えた。彼女がうなずいた。

「ええ、おそろしいことよね」

「彼とは知り合いではなかったけど、ほんとうにおそろしかった。その話をサミにはあまりしたくなくて……だって、彼女とハルは仲がよかったんじゃないかという印象を受けたから」

いまのことばは、たしかに反応を引き出した。ライラが顔をこわばらせたのだ。「ハル・ジェンキンスと妹のあいだにはなにもなかったわ。もしそんなことを言う人がいたなら、その人は嘘をついたのよ」

「そう」彼女の反応に驚いたふりをする。「なにもほのめかしたりするつもりじゃなかったのよ。ただ思ったの……」

「それがまちがいなのよ」ライラは微笑みを浮かべてことばのきつさを和らげたけれど、会話はそこまでになりそうだという気配がした。続くことばでそれが明らかになった。「顔を出してくれてうれしかったわ、ミス・ドナルドソン」ライラがカップとソーサーをテーブルに置いた。「でも、もうじき出かけないとならないの。あなたが来てくれたってサミに伝えておくわね」

「サミはお仕事？　あとで薬局に立ち寄ろうかしら」

短いためらいがあった。

「ちがうの。今日はちょっとした用事があって。午後には戻ってくる予定よ。あなたに会いにいくよう言いましょうか？」

「そうしてもらえたらうれしいわ」

お茶の礼を言っていとまごいをした。

いまの訪問でリストからひとり消せた。ライラ・マドックスからたいした話は聞き出せなかったけれど、少なくとも彼女の身分証明書は見られた。

さて、次の標的に移ろう。

次は、サミが働いている薬局へ行ってみることにした。サミは仕事に行っていないというライラの話がほんとうなら、カーロッタとふたりきりで話せるチャンスだと思った。それに、腕の傷に巻く新しい包帯が必要だったし。

薬局までは歩いてもそれほど遠くなく、すっきりと晴れて暖かな日だった。戦争前は、太陽が明るくて風に秋の気配を感じるこんな日を当たり前のように受け取っていたのだ、とふと思い至る。

薬局は小さかったけれど、なかなか入荷しないものがある現状を考えたら、かなりちゃんとした品揃えだった。塗布薬や薬草、石けんやキャンディの独特のにおいがしていた。カウンターを見ると、白衣を着た男性がいた。薬剤師なのだろう。

カーロッタも今日は勤務していないのだろうか？　そう思ったとき、薬局の隅にいる彼女を見つけた。接客中だったのでぶらぶらと離れ、さまざまな軟膏に関心があるふりをして棚を見てまわった。

ぐるりとまわって、ついにカーロッタに近づいた。「あら！　こんにちは、カーロッタ」

彼女はわたしを見ると、気軽な笑みを浮かべた。隠すことがなにもないか、それよりもありえそうなのは、わたしに対して隠すことなどなにもないと思っているかだろう。

わたしの利点だ。外見は脅威をおぼえさせるものではないし、わたしは相手の気持ちをほぐすのがうまいのだ。

こういった場面においては、少佐よりもわたしのほうが有利だ。たしかに、ラムゼイ少佐がその場に応じて性格を変えるのがかなり上手なのは認めよう。それでも、指揮官然とした雰囲気が相手をぴりぴりさせてしまう。でもわたしは、大衆側の人間だ。

「こんにちは、リズ。なにか買いにきたの？」

「包帯が欲しいの。腕に引っかき傷を作ってしまって、包帯を取り替えないといけなくて」

「まあ、お気の毒に。こっちよ」軽傷の手当てに必要なものが置かれた小さな棚へと連れていってくれた。

わたしは必要なものを選んだ。

「ちょっと言いにくいのだけど、包帯を巻くのを手伝ってもらえないかしら？　怪我《けが》は右腕で、左手はあまりうまく使えないの」

「あら、もちろんいいわよ！　こっちに来て」

そうなったらいいと思っていたとおり、カーロッタは奥の部屋へ向かった。そこは主に倉庫として使われている部屋で、薬類の瓶や箱がしまわれた棚だらけだった。軍か地元の病院への搬入《はんにゅう》用とおぼしき救急用品の入った缶がいくつかあった。

隅にはコート掛けもあって、帽子とカーロッタのハンドバッグがかかっていた。

隅の椅子に連れていかれ、わたしは袖をまくり上げた。

「うわっ、痛かったでしょう」傷を見たカーロッタが言う。

「ええ」

「ちょっとしみるかもしれないわよ」布にホウ酸軟膏を少しつけ、傷口を軽く叩《たた》くようにして塗った。

たしかにしみたけれど、切り傷やすり傷をネイシーに徹底的にきれいにされるのに慣れていたので、心がまえはできていた。

「どうしてこんな怪我をしたの？」

「フェンスの尖《とが》った先に引っかけてしまったの」嘘をつく理由はないと思った。「ここのところちょっと落ち着きを失ってるみたいで」

カーロッタが微笑んだ。「みんなそうじゃない？」

「そうね」秘密を打ち明けるみたいに少し彼女に身を寄せた。「ハル・ジェンキンスが亡くなった件に、思っていた以上に動揺してしまったみたい。あまりにも衝撃的だったから」

彼女がしげしげと見つめてきた。境界線を踏み越えてしまったかと不安になる。わたしがどうしてここにいるのかと訝（いぶか）られるだろうか？　でも、大丈夫だった。すぐにその瞬間は過ぎ去り、カーロッタがまた気をゆるめた。

「ハルの身に起きたことはおそろしかったわね。彼がもういないなんて、いまだに信じられないわ」

「お医者さまはなんて言うかしら。彼はまだ若かったのに。そうでしょ？」

「だと思う。彼とはそれほど親しくなかったのよ」カーロッタは店内にちらりと目をやった。表向きは接客しなければならないかどうかをたしかめるために。でも、店の正面ドアの上部にはベルがついていて、わたしが店に来たあとそのベルは鳴っていなかった。

どうしてカーロッタはこの会話を終わらせたがっているのだろう？

当然ながら、仕事中の雑談を店主がいやがるという可能性はある。でも、それとはちがう気がした。カーロッタは神経質になっている。

わたしの腕に包帯を巻くカーロッタの手が震えていたので、その推測が正しいとわかった。

そのときベルの鳴る音がして、彼女は飛び上がった。「すぐに戻ってくるわ」

カーロッタは店内に戻り、わたしは椅子からさっと立ち上がった。隅のコート掛けへ急ぎ、彼女のハンドバッグを取る。ライラのハンドバッグほど整頓されておらず、キャンディの包み紙、使用ずみの列車の切符、裸のアスピリン錠が乱雑に入っていた。けれど、身分証明書は簡単に見つかった。カード入れに入ってすらいなかった。表紙の紋章を見る。かすれはなし。カーロッタの身分証明書も例の倉庫で印刷されたものではなかった。

くぐもった話し声が聞こえ、客が出ていくとふたたびベルが鳴った。わたしは慌ててすべてをハンドバッグに突っこみ、コート掛けにかけ、椅子に戻った。カーロッタが戻ってきたときは、左手で包帯を結ぼうとしていたけれど、うまくできずにいた。

「お待たせしてごめんなさいね」カーロッタの声は明るかった。「結ぶのはわたしがやってあげる」

カーロッタは包帯を結び、端をきっちりたくしこんでくれた。

「ありがとう」

「お役に立ててよかったわ」

わたしはカーロッタについて店内に戻り、代金を支払った。

彼女はなにかを考えこんでいるみたいに上の空の感じだった。買ったものを渡してくれたとき、わたしの手に手を重ねてきた。

「聞いて」小さな声だった。「ああいった質問をしてまわるのはやめたほうがいいと思うの」

わたしは驚いて眉をつり上げた。正直なところ、不意を突かれた。「どういう意味?」

カーロッタはまた周囲を見まわしてから身を寄せてきたけれど、店の反対奥にいる薬剤師をのぞけばわたしたちだけしかいないはずだった。「ハルの死についてあれこれ訊いてまわるべきじゃないってこと」そうささやいた。

ドア上部のベルがふたたび鳴り、カーロッタは唐突に手を離した。

「他人のことに首を突っこまないようにね」冷たい口調ではなかった。「そのほうが安全だから」

14

わたしは疑問が増えた状態で薬局をあとにした。もっと粘ってどういう意味なのかカーロッタにたずねようかとも考えたのだけど、客が数人店に入ってきてその機会は失われた。それに、カーロッタがなにかにおびえているのが明らかだったし。〝なにか〟というより〝だれか〟におびえているのかも。

けれど、わたしに警告してくれたという事実に希望が持てた。しゃべっても安全だと納得してもらえるなら、あとでもう少し話してくれるかもしれないという前兆だから。

ラムゼイ少佐と落ち合う時刻が迫っていた。さまざまな思いが頭のなかをぐるぐるとまわるなか、下宿屋へ向かった。

少佐はいつもどおり時間厳守で、下宿屋の前に自動車を停《と》めて待っていた。

わたしの姿を認めると、自動車を降りて助手席側へまわり、ドアを開けてくれた。

「こんなことをしてくれる必要はないのに」周囲にはだれもいなかったけれど、わたしは声を落として言った。「自分で乗れるわ」

少佐が頭をふった。「ちゃんとした紳士らしくふるまわなければ、ミセス・ジェイムズの私に対する評価が落ちてしまう」

「じゃあ、またわたしに言い寄る芝居をしなくちゃならなくなったわけね」自動車が走り出すと、わたしは言った。「忍耐力を試されているのでしょうね、ラムゼイ少佐」

「男女が一緒に仕事をするときには、とても便利な設定だ」

「たしかに。それがあったから、ミックおじではなくてわたしを連れてきたのでしょうしね」

「歳の離れた男のふたり連れより、男女の組み合わせのほうが、うろうろしていても注意を引かずにすむ」少佐はちらりとわたしを見た。「この旅をしたくなかったのか？」

「そうじゃないわ」正直に言った。「でも、ミックおじとネイシーをロンドンに置いてくるのはいやだった。心配なの」

少佐はうなずいた。「理解できるが、ふたりはきみが重要な仕事をしているとわかってくれているはずだ」

「わかってくれているわ」不意にある疑問が浮かんだ。「でも、どうしてわたしたちが知り合いじゃないふりをするよう言ったの？　カップルとして来ることはできなかったの？」

「一緒に来るよりも、ここサンダーランドで出会ってロマンスがはじまったほうが目立たない。それに、一緒に来るなら夫婦のふりをするしかないが、きみにそこまでさせなくてもいいと考えた」

少佐の指輪を持ってきていることは話していなかった。その指輪は、少佐が元婚約者に買ったもので、以前の諜報《ちようほう》活動のときにわたしがはめたものだった。また利用できるかもしれないと思いつき、スーツケースの隠し場所にしまってあった。

もちろん、どちらも彼がなにを口にしていないかをわかっていた。夫婦のふりをしていたならば、同じ部屋に泊まらなければならなかったところだと。

前に一度、短時間だけ宿で夫婦のふりをしたことがあって、あのときはカード・ゲームで気を紛《まぎ》らわせられたけれど、少佐と同じ部屋で過ごすのは快適ではないだろう。

「腕の具合はどうだ？」少佐の声で、わたしはもの思いから引き戻された。

「腕？　ああ、大丈夫です」

「ほんとうに？　きちんと消毒したのか？」

わたしはにっこりした。「ええ。ネイシーからしっかり叩《たた》きこまれたことがあるとすれば、傷の手当ての仕方よ。だから、問題なし」

「それを聞いて安心した」

「包帯を買いに薬局へ行って、カーロッタ・ホーガンと話したの。あれこれ訊《き》いてまわるのは気をつけたほうがいいと言われたわ……危ないから」

ラムゼイ少佐がちらりとこちらを見た。「親切心からの注意かな？　それとも脅《おど》しか？」

「脅しではなかったと思うけど、彼女はなにかを隠していた気がするの」

「また彼女と話してみてくれ。ただし、慎重にな」

「わたしは常に慎重です、少佐」

「きみが慎重なことなどほぼないじゃないか、ミス・マクドネル」少佐の口調に非難の色はなく、わたしは微笑《ほほえ》んだ。

「ミックおじはいつも〝リスクは報酬を生む〟って言ってるわ」

少佐はビーチからそれほど遠くないひとけのない野原に自動車を停め、わたしたちは若い恋人同士のように――まあ、そう見えるように精一杯の努力はした――砂丘に沿って歩いた。大半のビーチは有刺鉄線で閉鎖されていた――市民を囲っておくためか、敵を入れないためか、わからなかった。草の生えた砂丘はやがて岩がちな崖へと変化し、わたしたちはときおり足を止めて景色を楽しむように海を眺めた。

ついに、のしかかるように建っている大きな領主館が遠くに見えてきた。

「あまりしげしげと見るなよ」わたしの背中に手を当てた少佐が、愛想のよい表情で言った。

「あっちの方向に飛んでいく鳥に興味を持つのはいいが」

わたしは持っていた双眼鏡を持ち上げて領主館のほうへ向けた。「思いついた最善策が、野鳥観察のふりをすることだったの？」

「双眼鏡を持っている口実にぴったりだろう」

「まあ、そうなんでしょうね」

〈大嘴鵙《おおはしもず》〉邸は、北海を望むちょっとした高台に建つ、砂岩の立派な屋敷だった。複数の煙突から煙が出ているのが見えた。

「あそこにも忍びこむの？」

「理由がないかぎりは忍びこまない」まるでわたしが、もっともらしい理由もなしにあちこちの家に侵入してまわっているみたいな言い草だ。

「最初は中国の陶磁器の蒐集家《しゅうしゅうか》グループにかかわらせられた」最初の任務を思い出す。「で、今度は素人鳥類学者ってわけね。今回の任務では、おじさまのコネを使えなかったの？」任務で陶磁器蒐集家のためのパーティに出席した際に、少佐のおじのオーヴァーブルック伯爵のコネが役立ったのだ。伯爵が野鳥観察者と懇意にしていたとしても驚かない。

「あいにく、おじは鳥を観察するよりも撃つほうが好きでね。自分たちでなんとかするしかないようだ」ラムゼイ少佐が言った。

「シェリダン・ホールはいつも何時ごろに散歩をするの？」

「朝早くと昼食後の二回だ。二回めは一四〇〇時ごろだな」

腕時計を見る。午後一時半をまわったところだった。「だったら、もう少し待つわね」

草深い場所に座り、ひざの上で野鳥観察の本を広げ、期待に満ちた目で少佐を見上げた。

彼はわたしの隣りに腰を下ろした。堅苦しい人なのに、こういう状況でもこちらが思うほど場ちがいに見えなかった。北アフリカの砂漠で日焼けした彼を簡単に想像できた。

「昔から軍人になりたかったんですか？」どこからそんな質問が出てきたのかわからなかっ

た。少佐にたずねようなどとは思ってもいなかったのに、口から出ていたのだ。

「ああ。幼いころから、軍人の人生を望んでいた」

理解できた。なんといっても、わたしだって小さいころからミックおじの跡を継ぎたいと思っていたからだ。おじは、もう少しリスクの少ない仕事を選ぶようしきりと勧めたけれど、わたしはほかの仕事などまったく考えなかった。

少佐も父親の跡を継いだのだろうか。「お父さまも職業軍人だったの?」

「いや。先の戦争で出征はしたが。アミアンの戦い(一九一八年八月、フランス北部のアミアンで連合国軍の反撃が開始された)で負傷した」

「お気の毒に。大怪我《おおけが》だったの?」

「いまも肩が痛んでいるようだが、それをだれにも認めようとしないんだ。母や妹たちに騒ぎ立てられるのが耐えられないらしい。養生中の父のベッド脇に呼ばれ、朗読したのをおぼえている。私が父のそばについていれば、母たちが放っておいてくれるとわかっていたんだな」

わたしはにっこり微笑んだ。少佐の思い出と、それを分かち合ってくれたことの両方に対して。

「男の子にとって、自分の父親のそんな姿を見るのはつらかったでしょうね」

「ああ。父が死ぬんじゃないかと心配だった。死ぬおそれはないと医者から聞いていても」

これはラムゼイ少佐の新たな一面だった。きっちり抑制されている性格を解き明かす新しい鍵。不意に、少佐が職業軍人になったわけがわかった。子どものころのそんな体験が彼の人生を形作ったのが。

わたしが生まれたのは、先の戦争中だ。戦争の記憶はない。少佐に年齢をたずねたことはないけれど、わたしより六歳から八歳上だろうと思う。戦争によって家族がどんな風に変わったかをぼんやりとでもおぼえているだろう。そういうことは少年に衝撃をあたえるものだ。

「たいへんだったのね」

「それほどでもない。父と一緒にいられたからな。何百万という子どもたちはそこまでの運に恵まれなかった」

わたしはうなずいた。父親がいないのがどういうものか、よくわかっていた。わたしの父親を奪ったのは戦争ではなかったけれど。

しばらく沈黙が落ち、わたしは少佐と気軽におしゃべりしていたと気づいて驚いた。知り合った当初から彼とのあいだにはたっぷりの軋轢《あつれき》があったから、気安い感じで会話ができると驚いてしまうのだ。

「いまはもうご家族は大丈夫なの？」

少佐はうなずいた。「両親、妹たち、その子どもたちはカンバーランドにいる」

「姪御《めいご》さんや甥御《おいご》さんは何人？」少佐についてほとんどなにも知らないと気づく。おたがいに相手の個人的な面を知る必要があるわけではなかったけれど。わたしたちの任務にその情報は必要ない。それでも、少佐について、軍人ではない一個人としての人生に興味があった。彼はほとんど常に厳格で頑固な少佐然としていたけれど、それ以外の面もぜったいにあると思っていた。

「姪がふたりに甥が四人だ。いちばん上が十歳で、いちばん下が六カ月」

わたしが急に個人的なことを穿鑿《せんさく》すると思ったとしても、少佐はそれを面《おもて》に出さなかった。わたしに家族の話をするのをいやがっていないようだ。ふつうの人間として少佐と会話するのはすてきだった。

「楽しいでしょうね」わたしはコルムとトビーを思った。いつの日かいとこたちが戻ってきて結婚し、小さな子どもたちが走りまわる光景が見られるのを願った。

ごくふつうの日々を渇望するあまり、喉が詰まった。以前の暮らしが恋しかった。恋しすぎて、息ができないくらいだった。でも、もちろん息はできた。わたしたちみんな、息をし、渇望し、望み続けるのだ。

ひざを抱えて海に目をやる。ほつれた髪が風に揺られて顔の周囲で躍った。自分の容姿にこだわったことはないけれど、少しもまとまってくれない髪は昔から悩みの種だった。自分でコントロールできないのが嫌いなのだ。

ふり向くと、少佐に見つめられていた。今日の彼の目はまさに黄昏《たそがれ》どきの空の色で、紫色にかぎりなく近いくすんだブルーグレイだった。

なぜその瞬間を選んだのかわからなかったけれど、ラムゼイ少佐ならトビーの身になにがあったのかを探り出せるのではないかと唐突に思った。コネのある少佐なら、わたしたちよりも多くの情報を探り出せるはず。

「少佐……」

いまはそんな話をするときではないかもしれない。でも、今日のふたりは友好的な雰囲気だったし、急に少佐という人がいつもより近づきやすく感じられたのだ。だから、たずねようと思えた。

「ひょっとしたら……トビーになにがあったのか探り出せたりしません？」

少しの間。そんなことに時間をむだ使いできない、と伝える方法を考えているのだろうか。そう思ったけれど、実際に少佐の口から出た返事はそれよりもひどいものだった。

「すでに探ってみた。悪いが、ドイツの捕虜リストでも、それ以外の情報でも、彼の形跡はなにも見つけられなかった」

それがなにを意味するかに気づき、感覚が麻痺《まひ》するのを感じた。「じゃあ、彼は死んでしまった可能性が高いのね」

「その証拠も見つからなかった」少佐はわたしを慰《なぐさ》めようとしてくれているのだとわかってはいたけれど、あまり効果はなかった。ラムゼイ少佐と知り合いになったことが、いつの日かいとこの帰国に役立つのを密《ひそ》かに願っていたのだと、いまになって気づいた。

「ミックおじにどう伝えたらいいのかわからないわ」

「おじさんに伝える新たな情報はなにもないだろう。公開されたどの捕虜リストにも彼の名前が載っていないとわかっていたはずだ」

「ええ。でも、少佐の立場なら……」ことばが尻すぼみになった。頭の整理が追いつかない。今日こんなことと向き合うはめになるとは思ってもいなかった。さまざまな思いが駆けめぐるなか、悲しみがいちばん強烈な気がした。

「捕まるのを逃れ、帰国できるまでフランスに身を隠しているのかもしれない」ラムゼイ少佐が言う。

そのことばを考える。トビーならそうするかもしれない。彼とコルムは昔から大胆なところがあった。子どものころはそれで向こう見ずなことをして、大怪我をしてネイシーからこっぴどく叱られていた。

その性格に背中を押され、トビーは脱出し、追跡者をかわしながらイングランドに向かっている？　ダンケルクで逃れたのであれば、船がないとイギリス海峡を渡れない。だからフランスの内陸へ向かい、帰国できる機会がめぐってくるのを待っているのかもしれない。たいしたものではないけれど、希望は希望だ。少佐がそれをあたえてくれた。

わたしは少佐を見た。「ありがとうございます」

「私はなにもしていないが」

「捕虜になっていないか調べてくれたでしょう。それに、希望をあたえてくれた。感謝してもしきれない」

つかの間、わたしたちは見つめ合った。

不意に少佐に微笑まれ、抱き寄せられて驚く。少佐の唇《くちびる》が耳もとに来る。「見られている」彼が小声で言った。

危険かもしれない状況とはなんの関係もなく、心臓がでたらめな鼓動をはじめて盛大にいらついた。

すぐさま顔に笑みを貼りつけて少佐にしなだれかかった。「わたしに先に彼と話させて」

「鳥について彼と話をするのが女だけのほうが怪しまれにくいでしょ」わたしは指摘した。

「だめだ」

「数分だけでいいからちょうだい」

少佐は短く諦めの息をついた。「五分だ。彼を警戒させるようなことをするなよ」

わたしは笑いながら彼の肩を支えにして立ち上がり、服についた砂を払った。「あなたのほうがよっぽど相手を警戒させるわよ、ジョニー」

偽名のジョンをニックネームで呼ばれて少佐が眉根《まゆね》を寄せた。わたしは投げキスをして砂丘を下っていった。

15

ミスター・ホールは話しこんでいるわたしたちを目にし、反対方向へ足を向けた――わたしたちにプライバシーをあたえるために、だと思う。いまわたしは、尾《つ》けているように見えないようにしながら、彼の向かったほうへ急いだ。

崖に沿って歩きながら、上空を舞っている鳥に注意を向けた。野鳥観察が好きならば、ここはほんとうにぴったりの場所だ。例のいまいましい本でおぼえた記憶が正しければ、眼下の海岸をミユビシギがぴょんぴょんと跳ねていた。

砂丘のくぼみへ行くと、ミスター・ホールが見えた。彼もわたしに気づいたので、挨拶の手をふってそちらへ向かうのは完璧に自然だった。

「ごきげんよう」わたしは言った。

「ごきげんよう」

ミスター・ホールは、わたしが想像していたのとはまったくちがっていた。よぼよぼの高齢者だろうと考えていたのに、この紳士は若干腰が曲がり顔はしわだらけだったものの、目は鋭く、物腰も動きも生気に満ちていた。勝手な想像を改めなくてはと気づく。けっして決めつけないように、エリー嬢ちゃん。ミックおじから何度もそう言われてきた。それを肝《きも》に銘じておかなければ。

「すてきな日ですね」わたしは言った。

「まさしく」ミスター・ホールは期待に満ちた目を向けてきた。このひとけのないビーチでなにをしているのだろうと訝《いぶか》っているにちがいなかった。

「あっちのほうに小さなコテージを借りて夫と滞在しているんです」漠然と北のほうを指さす。「夫は英国空軍《RAF》の休暇中で、ちょっとしたプライバシーが欲しくてこちらを訪れたんです」

「ここみたいにひとけのない場所は、プライバシーを保つのにぴったりですね」ミスター・ホールは青い目をきらきらさせた。「若いご夫婦はふたりきりになりたいものですから。ちがいますかな?」

「おっしゃるとおりだと思います」頬《ほお》を赤らめようとがんばった。

「この近辺にはだれもいないビーチがたくさんありますよ。それに、南へ半マイルほど行けば、探索にぴったりの古い密輸人の洞窟がいくつかあります。ただ、気をつけなくてはいけません。たしか、洞窟内には深い穴がひとつふたつあったはずだから。ご主人はいまどこに?」彼は視線をはずし、わたしの背後のビーチを見まわした。

「考えられるようにひとりにしてあげたんです」わたしは言った。「夫は作家なので」

「ほう！」これを聞いて、ミスター・ホールの関心が高まったようだった。「どんな本を書いてらっしゃるのかな？」

ミスター・ホールがいちばん興味のなさそうなものはなにかと考えた。興味がなければないほど、あれこれたずねられずにすむからだ。

「ミステリ小説なんです」ようやく答えた。

「なるほど」いいジャンルを選んだようだった。表情豊かなミスター・ホールの顔から、関心がすっと消えた。

「夫にはぜったいに内緒なのですけど、わたしはあまり好きじゃないんです」

「そうなのですか？」

「ええ。読書好きというわけでもなくて。戸外にいるのが、自然のなかにいるのが好きなんです。今日は鳥を探していたんですよ……」野鳥観察の本を掲げてみせ、ちょっとやりすぎたかしらと訝った。

ミスター・ホールの目が急に鋭くなった。学術的な関心を引いたのか、疑念を持たせたのか、判断がつかなかった。気をつけて進まなければ。

「鳥がお好きなのですか？」

「まだ初心者で、いろいろ学ぼうとしているところなんです。鳥ってとってもすばらしい生き物ですから」

「そのとおり」

「ついさっきミユビシギを見つけました」

「南に一マイルの崖の上には鷹《たか》の巣がありましてね。この国が鷹を殺すことを合法にしたのはご存じだと思います」彼は険しい表情でわたしを見た。「伝書鳩《でんしょばと》を食べるという理由で。個人的には、鷹を殺すのは犯罪だと思っています。鳩を使って通信するのはけっこうなことですが、戦争が終わったらどうするのですか？　果たして伝書鳩に対するのと同じ熱量で鷹の個体数をもとどおりに増やす努力をしてくれるものでしょうか？」

「完全に同意しますわ。鷹を殺すなんて犯罪だと思います。すばらしく美しい鳥なのに」

どうやら正しい返事ができたらしい。というのも、ミスター・ホールの下がっていた眉がほんの少しだけれど上がり、うんうんとうなずいたからだ。「まさに。まさに」

「エリザベス！」少佐の姿が見える前に声が聞こえた。返事をせずに、もう少し相手に近づけないかと考えたけれど、ミスター・ホールはすでに声のしたほうを見ていた。

「こっちよ、ダーリン！」わたしは大きな声で呼んだ。

少佐が姿を現わし、わたしたちを見た。彼は親しげな笑みを浮かべて手をふった。人格をたちまち完全に変えられる少佐はみごとだった。

「ミステリ小説をよく思ってない件は内緒にしてくださいね」小声でミスター・ホールに言った。

ミスター・ホールは共謀者めいたウインクを寄こした。「ご主人に話そうなど、夢にも思いません。あなたの秘密はぜったいに守りますよ」

わたしは彼に向かって大きく微笑《ほほえ》んでから、近づいてくる少佐のほうを向いた。

「章についての考えがもうまとまったの、ダーリン？」少佐が目の前まで来ると、わたしはたずねた。

「ほぼ、ね」まったく詰まらずに少佐は返事をした。「きみがいなくてさみしくなったから、捜しにきたんだ」

少佐はわたしの腰にいい感じに腕をまわし、空《あ》いているほうの手をミスター・ホールに差し出した。

「ジョン・グレイ大佐です」

「お会いできて光栄です、大佐」ミスター・ホールが応じた。「魅力的な奥さんを捜しにこられたのも無理はない。彼女が私の妻だったら、目の届かないところに行かせたくはないですからな」

少佐は微笑んだ。「妻はよくふらふらといなくなってしまうんですよ」

「それなら、私のところへさまよってきてくれてよかった。休暇が終わる前にまたお会いできるかもしれませんな」

「ぜひそうしたいですわ」わたしは言った。

ミスター・ホールは笑顔になった。「では、また会う日まで」

ラムゼイ少佐はわたしを連れて反対方向へと歩き出した。

「もう少し時間をくれたらよかったのに。意気投合しつつあったのよ」

「それを疑ってはいないが、彼に怪しまれるのは困る」

「小説家とその妻がひとけのない海辺のコテージに滞在してるだけで、怪しいことなどなにもないわ」

「どうして私が小説家だと話したんだ？」

「わたしがあなたを置いてひとりで散歩しているのを彼が不思議がっていたから、最初に頭に浮かんだことを口にしただけ。あなたは次の章について考えてるんだって」

「悪くない考えだ。彼の関心にも沿っているし」

「えっと、それについては……そうでもないの」

わたしを見た少佐の目に疑念が浮かんでいた。「そうなのか？」

「ええ。あなたはミステリ小説を書いているの」

「小説を書くのはきみのほうが適していたな、ミス・マクドネル。きみの想像力は留《とど》まるところを知らない」

ちょうど黄昏《たそがれ》どきに下宿屋に戻ってきた。

助手席側のドアを開けてもらったわたしは、明るい表情を顔に貼りつけるのを忘れなかった。立ち去ろうとしたとき、少佐に腕をつかまれた。「ちょっと待て」

わたしは少佐を見上げた。

「おいで」

少佐に抱き寄せられ、わたしは驚きのあまりことばが出なかった。すぐにこれは芝居の一部にちがいないと思い至ったけれど、だれのためにこんな場面を演じているのかわからなかった。

「きみの友だちに見られている」少佐がわたしの耳もとにささやくふりをして身を寄せてきて、疑問に答えてくれた。

わたしはすてきなことかロマンティックなことを言われたみたいに笑顔で少佐を見上げた。彼の顔がすぐそばにあり、目を見つめられ、キスをされるかもしれないとつかの間思った。裏切りものの心臓が鼓動を速める。ラムゼイ少佐からのキスを期待する理由なんてないのに。

でも、少佐はキスをしなかった。いきなり下がってわたしを放し、ほつれた髪を耳にかけてくれた。「また」

彼に夢中の表情を浮かべるのを忘れず、うなずいた。

「こんにちは、リズ！」ふり向くと、ネッサ・シンプソンが近づいてくるところだった。

目の前まで来ると、彼女は少佐を品定めするように眺めまわしてにっこり笑った。そのとき、わたしが見たことのなかった片えくぼが浮かんだ。「こんにちは、大佐」

少佐はすぐさま魅力全開モードにスイッチを切り替え、ネッサに微笑み返した。「どうも。お元気ですか？」

「ええ。ありがとうございます」少佐に気にかけてもらって、ネッサは陽光を浴びた花のように晴れやかな顔になった。

「すてきな一日をありがとう、ジョン」笑顔で少佐を見上げる。「またすぐに会えるのを楽しみにしてますね」

少佐が身をかがめてわたしの頰にキスをしたので驚いた。潮風のなかで一日過ごしたのに、温かくて少しぴりっとしたアフターシェーブ・ローションの香りがふっとした。

ふたたび笑みを浮かべ、ネッサに帽子を傾けて挨拶すると、ジョン・グレイ大佐は運転席へまわり、走り去った。

少佐がいなくなると、ネッサは共謀者めいた笑みをわたしに向けた。「彼ってほんとうにすばらしいわね。最初に彼が目をつけたのがあなただったせいで、サミはきっと嫉妬に狂わんばかりよ」そのことばに意地の悪いものはなかったけれど、それでもサミとネッサは男性を奪い合った過去があるのかしらと気になった。

ネッサは美人だけれど、サミのように目を見張るほどではなかった。わたしは容姿に自信を持てなかった経験はないけれど、ラムゼイ少佐がほんとうに相手を探しているRAFのパイロットだったなら、彼の気を惹《ひ》くのにサミに勝てたとは思えなかった。

「楽しかった?」わたしと一緒に玄関へ向かいながら、ネッサがたずねた。

「とっても。海岸沿いをドライブしたの」

ネッサは少しだけ目をきらきらさせてわたしを見た。「草原に寝転がった?」

わたしは驚いた。「なぜ?」

彼女が意味ありげににやりとする。「いけない子ね。心配しないで。みんなにしゃべったりしないから。でも、ミセス・ジェイムズに見られる前にお尻を払ったほうがいいわよ」

彼女のほのめかしに顔が赤くなった。たしかに草のなかで過ごしはしたけれど、ネッサが考えているようなことではなかった。

「そういうのでは……」言いかけたけれど、ネッサに手で制された。

「わたしに言い訳しなくたっていいのよ。大佐みたいにハンサムな人とだったら、わたしだって同じことをするもの。だって、いまは戦争中でしょ。できるうちに人生を体験しなくっちゃね」

「でも、わたしは……」

「彼に夢中なのよね。そんなあなたを責められないわ。どんな女性の頭もおかしくさせる人だもの」

「気をつけないとだめかしら。だって、大佐についてはあまりよく知らないし、彼はサンダーランドに長くいないでしょうから」

ネッサが肩をすくめた。「先のことはできるだけ考えないっていうのが、わたしのモットーなの。戦争中に先のことなんて考える余裕はないでしょ。あるのはいまこの瞬間だけなんだから、精一杯生きないと」

「恋人はいるの？」わたしはたずねた。

一瞬顔が翳《かげ》ったものの、彼女はすぐさま笑顔になった。「このあたりにはハンサムなパイロットがおおぜいいすぎて、ひとりに決められないわ」

いまのことばの裏にはなにかがあったけれど、それについて話したがっていないのを感じた。おそらく、好きな人を失ったとかだろう。ネッサが浮かべたみたいな表情を最近はよく目にする。あまりにも早く真の愛を失った若い女性の、悲しみに取り憑《つ》かれたような目。

いまのわたしたちはその日一日を生き延びることだけに気を取られ、将来はまっ暗でおそろしい虚無のように感じられた。戦争が終わったらどんな人生になるのかなんて、とても考えられなかった。たくさんの愛する人たちを失ったのに、もとの生活に戻らざるをえなくなったら。

もしトビーがほんとうにこの世からいなくなっていたら、この戦争が終わったあとはどうなるのだろう？　そんなことは考えるだけでも耐えられなかった。だから、その日その日を刹那《せつな》的に生きるのが、いまは最善の道なのだろうと思う。

「とにかく」ネッサが言った。「楽しい時間を過ごせたのならよかった」

「海辺はすばらしいわ。ロンドンでは見られないものだもの」

「わたしは右腕を差し出してでもロンドンに住みたいわ」ネッサの声は切なそうだ。「まあ、空襲を受けているいまはいいかな。前々からサンダーランドを出たいと思ってたけど、実現はむずかしそう。この戦争が終わったら、意志を強く持ってお金を貯めて、ここ以外の場所で幸運を追い求めるかも」

「わたしたちの多くが、戦争が終わったあとに実現したい夢を持っているわ」なんとかして話題をハル・ジェンキンスに向けようとしていたわたしは、ネッサが作ってくれた絶好のきっかけに飛びついた。「もちろん、戦争が多くのことを変えてしまっているし、戦後を見られない人もおおぜいいるのだけど。ハル・ジェンキンスは、ほんとうにお気の毒だったわ。彼とは知り合いじゃなかったけれど、あんな風に道で倒れるなんてすごくショックで」

ネッサが悲しそうにうなずいた。わたしが話題を重々しいものに変えたことを怪しんだとしても、そんなそぶりは見せなかった。「かわいそうなハル。彼があんな目に遭うなんて思ってもいなかったわ」

「あんな目って?」素知らぬ顔で訊《き》き返し、ネッサがなにか重要なことを漏らしてくれるのではないかと待った。

「ほら、彼が……あんな風に死ぬなんてってこと」葬儀の場にいるかのようにネッサが声を落とした。「あまりにも意外だった」

「家族がいたかどうか、知っている？」わたしは訊いてみた。

ネッサが頭をふる。「彼、個人的な話はあんまりしなかったの。恋人がいたかどうかもわからない。サミに言い寄ったりしてたけど、男ならだれでもそうするしね」またサミを引き合いに出してきた。ことばの裏にほんの少し棘《とげ》があった？　それともわたしの思い過ごしだろうか？　思い過ごしじゃなかったとしても、なんの意味もないかもしれない。仲間内で人気のある同性にちょっとした嫉妬を感じるのは、よくあることだ。

いずれにしても、そのアングルを攻めてなにか情報を得られないかどうかやってみることにした。

「サミは彼が好きだったと思う？　ハルが亡くなってたしかに動揺していたけれど、ふたりのあいだにロマンスがあったなんて知らなかったわ」

ネッサは手をふって否定した。「ううん、そういうんじゃなかった。ふつうの状況だったら、サミはハルなんて見向きもしなかったと思う。お姉さんを怒らせたくてハルといちゃついていただけなんじゃないかしら」

あら、それは興味深いじゃないの。「ライラは、サミがハルと一緒に過ごすことにいい顔をしなかったの？」

「うーん、そうとも言えるかな」ネッサの返事だ。「ライラはハルが好きだったのよ」

驚きだった。だって、ハルは友だちじゃないと言ったときのライラは淡々とした口調だったから。

「そう。ハルについてはよく知らない、とライラから聞いたと思ったのだけど」

ネッサが笑う。「ふたりがおたがいをどれだけよく知っていたかはわからない。ふたりがなにをしていたにしろ、秘密にしていた。夜遅くにふたりで歩いているところを何度か見かけたことがあるの。わたしの知るかぎりライラはグループのだれにもその話をしなかったけど、サミは知っていたはず。サミとライラはすごく仲がいいから」

ネッサからは興味深い情報がたっぷり入った。

ハルとライラのあいだにあったのは、ロマンスではなかったのかもしれない。というか、そうではなかったのだろうと確信に近いものがあった。もしそうなら、ライラ・マドックスがこっそりハル・ジェンキンスと会っていたのには別の理由があったということだ。

16

翌朝、サミと会えた。ほんとうは、彼女を待ち伏せしていたのだ。

急いで朝食をかきこむと、すぐに外に出て庭をぶらぶらしながらサミが出てくるのを待った。前日の早朝にだれかと会っていた件をなんと説明するか、聞きたかったのだ。あと、ライラとハル・ジェンキンスの関係についてもなにか聞き出したいと思っていた。彼女の身分証明書を確認する方法を見つける必要もあった。サミが悪人でないことを願っていたけれど、わたしがここにいるのは任務を果たすためなのだから、ちゃんと遂行するつもりだった。人にあれこれたずねる際には、慎重にしなければならないことに改めて気づいた。なんといっても、わたしは前々からの友人グループでは新入り、部外者なのだから。気に入られているからといって、秘密を打ち明けるほど信頼されているとはかぎらない。彼らがわたしを信頼する理由がどこにある？

それでも、やってみなければ。

「おはよう、サミ！」家から出てきた彼女に声をかける。

わたしに気づいたサミは足を止め、笑顔で手をふってきた。「おはよう」

「これから仕事？」彼女のそばへ行く。

「そうなの。今日も早番なのよ。ライラからあなたが来てくれたって聞いて、昨日の午後に会いにいったのよ。でも、またあの男性と外出したってミセス・ジェイムズに言われてしまって」サミがにんまりする。「順調？」

わたしは、新たなロマンスがはじまりかけている女性ならではの期待に満ちた表情を取り繕《つくろ》った。「だと思うわ」

「歩きながら全部話して」サミが言う。「ほかに行くところがあるなら諦めるけど？」

「ないわ。あなたにジョンの話をしたくてうずうずしてたの」

わたしたちは薬局の方向へと歩き出した。

「もう彼にキスはした？」サミが訊《き》いてきた。

わたしは笑った。そして、作り話をもっともらしくするためにこう言った。「わたしたち、ちょっとはしたかも」

「わあ！　さすが」サミがわたしの腕をぎゅっとつかんだ。怪我《けが》をしたほうの腕だったので、小さくたじろいだ。

「あ、ごめんなさい。痛かった？」

「腕に引っかき傷を作ってしまったの。薬局で新しい包帯を買おうと思っていたところよ」軽い口調で言った。「あなたの質問に答えると、ジョンとわたしは仲よくやれているから、先が楽しみなの」

サミが夢見心地のため息をついた。「完璧にすてき」

「あなたは？　ロマンスの話をしてるから訊くけど、昨日の朝早くに裏ポーチに若い男性がいるのを見たわ。彼、あなたの崇拝者？」

ほんの一瞬、サミの顔に困惑の表情が浮かんだ。そして、わたしがだれのことを言っているのかに気づくと、彼女の美しい顔からすべての表情が消えた。「やだ、ちがうわよ。あの人は訪ねる家をまちがえただけ」

「あら、そうだったの」いまは食い下がるときではないとわかった。「ライラは？　いい人はいないの？」

「いないわよ」サミが笑いながら答えた。「姉はすっごくお堅いもの。深い意味もなくデートなんてしちゃいけないと思いこんでるのよ」

どうやらライラはハル・ジェンキンスとロマンティックな関係ではなかったようだ。それなら、ふたりはどういう関係だったのだろう？　〝お堅い〟ライラが本格的なスパイ組織に関与するようになったなんて、ありうるだろうか？

ちょうどカーロッタが近づいてくるところだった。わたしに気づくと笑顔になったけれど、その目が用心深くなったのは想像力のなせる業《わざ》ではないはずだ。

「おはよう、ロッティ！　リズが腕の怪我に巻く新しい包帯を買いたいんですって」サミが言った。三人とも薬局の入り口まで来ていた。

「治りはどう？」カーロッタがわたしにたずねた。

「かなりいいと思うわ。開店までまだ十分あるのよね。外で待ってるわ」

「明かりをつけたりする時間だけちょうだい」サミが言った。

彼女とカーロッタがなかに入った。わたしは窓から離れてサミの身分証明書を検《あらた》めにかかった。一緒に歩いているときに彼女のハンドバッグから掏《す》るのは簡単だった。包帯を巻いた腕をぎゅっとつかまれたおかげで、完璧に彼女の気をそらせた。

息を殺し、サミの身分証明書の表紙を見る。特徴的なかすれはなかった。これは不法な印刷所で印刷されたものではない。少なくとも、その点では安堵《あんど》した――とはいえ、サミがドイツ側のスパイだと本気で疑っていたわけではない。ライラの身分証明書が偽造されたものではなかったので、なおさらだ。もちろん、ライラとサミの姉妹が別のかかわり方をしている可能性は残っていたけれど。

残念ながら、その思いは薬局に入ったときに正しかったとわかった。サミとカーロッタはドアを完全には閉めなかったので、ドア上部のベルは鳴らなかった。店内のどこからか、ふたりの話し声が聞こえた。

「まさか」カーロッタの声だ。「当然なにも言わなかったわよ」

「たしかめておきたかったの。わたしたち、気をつけないとね」

「秘密くらい守れるって」カーロッタの返事はぶっきらぼうだった。

「わかってる。ただ、わたしとあなただけの問題じゃないって念押ししておきたかっただけ。わたしたちを頼りにしてる人たちがいるんだから」

会話はそこで終わったので、わたしはわざとドアを強く押してベルが鳴るようにした。

「もう開店したかしら?」声を大きくしてたずねた。

「いらっしゃい、リズ」カーロッタはサミと一緒にいた棚の後ろから出てきて、朗《ほが》らかに言った。「包帯を巻いてあげる」

なるほど、サミとカーロッタは秘密を共有しているのね。だからといって、ふたりがハル・ジェンキンスを殺したということにはかならずしもならない、と自分に言い聞かせる。ただ、彼女たちがなにかかわっているにしろ、危険なにおいがした。そして、人がひとり死んでいる。それが偶然の可能性はどれくらいあるだろう。ふたりの身分証明書が本物らしいのがせめてもの救いだ。わたしはふたりに気取られないようにサミの身分証明書をハンドバッグに戻した。

薬局を出たわたしは、ミックおじが転送してくれたクラリス・メイナードからの手紙が届いているかをたしかめに、郵便局へ行ってみることにした。

郵便局で名乗ると、女性の郵便局長がうなずいた。「ええ、届いていると思いますよ。ちょっと待っててくださいね」

心臓をどきどきさせながら待ち、手紙を受け取ると震える手で開封した。不法に解錠しているときは手がまったく震えないのに、四半世紀も前のできごとについて書かれている手紙を開けるのには手が震えるなんて、妙な感じだった。

ものごとに感情的になりすぎてもむだだ。この手紙になにが書かれていたとしても、過去を変えられはしないのだから。

薄黄色の便箋《びんせん》を封筒から出す。線が細くて曲線が特徴的な筆跡で、便箋からは薔薇水《ばらすい》の香りがした。

親愛なるエリー

お返事が遅くなってごめんなさい。あなたから手紙をもらって驚いてしまって、なにを書くべきかを決めるのに手間取ってしまいました。

まず最初に、あなたが元気だと知って喜んでいます。あなたのお母さんはあなたの幸せをなによりも願っていたはずだから、あなたが愛情たっぷりに育てられたとわかってとても安堵しました。

わたしはあなたのお母さんの親友でした。お母さんはわたしを信頼して、だれにも話していないことを打ち明けてくれました。その秘密のせいで、お母さんは自由を失い、最終的に命を落としたと言えるかもしれません。

お母さんの秘密を守ったせいで、自分が彼女に害をあたえたのではないか、と長年のあいだに何度も考えました。けれど、お母さんの話してくれた秘密をわたしが勝手に漏らすわけにはいかなかったので、これまでずっと口を閉ざしてきました。

そういうわけなので、あなたからの手紙を受け取って葛藤したことをわかってもらえると思います。この数日よくよく考えて、お母さんの物語をあなたに伝えるのは正しいことだという結論に達しました。

けれど、手紙に書かないほうがいいこともあります。会いにきてもらえますか？　実際に会って話すほうがいいと思うので。

敬具

クラリス・メイナード

追伸に住所と、リンカンシャーの鉄道の駅からの道順が書かれていた。そして、そのあとに再追伸があった。

ずっと手もとにあった写真を同封します。あなたに渡すころ合いだと思います。

写真は黄色い紙に包まれていた。紙を広げると、そこに文字が書かれていた。〈わたしの代わりにこれを持っていて。見つけられたくないの〉

母が書いたものだろうか？

写真をじっくり見る。両親が写っていた。わたしが見たことのあるどの写真のふたりよりも若く見えた。わたしがいまも持っている、結婚式の写真よりも若かった。母は輝かんばかりに美しく、父は長身で黒っぽい髪で、きちんと手入れした口ひげをたくわえ、目をきらめかせていた。ぴったり寄り添い、幸せそうに微笑《ほほえ》んでいて、ふたりの背後には広大な山があり、隅に小ぶりのコテージが写っていた。

その写真にはこれといって特徴的なものはなく、逮捕されたときに母が見つけられたがらなかった理由がわからなかった。意味が通らない。

手紙をさらに二度読んだ。母について、事件について、あるいはこの写真がなにを意味するのかについて、もっといろいろ明かしてくれるのを願っていたのに。

クラリス・メイナードにわたしと話してくれるつもりがあるとわかってうれしかったけれど、手紙はもどかしくなるほど曖昧《あいまい》だった。そのうえ、どこか過度に芝居がかったものがあった。まるで、クラリス・メイナードは秘密を楽しむ人であるかのように。そういう女性だった。

ちなら知っていた。自分のことばの重要性をことさら強調するのだ。ミセス・メイナードの情報が、彼女が考えているほど決定的なものではない可能性はあるだろうか？

それをたしかめる方法はただひとつ。この任務が終わったら、彼女に会いにいくしかなさそうだ。


少佐から連絡がなかったかをたしかめるため、ミセス・ジェイムズの下宿屋に戻った。連絡がなかったと聞いても驚かなかった。

自室へ行き、机の前に座って考えた。これまでのところ、情報はほとんど得られなかった。閉鎖された印刷所で偽造文書が作られているのを突き止めた。けれど、少佐はそれだけでは充分でないと考えているようだった。もし充分な情報を得られたと思ったなら、わたしをロンドンへ送り帰し、悪党を逮捕しただろうからだ。

そう、まだ終わりではない。敵国スパイのための偽造文書が印刷されているということは、それを取りにくるスパイがサンダーランドにいるということだ。

そして、そのなかのひとりがハル・ジェンキンスを殺した可能性が高い。毒を盛ったのは、彼が知っているだれか、彼が信頼しているだれかだったはず。では、ハルの知り合いのだれが彼を殺したのか？

食事をするために階下へ行くと、アルフレッド・リトルがいたので喜んだ。二日めの晩にパブで会ったきりだった。炭鉱で長時間働いているのだろう。

今夜の彼は疲れた顔をしていたけれど、肌はつやつやで石けんのにおいがした。シフトが終わったばかりで、食事の前に風呂に入ったにちがいない。

わたしは彼の隣りの椅子に座った。

「こんばんは、アルフレッド」朗らかに挨拶した。

彼はきれいに並んだ白い歯を見せて微笑んだ。自分の殻に閉じこもっていないときの彼はハンサムだ、とわたしは気づいた。「こんばんは」

「ここでは全然会わなかったわね。炭鉱の仕事が忙しいの？」

「ああ、すごく忙しいんだ」料理を口に入れ、ゆっくりと咀嚼《そしゃく》した。

「仕事は気に入ってる？」

「ただの仕事だよ。父も、父の父も炭鉱夫だったんだ。ほかの仕事をしようなんて考えもしなかったかな」

「すごく重要な仕事だわ。特にいまは」

「おれは戦争に行きたかったな。でも、肺に問題があって入隊できなかった」

「仲のいいお友だちが戦争で脚を失ったのだけど、ロンドンで病院の仕事に就いたの。やらなければならない仕事をしてくれる人が国に残っているとわかってるのは、すごく安心だわ」

わたしが大げさにやりすぎたのがわかっているのか、アルフレッドは礼儀正しく微笑んでなにも言わなかった。

アルフレッドと雑談をするのはむずかしそうだ。彼は注目されて喜ぶタイプではなかった。注目されればされるほど、殻に閉じこもってしまう。ほかの方法でアルフレッドの心をつかまなくては。

そこで、最近はじめた趣味の話をしてみた。「野鳥観察をやりはじめたの」

「炭鉱のなかじゃ鳥は見られないな」アルフレッドがまた小さく微笑んだ。今回の笑みは、ちょっとばかりもの悲しそうに思われた。彼に同情している自分がいた。長時間地下で過ごす仕事は気が滅入《めい》るだろう。

「鳥についてはまだよく知らないの。でも、詳しくなりたくて。戦争が終わったら、鳥を追いかけて世界中をまわるかも」

アルフレッドが微笑んだ。「楽しそうだね」

「あなたは戦争が終わったらなにがしたい？」

彼の顔に憧れのようなものがよぎったあと、すぐに翳《かげ》った。「炭鉱で働き続けるんだろうな」

「ほかにやってみたいことはないの？」

彼は肩をすくめた。「あるかもな」

「人生は短いからむだにしちゃいけないって、昨日ネッサに言われたの。いいアドバイスだと思うのだけど、どうかしら？」

「そうだな」彼はそうは言ったものの、わたしとの会話から心が離れていた。皿のポテトを一心に見つめていた。

彼をじっくり観察する。食事をするとき、ほとんど色のない髪が顔にかかった。アルフレッドが人を殺すところなど簡単には想像できなかったけれど、だれのことも過小評価しないほうがいいとわかっていた。

「みんなと知り合いになって楽しんでいるわ。マドックス姉妹に、ネッサに、カーロッタ。彼女たちとは前々からの友だち？」

「一年くらい前に引っ越してきて以来かな。まあまあ仲よくやってる」

「あなたとロナルドは仲がよさそうね」

「あいつの興味は女の子のほうに向いてるんじゃないかな」

わたしはにっこりした。「あなたは、アルフレッド？　恋人はいるの？」

彼は顔を赤くした。「いや。ま……まだ出会ってないんだ。この人こそはって人とは」

「そう。まだ若いんだから、慌てる必要はないわね」

アルフレッドはなにも言わなかった。彼はほんとうに痛々しいまでに内気なのか、わたしに見せるために誇張しているのか？　ハルの追悼のためにみんなでパブに集まったとき、アルフレッドはすごく静かだったけれど、どうしても譲れないものがぜったいにあるにちがいない。わたしのようなよく知らない人間に打ち明けないからといって、そういうものがないとはかぎらないのだから。

こうなったら、ちょっと強引に出て、最善の結果が出るのを願うしかなさそうだ。

「ハル・ジェンキンスとは仲のいい友だちだったの？」

アルフレッドの顔から血の気が引いた。壊れた砂時計から砂がこぼれ出るみたいに、顔の赤みが完全になくなった。

「そうでもない」

「亡くなったなんてお気の毒よね。すごくショッキングだったわ。ちょうどここに着いたばかりのときだったの」

「ああ。ほんとうに悲しいことだ。ハルはいいやつだった」

「いったい彼になにがあったのかしら」

彼は色の薄い髪に手櫛《てぐし》を通した。「おれにはわからない。っていうか、心臓発作を起こしたと聞いたけど」

「わたしもそう聞いたわ」

アルフレッドにはこれ以上の質問に答えるつもりがないのがわかったので、ちょっと休憩をあげて、テーブルのほかの人たちと話をすることにした。

アルフレッドのふるまいには、どこかすごく奇妙なものがあった。彼は痛々しいまでに落ち着かなげだった。スパイとしてはとてもやっていけないくらいに？

彼の部屋に忍びこんで、身分証明書をたしかめられないだろうか。ただ、夜中に目が覚めたらわたしが部屋にいた、なんてことになったらたいへんだ。かわいそうなアルフレッドは心臓発作を起こすかもしれない。

もっと簡単な方法があるはずだ。もちろん、彼から掏る手もある。掏摸《すり》の腕前はなかなかのものだから、アルフレッドに気づかれずにできるだろう。考えれば考えるほど、それが最善のような気がした。

一緒に食事の席から立つとき、わたしはナプキンを落とした。「やだ、わたしったら不器用ね」ゆっくりとナプキンに手を伸ばす。

アルフレッドが拾ってくれた。そのときに彼のポケットに手を入れて財布を掏った。簡単すぎるほどだった。

彼の財布を自分のポケットにするりと落とし入れ、ナプキンを受け取った。「ありがとう」アルフレッドは食堂を出ていき、わたしはだれもいない廊下へ急いだ。彼の財布を開けて中身を見る。たいして入っていなかった。何枚かの紙幣、炭鉱に入るための身分証明書、紙マッチ。

国民登録身分証明書を取り出して表紙を見る。偽造である証拠のかすれはなかった。あると期待していたわけではなかった。アルフレッドは優秀なスパイになれる若者ではなかったから。極端な内気さは芝居ではないと思う。居心地が悪そうなのがわかりすぎるほどわかった。彼はいつもぴりぴりしているのではないだろうか。そしてドイツ軍はいろいろあるにしても、周囲の人たちに溶けこめない人間を送りこむほど無能ではない。

そのとき、財布のなかにほとんど隠れたポケットがあるのを目にした。そこになにかが深く突っこまれていた。なんだろう？　それがなんであれ、隠しておきたいものらしい。

ポケットのなかに指を入れてなかのものを引っ張り出した。ウェーブのかかった黒っぽい髪と顎《あご》にくぼみのある、陸軍の軍服を着た青年の写真だった。アルフレッドの兄弟だろうか？

裏を見る。〈愛をこめて、マーティン〉と書かれていた。

写真をもとに戻した。これがアルフレッドの秘密なのであれば、わたしは漏らしたりしない。わたしたちの任務とはなんの関係もないことだから。

「アルフレッド」談話室に入りながら彼に呼びかけた。「お財布を落としたわよ」

彼は驚いた顔をしたけれど、わたしが財布を渡すともごもごと礼を言っただけだった。

ミセス・ジェイムズの下宿人がほとんど談話室に集まっていた。カード・ゲームをしている人たちがいて、ラジオを聴いたりおしゃべりしたりしている人たちもいた。そこにくわわる気にはなれなかった。

「マッチある？」談話室に入ってきた女性がわたしにたずねてきた。

「いいえ……」

ハル・ジェンキンスのポケットに入っていた紙マッチをいきなり思い出した。あれはどこ？ わたしはあれをどこに置いた？

「ごめんなさい。男性陣のだれかが持っているんじゃないかしら」わたしは女性とすれちがって談話室を出た。

印刷所に侵入した際、ハル・ジェンキンスの部屋を探ったときと同じズボンを穿《は》いていた。仕事と仕事のあいだでポケットを空《あ》けたはず。ミックおじの基本ルールだ。よけいな荷物は不要。手がかりを残すような危険は冒さない。長年のあいだにおじのちょっとした格言が第二の天性となり、深く刻まれすぎてそれに従っていることに常に気づくわけではなかった。

部屋に戻ってズボンを見つけた。ポケットは空《から》だった。小ぶりの机へ行き、引き出しを開ける。よかった、紙マッチふたつがなかにあった。

ふたつとも取り出して、カバーを眺めた。ひとつは〈青いそよ風《ブルー・ブリージズ》〉というナイトクラブのものだった。意外性の欠片《かけら》もなく、青い波の雑なイラストが描かれていた。

もうひとつは、〈疾風《ザ・ゲール》〉という場所のマッチだった。聞きおぼえがある気がした。だれかがその場所の名前を口にしたのかもしれない。

マッチが使われているか、カバーを上げた。興味を引かれるものを見つけるとは思ってもいなかったので、カバーの内側に書きこみがあるのを見て驚いた。

数字の羅列だった。じっくり眺める。数字の並びにぴんとくるものはなかった。電話番号でもなければ、住所のようなものでもない。それでも、ハル・ジェンキンスがそれらの数字を書き留《と》めたのには理由があるはずだ。

それとも、これを書いたのはハル・ジェンキンスではなかったのだろうか？　紙マッチを人から人へ渡すのがどれほど簡単かに思い至る。だれかがこれをメッセージとして彼に渡したとか？

その可能性ににわかに興奮した。少佐がここにいて、発見したものを見てもらえればよかったのに。この数字がなにを意味するか、少佐ならなにか思いついたかもしれなかった。今度は〈青いそよ風《ブルー・ブリージズ》〉の紙マッチに注意を向け、こちらもカバーを上げてみた。こちらのマッチにはなにも書かれていなかった。つまり、調べるべきは〈疾風《ザ・ゲール》〉だ。

ベッドに座っていらだちのため息を吐いた。少しは進展があったものの、ことあるごとに挫折させられているような感じだ。重要かもしれない情報などを手に入れつつあったけれど、それを意味のあるものにまとめられずにいた。

少佐がわたしに隠しごとをしているのには、かなり確信があった。いつもあまり話してくれないから、それほど驚くことでもなかった。それでも、暗がりでむだに手探りしてまわっている気がした。

マッチを引き出しにしまい、ロナルドがいるかどうかたしかめにパブまで歩いていくことにした。グループのなかでまだ話せていないのは、彼だけだった。

パブに入るとすでに混んでいて、店内は騒がしくて煙草《たばこ》の煙が充満していた。隅のテーブルに目をやる。運よく、ロナルドがひとりで座っていた。彼が酔っ払っていてくれたら、身分証明書を見る隙《すき》もあるかもしれない。

ロナルドの前には半分空になったグラスがあり、彼はなにかを熟考しているのかそれとも単にぼうっとしているのかわからないけれど、壁を見つめていた。たしかめる方法はただひとつだ。

彼のテーブルに近づいた。「こんばんは、ロナルド」

彼が顔を上げる。「あ、こんばんは、リズ」

ロナルドの目はどんよりしていたし、顔は赤らんでいた。酔っていたら危険な仕事をしていませんようにと思う。もちろん、最近ではいつも以上に酒を飲む人が多い。それを責めたりはできない。

「ひとりで飲んでるの?」わたしはたずねた。

彼が肩をすくめる。「酒の場のこだわりがないんだ」

「それなら、ご一緒してもいい?」

「大歓迎だ」座るようにわたしに身ぶりをする。

ブース席で隣りに座ると――だって、テーブルをはさんだ向かい側に座ったら、掏れなくなるもの――彼がウェイトレスを手招きした。

「なにを飲む？」

「ジンジャーエールをお願い」

「おいおい。ちょっとは楽しもうぜ。彼女にビールを頼む」最後はウェイトレスに向かって言った。

「いいえ、ジンジャーエールにして」わたしが言うと、ウェイトレスはうなずいてバーカウンターへ戻った。ロナルドに向きなおって微笑む。「わたし、もう楽しんでるわよ」

これを聞いて彼はにやりと笑い、グラスを掲げて乾杯の仕草をした。

彼にまちがった印象をあたえるつもりはなかったけれど、少しくらい戯《たわむ》れをかけたってまずくはないはず。だって、軽いおふざけを楽しむグループみたいだったから。わたしの愛想のよさを彼に誤解される危険はないだろう。

「きみはあの英国空軍《RAF》の男とつき合ってるんだと思ってたよ」

「何回か出かけたわ」

ロナルドは太い腕をテーブルに乗せ、わたしのほうへ身を寄せた。

「パイロットは颯爽《さっそう》と現われて女性をかっさらっていくのがお好みだが、おれたちみたいなそれ以外の男だって重要な仕事をしてるんだ」

「もちろん、わかってるわ」わたしは請《う》け合った。

彼がさらに身を寄せてきて、わたしはたじろぐまいとした。彼の息は蒸留所みたいなにおいがした。「きみの彼氏はどこにいるんだい？」

わたしは肩をすくめた。「わたしの彼氏ってわけじゃないわ。知り合ってまだ日が浅いし」

「きみは美人だ、リズ」ロナルドのことばは少しろれつが怪しかった。

「ありがとう」彼が腕をまわしてきたので、そっと押しのけた。「あんまり馴《な》れ馴れしくしないようにしましょ、ね、ロナルド？」

彼は顔を赤らめた。「どうしてだめなんだ？　ＲＡＦの男と同じようにおれとだって楽しめばいいじゃないか」

「たしかにね。でも、まちがった印象をあたえたくないの」

そのとき、タイミングよくジンジャーエールが運ばれてきた。ウェイトレスがそれをテーブルに置く少しのあいだ、ロナルドはわたしから離れた。

「グループのほかの人たちは、今夜はここで一緒に食事をしないの？」ウェイトレスがいなくなると、わたしはたずねた。

「どうしたんだ、リズ？　おれとふたりきりでいたくないのか？」ロナルドは、またブース席のわたしの近くの背に腕を置いた。彼は厚かましくなってきていた。この状況はあまり望ましくないけれど、掏るのは簡単になった。

彼が体を近づけてきたので、手を伸ばしてポケットから財布を抜き取った。

「あなたとふたりきりになるのはかまわないけど、人目のあるところでは節度を持ってふるまわないとね」

ロナルドが鼻を鳴らした。「だれもおれたちのことなんて気にしちゃいないさ。ほら、キスしてくれよ」

「ちょっと失礼するわね」自分のポケットに彼の財布をしまう。

「だめだめ。逃げるなよ」

「すぐに戻ってくるから」

わたしは立ち上がって洗面所へ行った。ドアに錠をかけ、ポケットからロナルドの財布を出して開いた。自称遊び人のさまざまな破片が詰めこまれていた。映画の半券、潰れた煙草、折りたたまれた半裸のピンナップガールの写真。

造船所用の身分証明書があった。ロナルドは彼が言っているとおりの人間のようだった。ため息をつく。これまでのところ、なにひとつ突き止められていなかった。

少佐がなにをしているにしろ、わたしよりもうまくいっていることを願った。念のために国民登録身分証明書を出してみた。

そして、凍りついた。

獅子《しし》の下あたりに特徴的なかすれがあったのだ。

17

なにかが見つかると期待していたわけではなかった。ロナルドは、グループのなかでもっとも容疑者から遠い人間だと思っていた。彼がスパイかもしれないと知ったいま、どうすべきかわからなかった。

ラムゼイ少佐に連絡しなければ。でも、どうやって？　少佐は居場所をちゃんと教えてくれなかった。少佐が秘密を守ることにあれほどこだわらなければ、わたしはこんな収拾のつかない状況に陥《おちい》ったりしなかった。次に少佐と会ったら、このことを報告するのを忘れないようにしないと。それまでのあいだ、即興で対処するしかない。

店内に戻り、ロナルドの隣りの席にふたたび座った。彼の気を惹《ひ》くようなふるまいをするのはすごくいやだったけれど、財布をポケットに戻すために身を寄せた。掏《す》ったものを戻す訓練はほとんどしていなかったとはいえ、ロナルドは酔っ払っていて、もたれかかってきたわたしに気を取られていたので、問題なくポケットに財布を戻せた。

「ビールをもう一杯どうだい？」一杯めを断られたのを忘れているらしい。

「けっこうよ。そろそろ帰らないと。でも、ありがとう」

「そうか。おれも帰るとするか」

ロナルドが席を立った。どこへ行くつもりだろう？　スパイ活動に関係する場所だろうか？

彼はやや頼りない足取りで人混みをかき分けていき、わたしはどうするべきかと考えながら彼の後ろ姿を見ていた。

それから、あとを追ってパブを出た。

明るいパブにいたあとだったので、暗い通りに目が慣れるのにしばらくかかったけれど、じきにロナルドを見つけた。ゆっくりとしたペースで慎重に歩いていた。酔っ払っていたのは芝居だったのだろうか。きっとそうにちがいない。重要な仕事があるのに、ドイツのスパイがへべれけになるとは考えられなかった。

けれど、ロナルドはどう見てもまっすぐに歩いておらず、息を整えるためか一度ならず足を止めて壁にもたれかかった。わたしに見せるために芝居をしているとは思えなかった。わたしが彼のあとからこっそり店を出たのを目にしていないはず。それなら、これはどういうことだろう？　今夜は飲み過ぎたという可能性はありそうだ。だって、スパイをするのはすごくストレスになるだろうから。

そんな状態のロナルドを尾行するのは簡単で、彼が休んでいるあいだ、いらいらしながら物陰に隠れたのも一度や二度ではなかった。

ついにロナルドは目的地に着いたようだ。あるドアの前で立ち止まり、一瞬ためらってからなかに入った。

適度に間をおいて、わたしもドアの前まで行った。看板も表札も出ていなかったけれど、なかから音楽が聞こえてきていた。

一か八かドアを押し開けたところ、広い店の入り口にいた。音楽がかかり、人々がダンスを踊っていた。ナイトクラブだ。

バーカウンターの上に店名があった。〈疾風《ザ・ゲール》〉

ハル・ジェンキンスが持っていた、内側に数字の書かれた紙マッチはこのナイトクラブのものだ。ここはスパイたちに人気がある場所なのか。あるいは、メッセージをハルに伝えたのはロナルドだったのかもしれない。充分可能性はありそうだった。

そんな考えが頭をよぎるなか、この行動はこれまで経験したなかでも最高に安全というわけではないかもしれないという思いも浮かんだ。ラムゼイ少佐はぜったいによしとしないだろう。とはいえ、ここは混み合ったナイトクラブだ。容疑者とふたりきりになるわけではない。

なかに足を踏み入れた。ナイトクラブ向きの格好ではなかったけれど、もっとカジュアルな格好をしたカップルも数組いた。仕事終わりに直接来た感じだった。英国空軍《RAF》の軍人、兵士、水兵の姿も見受けられ、店内は音楽とおしゃべりと笑いで騒々しかった。ダンス・フロアは動く余地などほとんどないくらい人でいっぱいだった。でも、だれも気にしていないみたいだ。わざと浮かれ騒いでいる雰囲気があり、ふさぎこんだ感じもたっぷりあるように思われた。好きな人とのダンスにはほろ苦いものがあった。相手の腕が自分にまわされるのを感じられるのはいいけれど、いつまたそれを感じられるか——感じられるときが来るのか——わからないからだ。

「失礼」声がした。

顔を上げると、声の主がレイフ・ボーモントだったので驚いた。

「やっぱりあなただと思ったんだ、リズ」

「レイフ。ここでなにをしているの?」

「ここはお気に入りの店なんですよ。あなたはどうしてここへ?」

「ここを勧めてくれた人がいたので」

レイフがにやりとした。「それ、私じゃないかな」

「そうでした?」軽い調子で言ったあと、たしかに彼がお気に入りのナイトクラブのひとつだと言っていたのを思い出した。レイフがここにいるのを喜んでいるのかどうか、わからなかった。知っている顔に会えるのはすてきだけれど、ロナルドを尾《つ》けているわたしにはほかの人とおしゃべりをしている時間などなかった。「たまたま通りかかったから、どんな感じか覗《のぞ》いてみようと思ったの」

「たいした店じゃないけど」はじめての人間の目にどう映るかと考えているみたいに、彼は店内を見まわした。「慣れてきたら、故郷のように感じるようになりますよ」

「そうなんでしょうね」

「明日をずっと楽しみにしていたんですよ」レイフが言った。

「明日？」

「私たちのデートの日です」

正直なところ、いろいろあって彼と会う約束をしていたのを忘れていた。いまはハンサムな青年パイロットとサンダーランドを遊び歩くのに最高のタイミングではなかったけれど、約束は約束だから守らなければならないだろう。

「忘れてませんよね？」レイフがわたしの顔を探りながらたずねた。

「明日だったのを忘れてました」そう認める。

彼は手を胸に当てた。「あなたのせいで傷つきましたよ、リズ。約束の日を指折り数えてくれているかと思っていたのに」

わたしは笑った。「おばの家の整理で忙しかったもので」

「順調に進んでるんですか？」

「それが、思っていた以上にたいへんで」

「それを聞いてうれしいと言っても怒らないでください。あなたがサンダーランドに滞在する時間が長くなるということだから」

ご機嫌取りのことばを聞いて、わたしは笑った。なにはともあれ、明日彼と数時間過ごすのは楽しい気晴らしになりそうだ。

「明日のために自動車を借りましたよ」レイフが言った。「あなたがサンダーランドを見たいと言っていたから」

「やさしいんですね。ガソリンを使いすぎなければいいのだけれど」

「基地の供給係と友だちなので、少し使う分には問題ありません。彼は私に借りがあるんですよ。なにを見たいですか？　残念ながらもともとの建物はほとんど残っていないものの、七世紀ごろの修道院がありますよ。ギリシアのものとは比較にならないのは当然だけど、興味深くはあるかな」

「あなたがおもしろそうだと思うものを見たいわ」

「申し訳ないのですが、それがわかるほどこの町をまだ見てなくて。ＲＡＦでの毎日はけっこうきびしく制限されているので」

わたしは微笑《ほほえ》んだ。「あなた方パイロットをきっちり管理するのはたいへんなお仕事なんでしょうね」

レイフが目をいたずらっぽく輝かせた。「私はそれほどのトラブル・メーカーじゃありませんよ」

「信じていいものかどうかわからないわ、ボーモント大佐」

レイフと話しながらも、目はロナルド・ポッターの姿を追っていた。

「おっと、務めをすっかり忘れていました。飲み物を持ってきましょう」彼が言った。

「お願いします」飲み物は欲しくなかったけれど、少しのあいだだけでも彼を厄介払いする方法がほかに思いつかなかった。ロナルドの姿を人混みのなかに見失ったので、どこかへ行かれてしまう前に見つけなければならなかった。

「すぐに戻ります。ほかの男と消えたりしないでくださいよ」

レイフが行ってしまったので、わたしはダンス・フロアの縁《ふち》に沿って歩きながらロナルドを捜した。あまりあからさまに人を捜している態度は取りたくなかった。彼に気づかれないように見つけたい。なぜなら、わたしが彼の不法行為を突き止めようとしているのは知らなくても、最低でもなにか別の理由でここまで尾けてきたのを知られてしまうから。

「ダンスしないか?」水兵から声をかけられた。

「ありがとう。でも、いまは遠慮しておきます」わたしは歩き続けた。

「リズ!」

ふり向くと、サミが人混みをかき分けてこちらに向かってきたので驚いた。黒いサテンのワンピースを着て、髪もメイクもばっちり決めていた。雑誌から抜け出てきたみたいに見えた。

「ここでなにをしているの？」サミがわたしの手をぎゅっと握ってたずねた。

「この場所のことを聞いたから、どんなところか見てみようと思ったの。あなたは？」

「わたしはここの常連なの」笑顔で答える。「でも、ライラには言わないでね」

「わかったわ」

「ネッサも来てるわよ。彼女はわたしよりもしょっちゅうここに来てるの。おとなしい見かけの下にはちょっとだけ奔放な面が隠れてるんじゃないかしら」サミがウインクした。「あそこで話してた人はだれ？　パブで出会ったジョニーじゃなかったわよね」そう言って、レイフが向かったほうを見た。

「そうなの。また別の人。ただの友だちよ。ここへ来る列車のなかで知り合ったの」

サミの黒い眉《まゆ》が両方とも持ち上がった。「ハンサムな将校がふたりもいるなんて、ずるいわ」

わたしは笑った。「あなたが男性の気を惹くのに苦労するとは思えないのだけど、サミ」

だって、サミは映画スターになれるくらいの美人なのだから。彼女がわたしと話しているあいだですら、男の人たちがまわりをうろついてダンスに誘う機会を狙っていた。

「どっちでもいいから、いらないと決めたほうを譲ってくれたらうれしいわ」

「おぼえておくわね」わたしは笑いながら言った。

そのとき、サミの崇拝者のひとりが彼女を連れていったので、わたしはまた人混みのなかに紛《まぎ》れこんだ。

店内をぐるりとまわったけれど、ロナルドの姿はなかった。どこへ行ってしまったのだろう?

「見つけた」レイフが飲み物を手にそばにやってきた。彼と一緒にテーブルへ戻るしかなかった。レイフはわたしのために椅子を引いたあと、自分も座った。

「あなたとばったり出会えてほんとうによかった」レイフは笑顔だった。「ひとりでさみしい夜を過ごす覚悟をしていたんです」

わたしは彼を疑わしそうに見た。レイフ・ボーモントは女性の相手にこと欠くような人ではなかった。「あなたなら、なんとかできたと思いますけど」

彼は笑った。

「リズ、お友だちを紹介して」話しかけられて顔を上げると、サミが来ていた。レイフはすぐに立ち上がった。

「サミ、こちらはレイフ・ボーモント大佐よ。レイフ、友人のサミを紹介するわ」

「はじめまして」レイフが挨拶した。

「お会いできて光栄です」

サミが握手の手を差し出すと、レイフは必要以上に長くその手を握った。その間、ふたりは微笑み合っていた。

わたしは飲み物を飲みながら、それを観察した。

「パイロットを独り占めするなんてだめだってリズに言ったんですよ」サミだ。「あとでダンスに誘ってくださいね、ボーモント大佐」

「レイフと呼んでください。喜んでダンスにお誘いしますよ」

「サミ、約束したダンスだよ」男性が彼女のそばに来た。彼はレイフにむっとした顔を向けた。

「いま行くわ」そう言ってから、わたしとレイフに順に微笑んだ。「じゃあ、あとでまた」

「楽しみにしています」レイフが言った。

サミは男性にいざなわれてダンス・フロアへ向かった。

「踊ってくれますか？」レイフがわたしにたずねた。

断ろうと思った。疲れていたのだ。それに、魂胆を持って戯《たわむ》れるのがあまりうまくないのに、その戦略を今夜だけでも一度ならず使わなければならなかったことに閉口していた。

ロナルドには、最終的にその戦略もうまくいかなかったのだけど。挙げ句、彼を見失ってしまった。

ふと、ダンスをしながらなら目立たずに店内を移動してロナルドを捜せると思いつく。

「すてき。ありがとう」

レイフに連れられてダンス・フロアへ行くと、スローな曲がはじまった。彼にロマンティックな気持ちを抱いていたなら、うっとりしそうな感じに抱き寄せられた。けれど、その魅力に夢中になれないなにかがレイフ・ボーモントにはあった。出会った当初から、ロマンティックな関係にはならない、とふたりともわかっていると直感していた。彼は軽い戯れのかけかたをしてきたけれど、それ以上を求めていると感じさせるものはなかった。どこかに恋人がいるのだろうと思った。

レイフと踊りながら、目でロナルドを捜し続けた。胡散臭《うさんくさ》い仲間たちと話をするために奥の部屋にでも入ってしまったのだろうか？　芝居がかった考えかもしれないけれど、少佐のもとで働くようになってから、奇妙なものを目にするようになっていたのだ。

ふと、わたしたちが座っていたテーブルの近くにロナルドの姿を見たような気がした。彼はテーブルに身を乗り出してグラスを下げているように見えたので、バーテンダーかもしれなかった。煙草《たばこ》の煙が充満する薄暗い店内で目を凝《こ》らした。そのとき、レイフにくるりとまわされて、ロナルドらしき人物を見失ってしまった。ふたたびテーブルのほうを見たときには、彼はもういなくなっていた。

内心でため息をつく。時間のむだだった。そもそも、彼を尾行するなんてばかだった。危険な目に遭っていたかもしれないだけでなく、なにをなし遂げられると考えていたかもわからない。ロナルドがまっすぐ偽造組織に連れていってくれるとでも？

いまはとにかくミセス・ジェイムズの下宿屋へ戻り、眠りたいだけだった。

「これを飲んだら、もうほんとうに帰らなければ」レイフにいざなわれてテーブルまで戻ると、わたしは言った。いますぐにでも帰りたい気分だったけれど、大佐に不審な目で見られたくなかった。友好的な雰囲気なのに、急いで離れようとしたら奇妙に映るだろう。だから、ロナルドはいないかと見まわしながら、飲み物をもう少し飲んだ。完全に姿を消したなんて奇妙だった。彼はここでなにをしていたのだろう？　わたしを見かけて、どんな計画だったにしろ諦めた、という可能性はあるだろうか？

「下宿屋まで送りますよ」数分後、もう帰ろうとしてわたしが立ち上がると、レイフが言った。

「そんなに遠くないから」

「わかってます。でも、あなたをひとりで帰すわけにはいきません」

「そう……」送ってもらったほうがいいのかもしれない。急に体調が万全ではなくなったのだ。体はほてり、頭が少しくらくらした。外の新鮮な空気を吸ったほうがよさそう。

「どうかしましたか？」レイフがわたしの顔を見つめた。彼は眉をかすかにひそめていたので、気分の悪さが顔に出ているのかと思った。

「いいえ」そうは言ったものの、舌がもつれる感じがした。酔っ払っている感覚があったけれど、そんなはずはなかった。なにがどうなっているの？

わたしは目を細め、まじまじと見つめてくる彼を見返した。レイフの輪郭が少しぼやけていた。

「わたしは大丈……」ろれつがまわらなくなり、最後まで言う気力が湧いてこなかった。

「リズ?」レイフの声は、水のなかにいるみたいに遠くから聞こえた。わずかに彼のほうによろめいたけれど、まるで他人《ひと》ごとで、それを離れたところから観察しているような気分だった。

「新鮮な……空気を……吸わなくては」わたしは言った。少なくとも、そう言ったと思った。頭のなかで起きつつあることと、周囲で起きつつあることを区別するのが、どんどんむずかしくなっていった。

足を踏み出そうとしてよろけた。飲み物だ、と気づく。テーブルに身を乗り出しているロナルドを見たとき、彼はわたしの飲み物になにかを入れていたにちがいない。ハル・ジェンキンスを殺した毒物だろうか? その考えにパニックを起こしていても不思議はなかったのに、事態をきちんと把握できなくてそこまで至らなかった。

レイフが腕をつかみ、空《あ》いたほうの腕をウエストにまわしてきたけれど、彼に触れられている感覚はほとんどなかった。体から突然感覚がなくなるのは、妙に現実離れしていた。

頭をはっきりさせようとふってみたけれど、スロー・モーションに感じられた。まずいとぼんやり思ったけれど、感覚が麻痺《まひ》して完全に恐怖を抱くことはできなかった。

「あなたをここから連れ出します」レイフがとても、とても遠くから言った。

返事をする間もなく、体から力が抜け、視界が温かくてやわらかな闇のブランケットに包まれた。

18

うめき声とともに目を覚ました。あるいは、うめき声が出たせいで目が覚めたのかもしれない。どちらにしても、顔を動かしたわたしは、頭がくらくらして耳もとで血管がどくどくいったので、またうめいた。

「大丈夫だ、ミス・マクドネル。きみは安全だ」

ずきずき痛む頭をなんとかしたくて、わたしはぎゅっと目をつぶった。いまの声はラムゼイ少佐のものだった。少佐がここでなにをしているのか、ここはどこなのか、わからなかった。いまこの瞬間は、そんなことはどうでもよかった。嘔吐《おうと》を必死でこらえるのに気を取られていたから。

「気分はどうだ？」最後におぼえている遠くから聞こえた声とは対照的に、少佐の声は不自然なほど大きく聞こえた。頭痛は容赦なかった。

「最悪」なんとかぼそぼそと答えた。「なにがあったの？」

「きみは薬を盛られたんだ」

わたしはそうっと頭を上げ、乾いて腫《は》れぼったい感じのする目で少佐を見た。彼はわたしが寝ているベッドのそばの椅子に座っていた。上着とネクタイを取って、シャツ姿になっていた。

「そうだった……ロナルド・ポッターが……」言いかけたものの、また吐き気に襲われて訊《き》きたかったことを最後まで言えなかった。幸い吐き気は少しずつおさまっていったけれど、頭のなかはぐちゃぐちゃのままだった。

「ほら」少佐は椅子を立って、ナイト・テーブルのコップを手に取った。「飲んで」

頭を少佐に支えてもらい、わたしはコップを口もとに運んだ。水だった。

ほんの少し飲み、吐きそうにならないかどうかたしかめる。吐き気はなく、冷たい水がからからの口に気持ちよかった。

「できればもう少し飲むんだ」

少佐からせっつかれる必要はなかった。砂漠を歩いてきて喉が完全に渇ききったみたいに、不意に水が飲みたくてたまらなくなった。自分でコップを持とうとしたのに、手に力が入らなかった。

「大丈夫だ。私がやる」

わたしは手を下ろし、少佐にコップを口もとまで運んでもらった。ひと息で飲み干し、枕に力なく頭を戻した。じきにこのすべてについてひどく気まずい思いをするのはわかっていたけれど、いまは状況を把握するのに懸命だった。

「ありがとう」

「どういたしまして」少佐はコップを置いて椅子に座った。「少ししたらもう一杯飲むといい。そうしてほしければコーヒーも淹《い》れよう」

コーヒーと聞いていやな顔になったけれど、頭をすっきりさせるためには飲んだほうがいいのかもしれない。少なくとも、コーヒーのまずさで目はもっと覚めそうだ。

「ここはどこ?」ぼうっとしながら周囲を見まわした。そこは小さな寝室で、調度類はほとんどなく、壁は板張りで、天井は梁《はり》がむき出しになっていた。少佐の背後の壁に小さな絵が一枚だけかかっていた。青い海に浮かぶ船の絵だ。

「ここは私のコテージだ」少佐が答えた。「いらぬ注意を引かずに意識のない女性を運びこめるのは、ここしかなかった」

ひどい頭痛に襲われながらも、精一杯の笑顔を作った。「わたしはたいした見物だったでしょうしね。迷惑をかけてごめんなさい」

「迷惑ではない。助けになれてよかった」

「そう言ってもらえてうれしいわ。でも、どうして〈疾風《ザ・ゲール》〉にいたんですか?」少佐もまたなにかを見つけ、それを追ってあのナイトクラブに行ったのだろうか。

少佐はなにかを検討しているみたいに見えた。そして、こう認めた。「きみがパブを出るのを見て、あとを尾《つ》けた」

「それを知っていたらよかったのに」少佐に助けられたのがうれしくて、腹を立てられなかった。「あなたに連絡する方法がわからなくて。ロナルドなの。彼がスパイなのよ。彼の身分証明書にかすれがあったの。ロナルドは彼が言っているような人物ではない……」

「ちょっと待て」少佐の声はおだやかだった。「落ち着いて。なんの話をしているんだ?」

ぐちゃぐちゃの頭をなんとか整理して、できるだけ簡潔に説明した。

「国民登録身分証明書の刷版《さつばん》に不具合があるって指摘したのをおぼえてます? その不具合で生じたかすれがないか、グループ全員の身分証明書をたしかめていたの。そうしたら、ロナルドの身分証明書が偽造だとわかったわけ」

「そんなリスクを冒すべきではなかったのに」少佐のやさしい口調にわたしは驚いた。いつもなら、いらだたしげにわたしを叱責《しっせき》していただろう。薬を盛られたわたしをかわいそうに思ってくれたのかもしれない。

「ロナルドの身分証明書が偽造だとわかったのはゆうべなの。あの……いまも夜かしら?」

「じきに夜が明ける」

つまり、わたしは長いあいだ意識を失っていたわけだ。

「彼を尾けてナイトクラブへ行ったのよ。ダンスをしているときに、わたしのいたテーブルのところにロナルドの姿があった。彼が……わたしの飲み物になにか入れたのだと思う。彼を見つけなきゃ。いまから行って……」

「そんな心配はいいから。しっかり休むように」

「彼に毒を盛られていたかもしれない」自分もハル・ジェンキンスと同じ運命をたどっていたかもしれなかったと思い至る。そして、また気分が悪くなった。

「眠るんだ」少佐が言った。「朝になったらまた話そう」

「下宿屋に戻らないと……」目を開け続けているのもひと苦労だったけれど、なんとか言った。

「いま戻っても意味はない。いまは休むんだ。明るくなったら送っていこう」

口論するには疲れすぎていたし、ベッドはあまりに快適だった。あと少しならここにいても大丈夫かもしれないと言おうと思ったのに、ひとことも発しないうちにふたたび眠りに落ちていた。


朝目覚めたとき、気持ちが悪かった。十五歳のときに、ミックおじが置きっ放しにしていたエールをこっそり飲んだときみたいだった。ここがどこで、なにがあったかを思い出すのにしばらくかかった。

ロナルド・ポッターに薬を盛られたのだった。でも、どうして？　ハル・ジェンキンスと同じように、わたしのことも簡単に殺せたはずなのに。警告だったのだろうか？　どうしてわたしは殺されなかったのだろう？

おずおずと起き上がる。頭が少々ぼんやりしているだけで、永続的なダメージはなさそうだった。

部屋を見まわす。日の光のおかげで、そこが小さくて殺風景な寝室で、ひとつだけある窓が海に面しているとわかった。床は、壁や天井と同じで過度に加工がされていない板張りで、薄青い織物のラグが敷かれている。ナイト・テーブルにはランプが置かれていて、夜明け前に一度目が覚めたときにラムゼイ少佐が座っていた椅子もあった。

ここが少佐の寝室なのは明らかだった。わたしがラムゼイ少佐のベッドでひと晩過ごしたと知ったら、ネイシーはなんと言うだろう？　いたずらっぽい気持ちで思った。

それから、まじめな気分になった。少佐に不便をかけて申し訳なかったけれど、彼があの場にいてくれてよかった。もし少佐がいなければ、わたしはどうなっていただろう？

レイフ・ボーモントはどうなったのだろう？　突然その思いが浮かんだ。どうしていままで彼を思い出さなかったのかはわからない。でも、わたしが気絶したあと彼はどこへ行ったのかが気になった。わからないことが多すぎた。

ゆっくりとベッドを出た。体に少しこわばりがあったものの、それ以外は大丈夫だった。ストッキング穿《ば》きの足――少佐が靴を脱がせた？――で小さな部屋を横切り、ひとつだけのドアを開けた。少佐が滞在しているコテージを見るはじめての機会だった。暖炉のある小さな居間だった。暖炉の反対側にはテーブルと二脚の椅子と、キッチンへ続くとおぼしきドアがあった。コテージは小ぶりで、質素ながらこざっぱりしていて、居心地がよさそうだった。気づいていなかった左側のドアが開き、少佐が出てきた。シャツを着ていない彼がひげ剃《そ》り用石けんの残りを拭いているところから、どうやらそこはバスルームらしい。きちんとした格好の少佐しか知らなかったので、朝のくだけたようすに不意を突かれた。軍服で隠されていたすばらしい筋肉にも。顔が赤くなってくるのを感じていやになった。

「おっと。失礼」少佐が言った。「起きてたのか」

「おはようございます」わたしはばかみたいに言った。

少佐はわたしを通り過ぎ、椅子の背にかけた軍服のシャツのところへ行き、ふたたびバスルームへ向かった。「ちょっと失礼していいかな?」

「もちろん」

わたしは小さなソファのところへ行った。少しばかりくたびれたソファだったけれど、座り心地がとてもよかった。クッションにもたれかかる。

少しすると少佐が部屋に戻ってきた。顎《あご》はきれいになり、シャツもしっかりボタンが留《と》められていた。

「くだけた格好で申し訳ない、ミス・マクドネル。きみはもっと眠っていると思っていたものので」

わたしはできるだけなんとも思っていないみたいに手をひらひらとやった。「わたしはいとこたち《ーイズ》と一緒に育ったんですよ、少佐」

筋骨隆々としていたコルムとトビーですらも、シャツを着ていないときにあんな風に見えたことはなかったけれど。

「気分はどうだ？」少佐がわたしの顔を見ながら訊いた。

「最高とまではいかないわね」正直に言った。痛む頭に手をやると、手に負えない髪に触れた。きっと頭痛よりもひどいありさまになっているのだろう。

「もっと水を飲まなければだめだ」

「お茶が飲みたいのだけど」期待をこめて言ってみた。

少佐がうなずいた。「やかんを火にかけよう。なにか食べるか？」

顔がゆがんだ。「いいえ。いまはなにも食べられそうにないわ」

ありがたいことに、少佐は無理強いせずにいてくれた。

「では、お茶だけだな。準備をはじめておくから、そのあいだに顔を洗ってくるといい」そう言ってバスルームのほうへ顎をしゃくった。

「ありがとうございます」少佐がキッチンへ行ったので、わたしはバスルームに入ってドアを閉めた。アフターシェーブ・ローションの残り香が、少佐がバスルームを使っていたと示すただひとつのものだった。洗面台すらきっちり乾いていた。

洗面台の上部に小さな鏡があり、疑念が正しかったとわかった。髪はアオカワラヒワの巣と見紛《みまが》うありさまだった。

蛇口《じゃぐち》をひねって冷たい水で顔を洗い、濡《ぬ》れた手で髪を梳《す》いて整えようとした。いつものように、ほとんど効果はなかった。

手早く身繕《みづくろ》いを終えると居間に戻り、キッチンへ向かった。「お手伝いしましょうか？」

「いや。今朝のきみは顔色が悪い。座っていてくれ」

逆らうつもりはさらさらなかったので、ソファに戻った。

「迷惑をかけてごめんなさい」彼はまだキッチンにいたので、謝るのが楽だった。「すごく恥ずかしいわ」

「恥ずかしがる理由などないし、私は迷惑をかけられていない」

「でも……あなたのベッドを占領してしまったでしょ」

湯気の立つ錫《すず》のマグカップを手に少佐がキッチンから出てきた。「ソファなど比較にならないくらいひどい場所で眠ったこともある、ミス・マクドネル」

「ありがとうございます」少佐からマグカップを受け取った。

「さて、最初からはじめてもらおうか。ポッターについて知ったことをもう一度話してくれ」

できるだけ明瞭に説明した。お茶を飲んだおかげでだいぶまともに考えられるようになった。濃くて甘いお茶で、これほどすばらしいものは飲んだことがなかった。

「ゆうべ英国空軍《RAF》の大佐と話をしました？」ふらつきはじめたとき、支えてくれたのがレイフ・ボーモントだったのを思い出した。「あなたが来たとき、彼はわたしと一緒じゃありませんでした？　具合が悪くなってきたとき、彼と話をしていたんですけど」

「話した」少佐が言ったのはそれだけで、その口調からはレイフとなにを話したのかがまったくうかがえなかった。わたしの世話をする件で、レイフは少佐と口論した？　それを訊きたかったけれど、たいして話してもらえそうにないとラムゼイ少佐の表情を見てわかった。

「彼はどうなったんですか？　彼ならもっと情報を持っているかもしれません」

「必要があれば、こちらから連絡すると伝えた。ところで、大佐とはどうやって知り合ったんだ？」

「列車で出会ったんです。少しだけ一緒に過ごしました」

「任務があるのに、だれかと親しくなってもかまわないと思ったんだな？」おだやかな口調だった。

「話しかけられたら無視するわけにはいかないでしょう？」少しだけいらだっていた。

「まあ、そうだな。いろいろな観点から考えると、もう少し魅力に欠ける女性のほうが理想的なのだが、手持ちの駒でなんとかするしかないだろうな」

わたしは顔を上げて少佐を見た。驚いたし、気をよくするべきか侮辱されたと取るべきか、迷った。結局、いまのことばは無視することにした。

「それで、わたしたち、ロナルドについてはどうします？」わたしはたずねた。

「きみはなにもしない」ラムゼイ少佐が言った。

「でも、突き止めたのはわた……」

「ただし」少佐はわたしに最後まで言わせなかった。「ひとりで勝手に動かないようにと私からはっきり言われたあとにな」

「ちょっと掏《す》っただけじゃない」

「夜の通りで危険な男を尾行しただろう」少佐が指摘する。「用心するように言われたのにだ」

「それなら、わたしから目を離したあなたの落ち度じゃない？」自然に言い返していたけれど、怒りはこもっていなかった。今朝は少佐と本気で口論したい気分ではなかった。

「そうなんだろうな」少佐の口調には、わたしには判別不能のなにかがあった。

「助けてくれたのはありがたいと思ってるんですよ、ラムゼイ少佐。でも、もう帰らないと。ミセス・ジェイムズが心配しているでしょうし、サミが……」

「ああ、わかっている。だが、彼女たちにはもう少し待ってもらう。たしかめなくてはならないことがある。ここで待っていてくれ。長くはかからない」

「わかりました」送っていってほしいと少佐に無理やり迫るわけにはいかなかった。それに、わたしの一部はいろいろあったあとの安全と快適さを楽しんでいた。

「キッチンに食べ物がある。好きにしてくれ」

「ありがとうございます」

その後少佐はさっさと立ち去り、わたしは小さなコテージでひとりきりになった。お茶を飲み干し、マグカップを洗って片づけようとキッチンへ行った。

古めかしいオーブンのついた狭いキッチンながら、極端なくらいきれいだった。錫のマグカップをしまう場所を見つけるまで二度まちがえて戸棚を開け、少佐が食料をたっぷり用意しているのがわかったけれど、興味を引かれるものはなかった。

少佐をもっとよく知るために嗅ぎまわれるチャンスだったのに、なぜかそうしたい気持ちが起こらなかった。どのみち、この一時的な滞在先にラムゼイ少佐が私生活をにおわせるようなものを置いておくとは考えられなかった。わたしに見られて困るようなものは、ぜったいに置いておかないだろう。

ビーチを散歩しようと決める。お茶を飲んで気分がよくなったけれど、まだなにかを食べる気にはなれず、すがすがしい海風が頭をさらにすっきりさせてくれるかもしれないと考えたのだ。

コテージを出ると、すぐに気持ちのいい海風に迎えられた。空はどんよりしていて雨になりそうだったものの、潮の香りを深く吸いこむとたちまち気分が明るくなった。この散歩はいろいろな意味でいいものだった。おそらく、盛られた薬がなんであったにしろ、その残りを追い払う助けになるのにくわえ、最近のできごとを理解することもできるかもしれなかった。

ビーチの上の砂丘を歩いていると、無意識のうちにシェリダン・ホールの屋敷の方向に足が向いていた。

数分後にシェリダン・ホールの細身のシルエットを遠目にするまで、ほんとうに気づいていなかった。彼に接触すべきかどうか迷っていたところ、向こうがわたしに気づいて手をふってきて道は決まった。

「おはようございます、ミスター・ホール！」声の届くところまで近づくと、挨拶をした。

彼は近づいてくるわたしを眼鏡越しに見つめながら微笑《ほほえ》んだ。「おはよう、ミセス・グレイ。歩いている人を見て、あなたにちがいないと思いましたよ。ご機嫌いかがかな？」

「おかげさまでとっても元気です。ジョンが静かに執筆できるように外に出てきたんです」

「創造とは非常に骨の折れる仕事ですからね」シェリダン・ホールの口調は重々しかった。

「よくわかりますよ」

「あなたも作家なのですか？」

「若いころにちょっとばかり物書きのまねごとをしたことがありましてね。本が大好きなのですよ。昔々、小さな出版社を経営していたもので。戦争が終わったら、再開するかもしれません」

「なんてすてきなの」わたしは朗《ほが》らかに言った。「どんな本を出版されてたのですか？」

「主に野鳥観察の本です」

「当然ですわね。とってもおもしろそう。ロンドンで会社をやってらしたんですか?」

「いや、いや」シェリダン・ホールはぼんやりと言った。「このすぐ近くですよ。ビーチから一マイルほどのところです。あなたにお見せしたいところだが、いまは閉鎖されていましてね」

わたしは考えた。印刷所の敷地内に警備員がいるのを知らないなんてことがあるだろうか? ありえなそうだった。

「しょっちゅう会社に行ってらっしゃるんでしょうね。いつでも再開できるように準備しておくために?」

わたしが情報を探り出そうとしているのに気づいたとしても、シェリダン・ホールはそんなそぶりを見せなかった。彼はおしゃべりができてうれしそうだった。「いや、もう数カ月行ってなくてね。行く必要がないのですよ。管理人を雇っているので」

「それはいいですね」もっと話してくれるよう願いつつ言った。「あなたの代わりにちゃんと目を光らせていてくれる、信頼できる人がいるなんてすばらしいですわ」

シェリダン・ホールがうなずいた。管理を任せた人物の名前を教えてくれないものだろうか。管理人はハル・ジェンキンスだったの? それなら筋は通る。少佐からの情報で、ハル・ジェンキンスは戦前は出版社で働いていたとわかっている。なんとかその話題に持っていく方法はないかと考えていたところ、ミスター・ホールが大声をあげてわたしの腕をつかんだので、考えがすべて吹き飛んでしまった。

「ほら！　あそこ」彼が興奮気味に指をさす。「アッキピテル・ゲンティリスだ。オオタカですよ。ずいぶん久しぶりに見ます」

わたしは上空高く舞っている鳥を見上げ、興奮をにじませるように努めた。

「エディンバラで出版されたオオタカに関する非常に興味深い研究論文を持っているんですよ。ダーウィンが所蔵していたもので、手書きのメモが書きこまれていましてね」

「ほんとうですか？」鳥について長い話がはじまるのではないかとおそれ、なんとかついていくふりができますようにと願った。

神の助けか、その瞬間、大きな雨粒がわたしの頰《ほお》に落ちてきた。顔を上げると、今度は鼻の先に雨粒が当たった。

ミスター・ホールはちょっと前に鳥を探して空を見上げていたのに、急に天気が変わって驚いたみたいな顔になった。関心のあることに没頭するあまり、それ以外はぼんやりしたものになってしまう類《たぐい》の人なのだろう。空襲が来そうなときに仕事部屋に入るのは禁止よ、作業に没頭して空襲警報が耳に入らないかもしれないから、とミックおじをからかったことがある。

「雨が降ってきたみたいですね」わかりきったことを言い、帰ろうと思った。「急いで戻らなければ。コテージに戻るころにはびしょ濡れになっていそうだわ」

「だめですよ。私の家に来てください。近いので。あの隆起の向こうです。お茶を飲みながら、アッキピテル・ゲンティリスの研究論文をはじめとした私の宝物をお見せしましょう」

わたしは躊躇《ちゅうちょ》した。ラムゼイ少佐は、コテージに戻ってわたしがいなくなっているのを知ったらいい顔をしないだろう。それに、ひとりで勝手にシェリダン・ホールに近づかないように、とはっきりと命じられていた。

でも、意図的にシェリダン・ホールに近づいたわけではないし、せっかくめぐってきたチャンスに抗《あらが》えるかどうかわからなかった。

「こっちです」ミスター・ホールがわたしの腕を取った。「ご主人は気にしませんよ。執筆の時間がもっと取れるんですから」

これ以上抗えなかった。「ご迷惑ではありません?」

「とんでもない。迷惑だなんてありえませんよ。さあ、行きましょう」

周囲の草を雨粒が打ちはじめるなか、わたしはミスター・ホールについて〈大嘴鵙《おおはしもず》〉邸へ向かった。

19

わたしたちは急いだけれど、それでもミスター・ホールの屋敷の玄関まで来るころには髪がかなり濡《ぬ》れていた。またあちこち跳ねているのだろうと思い、一所懸命髪を押さえつけながら周囲を見まわした。

玄関ホールはだだっ広く、板石の床には大きくて古めかしいけれど明らかに高価なラグが敷かれていて、幅の広い階段へと続いていた。高い腰板はつやつやしていて、その上の壁は濃い藤色の壁紙でおおわれていた。等間隔に配置されたガラスの燭台《しょくだい》から黄金色の光が注《そそ》がれており、額縁に入った数枚の絵画が飾られていた。当然ながら、鳥の絵だ。壮大な屋敷なのに、不思議と温かくて快適な場所だった。

ダークスーツ姿のいかめしい顔をした男性が出迎えたけれど、ミスター・ホールは手をふって退《しりぞ》けた。「書斎にお茶を頼む、ベヴィンズ。そのあとは、私たちだけにしてくれ」

「かしこまりました」

ミスター・ホールはわたしに向きなおった。「書斎でおしゃべりしましょう。ベヴィンズは側仕《そばづか》えなのだが、なんでもやってくれていてね。長年私に仕えてくれて、かまいすぎるきらいがあるので、きびしめに接しないとならんのですよ。あなたがいらしてくれて、ほんとうに喜んでいます。蒐集品《しゅうしゅうひん》をお見せできる相手ができたのは久しぶりなもので」

意気ごむ彼にわたしは微笑《ほほえ》んだ。ミスター・ホールがドイツのスパイとつながっている可能性は高かったけれど、鳥への愛を装っていないことだけはわかった。

ミスター・ホールと書斎へ行くと、思わず息を呑《の》んでしまった。いくつもの高い窓が海に面している美しい部屋だった。屋敷まで歩いてくるあいだ、上り坂になっている感じはしなかったけれど、ゆるやかに上っていたらしく、雨が本格的に降り出したいま、波立っている海がとてもよく見えた。

「すてきな眺めですね」岸に打ちつける灰色のうねりを見ながら言った。

ミスター・ホールが微笑む。「そう思ってもらえてうれしいですよ。あなたと同じ年ごろの姪《めい》がいるのですが、ここには会いにこようとしないんです。陰鬱《いんうつ》だそうで」

「とても快適なお部屋だと思います」正直なことばだった。すてきなのは窓だけでなく、暖炉の前には革製の調度類が置かれ、大きくて散らかった机もあった。窓の隣りと向かいの壁沿いには、床から天井までの書棚があった。本でいっぱいの棚もあれば、おそらく世界中から集められたのであろう木彫りの鳥や異なるスタイルの置物が置かれている棚もあった。シエリダン・ホールについて、ひとつだけたしかなことがある。彼は鳥にすべてを注ぎこんでいる。

「鳥の巣や卵なども集めてらっしゃるんですか?」知らず知らずのあいだに、ミスター・ホールの熱意が移っていたみたいだ。

「親鳥が戻ってこないとわかった場合にかぎって、ですが。楽しみのためだけに蒐集するのには昔から反対でね。自然の生息環境に干渉しても、いいことはひとつもありません。ですが、見捨てられた巣やほかの生き物の犠牲になったものに遭遇した経験はあります。その場合は、より深く研究するために持ち帰ることもあります」

「なるほど」

「おかしいな」ミスター・ホールが書棚に背を向けた。「研究論文はここにない。稀覯本《きこうぼん》なので、ほかの蒐集品と一緒に金庫室にしまったのかもしれません。もっともたいせつなものはそこにしまうようにしているので」

当然ながら、そのことばがわたしの注意を引いた。「金庫室?」

「私が勝手にそう呼んでいるんです。大きな金庫があったんですが、もっとスペースが必要だと考えて部屋全体を金庫にしたんですよ。そこに貴重な蒐集品をしまっていましてね」

「そうなのですか?」関心がありつつ、怪しまれない感じの声を出すよう努めた。「どういった蒐集品があるのですか?」

ミスター・ホールが日に熱をたたえ、張り切って続けた。「ああ、ありとあらゆるものですよ。もっとも稀《まれ》で貴重なものたち。繊細な巣、野鳥観察に関する非常に古い書籍。ぜったいに泥棒に盗まれたり、火事で失ったりしたくないものばかりです」

「じゃあ、金庫室にしまっておくのはすばらしいアイデアですね」

「そうなのですよ。贅沢《ぜいたく》すぎると言われたこともありますが、真の蒐集家であれば稀少品《きしょうひん》がどれほどかけがえのないものかを理解しています。金庫室を作って正解でしたよ」

ラムゼイ少佐はこの金庫室の存在を知っていたのだろうか。もし知っていたのなら、それがわたしをここへ連れてきた理由のひとつだったのだろうか。ラムゼイ少佐はしょっちゅう隠れた動機を持っていて、必要に迫られるまでそれを明らかにしない、とわかるようになってきていた。もしそうならば、シェリダン・ホールに気に入られ、彼の屋敷に入れたのは幸いだった。

わたしに向けられた彼の顔には、抑えた興奮としか描写しようのない表情が浮かんでいた。

「ご覧になりますか？」

わたしはにっこりした。「ぜひお願いします」

ミスター・ホールに案内されて、ドアをくぐって小さな部屋へ入る。革装の本でいっぱいの図書室だ。窓に雨が打ちつけ、暖炉で炎がぱちぱちと音をたてて燃えていた。暖かくて家庭的な部屋で、書棚から本を一冊選んで腰を据えて読みたくなりそうだった。

けれど、ミスター・ホールが図書室の奥にある緑色の小さなドアへ向かうと、自分がなぜここにいるのかを思い出した。それが金庫室のドアだとすぐにわかった。

「そのうち書棚の後ろに隠れるようにしたいと考えているのですよ」ミスター・ホールが言った。「だが、この仕掛けに金を使いすぎましてね」

彼がダイヤル錠をまわした。肩越しに覗《のぞ》こうとしたけれど、ミスター・ホールの位置が悪くて見えなかった。

金庫室が解錠され、ドアが引き開けられた。内部には折りたたみ式ゲートがあった。蒐集品を守るために桁はずれの予防措置が取られていた。

ミスター・ホールはポケットから小さなゴールドの鍵を取り出し、ゲートの錠に挿しこんだ。カチリという音とともに解錠されると、彼はゲートを片側へ押し開けた。

彼のポケットから鍵を掏《す》ろうかと考えたけれど、なくなっていることにぜったいに気づかれ、わたしと結びつけられるかもしれなかった。いざとなれば、簡単に錠前破りができるだろう。

ミスター・ホールがスイッチを入れると、部屋が明るく照らされた。周囲を見まわしたわたしは、小さいながらもきちんと管理された博物館がすぐに頭に浮かんだ。すべてが新品同様で、愛をこめて保管されていた。埃《ほこり》のひとつもなかった。

棚が部屋全体の壁になっており、中央に小さなテーブルと二脚の椅子が置かれていて、ミスター・ホールはそこで蒐集品を検分しているようだ。

わたしから近い位置にある棚には、さまざまな大きさや形の鳥の巣が載っていた。その奥には、鳥のアート作品の蒐集品があった。青銅、翡翠《ひすい》、ゴールドの像まである。別の棚には仕切りのついた浅い箱がずらりと並び、分類され丁寧に飾られたさまざまな卵が入っていた。

「すばらしいですわ」わたしは心から言った。見るべきものが多すぎて、どこから見ればいいのかわからなかった。こんなものを見るのははじめてだ。

部屋の状態も見て取った。棚と蒐集品は感じのよい雰囲気を醸《かも》し出しているけれど、棚の後ろの壁が鋼鉄製なのは見逃しようがなかった。たしかに金庫室のなかにいるのだ。

窓はなく、空気は乾いてひんやりしていた。この部屋に費やすお金をミスター・ホールが惜しまなかったのは明らかだ。これなら彼がこの世に存在しなくなったずっとあとまでも蒐集品を守れるだろう。

「どうしてほかの人たちが見られる場所に展示しておかないのですか?」純然たる好奇心からたずねた。「博物館を作られればいいのに」

「いつの日かそうするかもしれません。ただ、私にとってひとつひとつがどれもたいへん貴重なものなので、なにか起きるのではないかと心配なのですよ。欲張りなのでしょうな。蒐集品のそばにいるだけで楽しいのです」

彼と一緒にもう少しだけ奥に入り、はっと驚いて足を止めた。突き当たり手前に、頭部が白く体が焦げ茶色の鳥の剝製《はくせい》がふたつ飾られていたのだ。飛んでいるポーズで天井から吊《つる》されていた。羽と鉤爪《かぎづめ》を広げ、くちばしを開け、ガラスの目でたがいに相手をにらんでいた。

「身の毛がよだちますよね？」ミスター・ホールが明るく言った。「ハリアエエトゥス・レウコケパルス。つまりハクトウワシ、アメリカのシンボルですよ。珍しい標本なのです。標本蒐集が目的で鳥を殺すのには当然ながら反対ですが、殺し合った直後に発見されたこの二羽を買うことができましてね。剝製は、最後に戦っているときのようすを再現したポーズにしてもらいました」

「すばらしいです」たしかにすばらしかったのだ。この金庫室のすべても、この紳士も、独特だった。

「ハクトウワシはアメリカでは保護されるようになったのはご存じでしょう」

知らなかったけれど、いまからたっぷり教わるのだろうという予感がした。

「六月からこういう標本——あるいは、羽根、巣、卵なども——を蒐集してはいけなくなったのですよ」ミスター・ホールが微笑む。「われわれがドイツと戦っているときに、アメリカは鷲《わし》を守っているのです。もちろん、彼らを咎《とが》めているのではありませんよ。ハクトウワシはほんとうにすばらしい鳥ですからね。ただ、私がこの子たちをこの金庫室に保管している理由がおわかりでしょう。輸出入が禁止されているのです」

彼はうれしそうに甲高《かんだか》く笑ったあと、ハクトウワシたちから視線を移した。

「本はこっちです」そう言って、隅にある棚へとわたしをいざなった。

さまざまな本、フォルダー、年季の入ったふたつ折り紙ばさみ、黄ばんでくしゃくしゃになった紙が積み上げられていた。古い紙と革のにおいがした。

「本の大半は、図書室にありますよ、もちろん」ミスター・ホールが言った。「ですが、最高に珍しい本はここに保管しているのです。蒐集家のあいだでかなり高価になっているものもありましてね。蒐集家としての人生のなかで、そういう貴重な品を一度ならず盗まれた経験があるのですよ」

「なんてひどいことを」同情的なことばを口にしたものの、ミスター・ホールは頭のネジが少しゆるんでいるのだろうかと訝《いぶか》った。この部屋にあるものを盗みたがる人などいないのでは？　とはいえ、お宝を手に入れるためならなんだってする蒐集家を何人か知っていた。

「この辺のものは手に入れたばかりでね」小さな山を漁《あさ》りながら、ミスター・ホールが言った。「まだ価値を吟味《ぎんみ》できていないんですよ」

彼はそれらを脇にどけ、しばらく別の棚を探った。「ああ！　ここにあった！　こちらへいらして見てください」

わたしはミスター・ホールのそばへ行き、オオタカ《アツキピテル・ゲンテイリス》の色褪《いろあ》せたエッチング画やダーウィンが余白に走り書きした下手くそな字を、たっぷり十分間はうやうやしく鑑賞した。「そろそろベヴィンズがお茶を持ってきてもいいころだな」ついにミスター・ホールが言った。

金庫室をあとにすると、ミスター・ホールがゲートを閉め、カチリと錠をかけた。それから金庫室のドアを閉め、ダイヤル錠をまわした。徹底していた。

「蒐集品を見せてくださって、ありがとうございました」書斎とつながる図書室に戻ると、わたしは言った。「とても楽しませてもらいました」

「それはよかった。さて、書斎へ戻ってお茶を飲みましょう」

わたしたちは書斎へ入った。

「ああ、やっと見つけたよ、エリザベス」

そこに少佐がいるのを見ても、心から驚いたとは言えなかった。驚いたのは、わたしを捜して迎えにこなくてはならなかったことに対するいつものいかめしい態度と怒りの表情がなく、あからさまな安堵《あんど》の表情があっただけだったことだ。

「ジョン!」会えて喜んでいるかのように言った。

「あちこち捜しまわったよ、ダーリン。きみが無事でここにいるのがわかって、ほんとうによかった。雨が降ってきたのに帰ってこなかったから、心配していたんだ」

やっぱりわたしは叱られるはめになるのだ。だとしても、少佐はわたしを心配するふりをなかなかうまくやっていた。それに、ミスター・ホールの屋敷のなかを少佐も見られるのはいいことだ。

「ほんとうにごめんなさい。ミスター・ホールとおしゃべりしているときに雨が降り出して、ご親切にも蒐集品を見ないかとお茶に誘ってくださったの」ぎこちなさをみじんもにじませずに話せたのが誇らしかった。少佐に近づいて彼の腕に自分の腕をからませたときも、そんな気配をまったく見せなかった。「一緒にお茶をいただきましょうよ」

少佐は動かず、腕がこわばっていたので、彼はただ怒っているのではないと気づいた。ものすごく怒っているのだ。でも、表情にはまったく表われていなかったので、ミスター・ホールは気づいていないようだった。

「ご心配をおかけして申し訳ない」ミスター・ホールは言い、お茶のトレイに向かった。「こんなに美しい奥さんがいなくなったら、私だって心配になります。雨がやむまでのあいだのつもりでしたが、別のことにすっかり気を取られてしまったようです」

「きっと信じてもらえないと思うわ、ジョニー」わたしは言った。「ミスター・ホールはとてもすてきな蒐集品をお持ちなの。あなたも見せてもらうべきよ」

「また別の機会にでも」少佐の返事だ。「雨がやんでいるあいだに戻ったほうがいい」

ミスター・ホールがくつくつと笑った。「鳥にはあまり興味がなさそうですね？　いや、かまいませんよ。亡くなった妻は鳥がまったく好きではありませんでした。薄汚い生き物だと思っていたようです。それだけは意見が合いませんでしたよ」

「夫を連れてまたおじゃましたいですわ」わたしは平然と言った。

「楽しみにしていますよ。ご主人を連れてこられたら、蒐集品をお見せしましょう。ご主人が執筆中の午後にでも、またお茶に来てください。話し相手ができたらうれしいので」

「ありがとうございます。ぜひそうさせてください」

ミスター・ホールが呼び鈴の紐《ひも》を引くと、すぐにベヴィンズが戸口に現われた。少佐を案内したあと、指示が出るのを近くで待機していたようだ。

「グレイ大佐と奥さんをお見送りしたあと、お茶を淹《い》れなおして持ってきてくれ。さっきのは冷めてしまったよ」

「かしこまりました、サー」ベヴィンズは少佐に負けないくらいいかめしい顔をしていたので、こんな鳥かごならぬ鳥屋敷に閉じこめられているのをどう思っているのだろうと気になった。

シェリダン・ホールに別れを告げ、わたしは少佐と腕を組んだまま玄関までベヴィンズに送られた。

「あなたも野鳥観察に熱中しているの、ベヴィンズ?」玄関ホールまで来たとき、わたしはたずねた。

「それほどでもありません、マダム」

「ミスター・ホールのところで働いていたら、鳥についてかなり詳しくなったでしょうね」

「はい、マダム。ずいぶん学びました」

ベヴィンズが玄関ドアを開けてくれ、わたしと少佐は外へ出た。ベヴィンズは堅苦しいお辞儀を小さくしたのち、ドアを閉めた。

「愛想のいい人ね」わたしのことばに少佐はなにも反応しなかった。

私道を歩き出す。

「少佐、ご存じだったかしら……」

「いまはだめだ」ぶっきらぼうな口調だった。

彼はほんとうにわたしに激怒している。ミスター・ホールが大きな窓から覗いている場合に備えて少佐と腕を組んだままだったけれど、彼の腕がこわばっているのが感じられた。身がまえは硬く、顎《あご》には力が入っていて、よい兆候とは言えなかった。

屋敷から見えないところまで来ると、わたしは腕をほどいた。

だれからも見られないコテージに戻るまで、少佐に話しかけるのはやめた。口論が避けられないのであれば、ふたりきりのときにするのが最善だ。

20

歩くには長い道のりだった。少佐は無言で、明らかに考えこんでいる。

コテージに着くと、ドアを引き開けてくれた。わたしが先に入り、少佐がドアを若干強めに閉めた。

わたしは彼をふり向いた。さっさとはじめたほうがよかった。「わたしたち、口論するんでしょ？」

少佐が目を険しくした。「口論などしない。私が話をし、きみが聞くんだ」

わたしはぷりぷりした。ただ、ここまで生き延びるのに役立った自衛本能が、いまは少佐を刺激しないほうがいいと告げていた。

少佐をこわがっているわけではない。彼はたしかにぶっきらぼうで威圧的だ。それでも、心の奥深くのどこかで、わたしは彼を信頼していた。家族以外で信頼している数少ないひとりだった。

本能的にそうと察知したのだけれど、頭のなかでことばにしてみてはっとなった。少佐に惹《ひ》かれる根幹には、彼を頼りにできる、とわかっていることがあるのかもしれない。

もちろんフェリックスもいた。でも、彼はほとんど家族みたいなものだった。何年も前から彼を知っていた。フェリックスのことを考えたら、不意に相反する感情が奇妙に交じり合ったものを感じた。フェリックスは家族みたいなもの。その感覚はどこまで続くのだろう？

わたしがフェリックスに惹かれているのはたしかだ。彼はハンサムで、魅力的な人だもの。けれど、彼に対する気持ちはロマンティックなものというよりも、安らぎとか心安さによるもののほうが大きいのかもしれないという思いが、はじめて浮かんだ。心がざわついたので、とりあえずその思いを脇に押しやった。それに、だれかに対して安らぎを感じるのは悪いわけではない。なんといっても、同じ羽毛の鳥が集まる（類は友を呼ぶの意味）のには理由があるのだ。

片やラムゼイ少佐は、フェリックスやわたしとはまったく異なる世界の人だ。階級も背景もちがう——それに、正直に言えば、道徳規準もちがう。認めたくはないけれど、その堅実さのなにかにわたしは惹かれている。彼のなかにしっかり根づいた道義心のなにかに。

それについてじっくり考えると、少しうらやましくもなったりする。

ふと、少佐に叱られているさいちゅうなのに、思いがさまよってしまったと気づく。

「ひとりでシェリダン・ホールに会いにいかないと約束しただろう」

「わざと会いにいったわけじゃありません」少佐に説明したがっている自分にむかついた。「頭をすっきりさせようと思って散歩に出たら、たまたまミスター・ホールと出くわしたんです」

「私に嘘をつくんじゃない」その声は張り詰めていて、癇癪《かんしゃく》を起こす一歩手前なのが見て取れた。

「嘘なんてついてません！」

「ゆうべのことだけでは充分ではなかったかのように、私が目を離したとたんにきみはまた危険に身を投じた。あと先考えずに好き勝手してはだめだと、いつになったらその頑固な頭で理解してもらえるのかわからない」

「薬を盛られたのはわたしなのに、どうしてあなたがそんなに動揺しているのかわからないわ、少佐」

「もういい」声は冷ややかで抑制の利いたものに戻っていたけれど、目は怒りに燃えたままだった。「この件はどこまでいっても平行線をたどるだけだから、これ以上話し合ってもむだだ。きみをロンドンへ送り帰す必要があれば、そうする。おそらくそれが最善かもしれない」

少佐のそのことばにぐさりとやられた。わたしがさんざん協力したあとでも、少佐なら無情にもそうするだろうとわかっていたからだ。

この何カ月か、たくさんの死や破壊行為があり、常に恐怖と不安を感じていた。この戦争を生き延びるどころか、その日一日を生き延びられるかだってわからないという思いに悩まされてきた。そしていまこの瞬間に、そんなすべてが大きな音をたててわたしの上に落ちてきたように思われた。認めるのは恥ずかしいけれど、泣き出してしまった。

セーターの袖で急いで涙を拭《ぬぐ》った。泣きやみなさい、エリー。いますぐに。自分にそう命じた。

でも、効き目はなかった。涙が次々とあふれてきて、鼻水まで垂れてきた。ぜったいに少佐のほうに目をやらなかったけれど、彼が近づいてくる音が聞こえた。そして、彼の温かな手がわたしの手にハンカチを押しこんできた。「使って」

「あなたに怒られたからじゃありませんから」断固として言った。

「ああ。ストレスが重なったときの完璧に自然な反応だ」少佐はため息に似た息を短く吐いた。「きみが訓練を受けていないのを忘れないようにしないと」

ばかにされる覚悟をしていたので、少佐のやさしい口調に驚いた。腹立たしいことに、思いがけずやさしくされたせいで、よけいに泣きやめなくなった。ハンカチでごしごしと拭う。ハンカチはラムゼイ少佐のアフターシェーブ・ローションの香りがした。

「ミスター・ホールからお茶に誘われたのよ。屋敷内部を目にする機会を逃したくなかった。彼は貴重なものを保管している金庫室を持っていて……」

「その気持ちは理解できる」少佐がわたしのことばをさえぎった。「だが、約束は約束だ。きみが約束を守ると信じられないのは困るんだ、ミス・マクドネル」

わたしは洟《はな》をすすり、うなずいた。少佐に叱責《しっせき》されるたびに腹が立ちはしたけれど、この件についてては彼が正しいのだとある程度はわかっていた。シェリダン・ホールが悪党だったなら、だれにもわからないようにわたしを殺すなどいとも簡単だっただろう。どうやらわたしはまだ教訓をしっかり学べていないらしい。

「なにか食べなさい」

「お腹《なか》は減ってません」

「それは関係ない。最後に食事をしたのはいつだ？」

思い出そうとした。昨日の夕飯だった？　食事を抜くなんてわたしらしくなかったけれど、昨日はなにもかもが立て続けに起きたのだ。

「そんなに思い出せないのなら、ずいぶん前だったのだろう」

いつもなら、少佐のこういうもの言いに腹が立っていたのに、いまはそんなエネルギーも残っていないみたいだった。

わたしは疲れ果て、動揺していて、食事なんてしたくもなかった。それでも、おそらく少佐が正しいのだろうとわかっていた。長年ネイシーに叩《たた》きこまれたことがあるとすれば、それは力をたくわえておくことのたいせつさだ。

「座りたまえ」少佐がソファに向かって顎《あご》をしゃくった。感情を落ち着かせる時間が持てるのがうれしくて、指示に従った。わたしはめったに泣かない。ボーイズと一緒に育ったおかげで、人生の早い段階でそうなった。それでも、少しくらい泣く権利はあると感じた。それに、おかげでラムゼイ少佐の小言もやんだ。

少佐は小さなキッチンへ行き、少しするとサンドイッチ、水の入ったコップ、マグカップの載ったトレイを運んできた。座っているところからでもコーヒーのにおいがして、鼻にしわが寄った。

少佐がトレイをテーブルに置き、コーヒーのマグカップを差し出した。「これを飲むといい」

「いいえ、けっこうです」

彼はわたしの手を取ってマグカップを持たせた。「飲むんだ」

錫《すず》製のマグカップは熱くなっていたので、セーターの袖を伸ばして火傷《やけど》しないようにした。コーヒーは大嫌いだけれど、少佐に逆らう気力はなかった。ひと口すすり、ものすごく甘ったるかったので驚いた。少佐はわたしが甘いお茶が好きなのを知っていて、コーヒーも同じでいいだろうと考えたにちがいない。うれしい気づかいだった。甘さのおかげで大嫌いなコーヒーにも耐えられた。

「さて」少佐はわたしの向かい側に腰を下ろした。「ミスター・ホールの屋敷でなにを見たのか報告してくれ」

「怒りまくっていなければ、あなただってその目で直接見られたはずなのに」考えなおす間もなく言っていた。口論をまたはじめたくはなかったけれど、今回に関しては少佐の癇癪は害しかなかったと思う。

「私には見る必要がなかった。開けるのは私ではないからだ」

「じゃあ、金庫室については知っていたのね。わたしをここへ連れてきたのは、だからなんでしょう？　あなたは侵入の必要があると推測したのよね」

「サンドイッチを食べなさい」

わたしは彼をにらんで不満の気持ちをぶつけたけれど、サンドイッチは少しだけ口に入れた。無理やり呑《の》みこまなくてはならないだろうと思っていたけれど、嚙《か》みはじめると体がさっと生き返り、すぐに強烈な空腹を感じた。ふた口めに大きくかぶりつくと、少佐がよしとばかりにうなずいた。

「金庫室の存在については聞いていた」少佐が言った。「ただ、なかへ入る必要があるかどうかはわからなかった。現時点では、シェリダン・ホールが関与していると示すものはなにひとつ見つかっていない」

「彼の印刷所が偽造文書作成に使われているという事実をのぞいて、ね」口いっぱいにサンドイッチを頰張《ほおば》りながら、わたしは言った。

「そうだ。彼が関与している可能性はなくはない」

「わたしは彼がドイツのためにスパイ活動をしているとは思わない」

「そうなのか？」

「ええ」

「それはどうしてだ？」そう訊《き》かれたのは、少し意外だった。こちらの情報に対する少佐のそっけない返事に慣れていたからだ。けれど、少佐は本気で知りたがっているように見えた。

「ものごとを単純化しすぎだと思うかもしれないけれど、わたしはミスター・ホールとたっぷり話をしたの。あの人は鳥のことしか頭にない。それ以外のことにエネルギーを費やす姿なんて想像もできないわ」

「優秀なスパイは正体を隠すのが非常にうまい」ばかにするような口調ではなく、ただわたしがだまされた可能性があると示唆しただけだった。

「わたしが人を欺く人生を送ってきたのをお忘れかしら、少佐」軽口を叩く。

「忘れてはいないさ、ミス・マクドネル」

少佐がどういう意味で言ったのか判断できなかったので、またひと口サンドイッチを食べた。

「食べ終えたらミセス・ジェイムズの下宿屋まで送っていくから、荷造りをしてくれ」

わたしは顔を上げて少佐を見た。わたしをロンドンへ送り帰すという脅《おど》しを実行に移すつもりなの？「どうして？」

「今夜もここに泊まってもらうからだ」

そんなことを言われるとは予想だにしていなかったので、一瞬ことばに詰まった。けれど、理由ははっきりわかった。少佐はわたしをひとりにするほど信用していないのだ。

「理由を訊かれたら、何日かおばさんの家に泊まって片づけをするからだ、と話すように」

反発と怒りを感じたけれど、その気持ちを見せたら負けを認めることになりそうだった。

「わたしがいなくなったら、みんなに変だと思われるでしょうね」理屈を口にした。

「あそこに留《とど》まるのはもはや安全ではなくなった」

少佐が口にしなかったことがわかった。彼はわたしを見張っていたいのだ。

まあ、ある意味では少佐が正しいのかもしれない。サンダーランドに来てからこっち、わたしは愚かなことをひとつ、ふたつしていたから。もちろん、男が愚かなことをした場合は勇敢だと言われるのだ。でも、それはいま話し合うことではない。

独立心旺盛な性格なので行動を指示されるといらいらしたけれど、この件に関してはわたしの代わりに少佐が決断してくれて安堵《あんど》のようなものを感じていた。

サンドイッチを食べ終え、まずいコーヒーを半分飲むと、少佐はわたしの顔色がよくなった、下宿屋へ送っていこう、と言った。


ミセス・ジェイムズの下宿屋の少し手前で自動車から降ろしてもらった。下宿屋の前で降ろしてもらったら、外聞が悪いと思ったのだ。

「このすべてが終わるころには、わたしの評判はずたずたになっているわね」軽い口調で言った。

「それもまた戦争による損害だと考えればいい」ラムゼイ少佐は一日分の同情心を明らかに使い果たしたようだ。

一時間後に落ち合う約束をした。

下宿屋へ向かったわたしは、ミセス・ジェイムズと会うのが不安だった。わたしがどこにいたのか気にしているだろうから、言い訳を信じてもらえるよう話さなければならなかった。なかに入ると、思っていたとおりに心配顔のミセス・ジェイムズに迎えられた。「やっと帰ってきたのね。ゆうべ戻ってこなかったから、すごく心配していたのよ」

「連絡できなくてごめんなさい、ミセス・ジェイムズ。予定外だったんです。おばの家でやることがありすぎて、時間が経《た》つのも忘れてしまって。深夜にこちらに帰ってくるのは気が進まなかったので、おばの家に泊まったんです。あっちには電話がないので、状況もお知らせできなくて」

ミセス・ジェイムズがいまの話を信じたとは思えなかった。英国空軍《RAF》大佐の腕のなかで情熱的な夜を過ごしたと思っているにちがいない。そう思ったら、顔が赤くなるのを感じた。

そのとき、目眩《めまい》と吐き気を味わったのを思い出し、顔の赤みが消えた。楽しい夜を過ごしたわけではないのだ。

「無事でよかったわ」

「ありがとうございます、ミセス・ジェイムズ。ただ、おばの家の片づけで一日か二日泊まってこようと思います。ここへは荷物を取りに戻ってきただけなんです。もちろん、部屋代はちゃんとお支払いします。あと、少なくとも週末いっぱいは部屋を取っておいていただけます？」

「いいですとも。それが望みなら。ところで、朝の配達であなたに手紙が届いてますよ。ドアの下からお部屋に入れておいたわ」

「あら、ありがとうございます！」ここに手紙を送ってくる人はひとりしかいなかった。フェリックスだ。

急いで階段を上がって部屋に入った。どうしてもお風呂に入って服を着替える必要があったけれど、少しくらいあとまわしにしてもいいだろう。

床から封筒をさっと拾い上げ、封を開けて手紙を出した。見慣れたフェリックスの筆跡を目にして、懐かしさがどっとこみ上げてきた。

そして、笑ってしまった――フェリックスの筆跡を〝見慣れている〟というのは相対的な意味でだ。凄腕《すごうで》の贋造師《がんぞうし》である彼は、筆跡をいかようにも変えられるからだ。でも、これはわたしに手紙を書いてくるときのいつもの筆跡で、それを目にしてすごくほっとしている自分に驚いた。それだけでなく、便箋《びんせん》からフェリックスのコロンと煙草《たばこ》の香りもかすかにしていた。

ベッドに腰を下ろして手紙を読みはじめる。

ぼくのすてきなリズへ

今度はなにを企《たくら》んでいるんだい？　話してくれないだろうとわかってはいるけど、まったくとんでもなく妙な頼みをしてくれたよね。きみが送ってきたこすり写しをなんとかできないかとあれこれ考えた。複雑な仕事だけど、ぼくは挑戦が好きだからね。なにを探しているのかを聞いてないから、干し草の山のなかに落ちた一本の針を探すみたいだったよ。でも、ぼくの知っていることから判断して、意味のありそうなことばの断片を見つけられたんじゃないかと思う。同一人物の筆跡で、ほかのことばの上に重なっている状況から最近書かれたと思うもので、際立っていることばがあったよ。

ヴァン（VAN）……やめる……あいつらは人殺しをする

あなたは困……あなたの……集品

これだけしかわからなくてごめん。これが少しでも役に立つのを願っている。いい子にしてるんだよ、スウィート。きみのキスの思い出をよすがに生きている。

きみのフェリックス

追伸：思い出は現実に負ける。会えなかった時間を補えるのを楽しみにしてるよ。
XX《キスキス》

手紙を二度読み返した。フェリックスは、わたしが当初推測したフォン（VON）ではなくヴァン（VAN）と書いていた。つまり、その部分はシェリダン・ホールの屋敷である〈大嘴鵙《おおはしもず》（Vangidae）〉に言及していた？　ハル・ジェンキンスはミスター・ホールになにかを警告する手紙を書いていたの？　残念ながら、敵が人殺しも辞さないという彼の考えは正しかったわけだ。

〈あなたの……集品〉の部分は簡単だ。シェリダン・ホールに宛てて書かれたものの可能性が高いとわたしは考えた。ハル・ジェンキンスは、一時期出版社で働いていたそうだから。その関係でおそらく彼は、シェリダン・ホールの蒐《しゅう》集《しゅう》のために標本などを送っていたのかもしれない。

フェリックスの手紙をハンドバッグに突っこむと、少佐から指示されたとおりに身のまわり品をいくつかスーツケースに詰めた。できるだけ早く少佐に話したかったけれど、お風呂に入って服を着替えたら気分がよくなるだろうと思った。

手早く入浴と着替えをすませ、巻き毛をまとめ上げて留《と》め、スーツケースを手に階段を下りた。

玄関ポーチに出ると、サミがこちらに向かってきていた。

「リズ！　よかった。心配してたのよ！」

「ごめんなさい、サミ。みんなに心配をかけるつもりなんてなかったの。あなたと話をしようと思ってたのに、おばの家に行かなくちゃならなくて、結局ひと晩過ごすはめになってしまって。二日ほどおばの家に戻るの。ジョンが連れていくと言ってくれて」

サミがにっこりした。「ゆうべあなたが消えたとき、きっとジョンが関係してるんだって思ったわよ。楽しかった？　彼は……おばさんの家で手伝ってくれたんでしょ？」

わたしはもともと自分についてはあまり話さない。犯罪者人生にはつきものだ。だから、とっさに曖昧《あいまい》な返事をしかけた。けれど、偽の彼氏と一緒に過ごしていないふりをしなければならない理由はなかった。

「おばの家まで送ってくれて、今朝も迎えにきてくれたの」

サミの目がいたずらっぽくきらめいた。「わたしに弁解しなくたっていいのよ。ふたりで楽しく過ごせたんならいいわね」

「心配いらないわ。ジョンは完璧な紳士だから」

サミが笑った。「がっかりだわ。実はあなたを待っていたの。話したいことがあって」

「なにかしら？」

玄関ポーチにいるのはわたしたちだけなのに、サミは周囲を見まわした。「ライラのことなの。姉からなにか聞いてないかと思……」

「サミ！　リズ！」パニックを起こした声が聞こえてきた。

声の主はネッサだった。こちらに駆けてくる彼女は泣いていた。

「ネッサ！」サミは彼女のほうへ走り、わたしもあとに続いた。「どうしたの？」

ネッサの顔は涙でぐしょ濡《ぬ》れだった。「カーロッタが死んじゃった」

21

サミが小さく悲鳴をあげた。

わたしはショックに襲われたけれど、それほど驚いていないことに気づいた。カーロッタはなにかを知っていて、わたしに警告してくれた。そのせいで彼女は命を落とすはめになったのだろうか？　それとも、ほかの理由で口封じをされたのだろうか？

気分が悪くなった。ショックと悲しみと罪悪感がいちどきに襲ってきて、その激しさに目《め》眩《まい》がするほどだった。襲ってきた感情のなかには、あまり認めたくはないものの、少しだけ恐怖もあった。ばかみたいだけれど、少佐がここにいてくれたらよかったのに、と思ってしまった。

「なにがあったの？」サミが震える声でたずねた。

「わからない」ネッサが言った。「たったいま聞いたばかりだから。すぐにここへ来たのよ。ああ、かわいそうなカーロッタ」

サミとネッサは抱き合いながら泣き、わたしはぼうっと突っ立ったまま、なにかちがうことをしていたらと後悔していた。もっと早くカーロッタと会って話をするべきだった。彼女を守れたかもしれないのに。

でも、罪悪感と対峙《たいじ》するのはあとにしなければ。

だれかがこのグループのメンバーを次々と殺していっている。少しもおそれず大胆に。そう、ネッサは知らないけれど、カーロッタは殺されたとわたしは確信していた。ただの偶然だなんてありえなかった。

犯人はロナルドだろうか？　ひょっとしたらゆうべわたしが尾行していたのに気づき、警告として薬を盛ったのかもしれない。でも、カーロッタを殺した理由は？　筋が通らなかった。なにひとつ筋が通らず、わたしの頭はくらくらしていた。

少佐のところへ戻らなければ。彼は自動車で待っている。少佐なら、この先どうすればいいかわかっていると思いたかった。

疑問がありすぎて、答えがなさすぎた。

なぜかわたしたちの首の輪縄が締まりつつあるように感じられた。それなのに、処刑人がだれだか見えなくて、頭がどうかしそうだった。

三人で下宿屋の庭を横切って、ライラが待つサミの家へ行った。カーロッタの死を聞かされたライラは青ざめたけれど、お茶を淹《い》れてくれ、わたしたちは少し落ち着いた。

「わ……わたし、ジョンと会う約束なの」とうとう口を開いた。「なにがあったか彼に話すわ」

サミがうなずいたので、わたしはその場を辞した。

自動車まで急ぐと、少佐が車外に出ていた。約束に遅れたのかもしれなかったけれど、送ってきてもらってからどれだけの時間が経《た》ったのか見当もつかなかった。もうずっと昔みたいな気がした。

「スーツケースはどうした？」わたしが近づいていくと、少佐はたずねた。それから、わたしの表情に気づいた。「なにがあった？」

「カーロッタが亡くなったの。か……彼女はあれこれ訊《き》いてまわるのをやめるべきだってわたしに言ってた。その彼女が……」

少佐はわたしの腕をつかんで軽く握った。今朝涙を見せたあとだから、わたしが粉々に崩れるのを心配しているのだとわかった。それがまちがっているとは言いきれない気がした。

「詳しく話してくれ」

カーロッタが亡くなったとネッサが知らせにきたことを伝えた。

「ネッサは……カーロッタがどうやって亡くなったか聞いてないの」

「わかった。荷造りはしたのか？」

「ええ。ス……スーツケースは玄関ポーチに置きっ放しだと思う」

「乗って。スーツケースを取りにいこう」

わたしはうなずいた。少佐は助手席側へまわってドアを開けてくれた。下宿屋まで自動車を運転し、スーツケースを取ってきて、方向転換をして海岸のほうへと走らせた。

「行き先をサミに伝えておかないと」わたしはぼんやりと言った。

「きみが私と一緒にいるのは彼女もわかっているだろう」

口論する気にはなれなかった。起きたことすべてが重くのしかかってきて、突然ぐったり疲れきった。マクドネル家はプレッシャーを受けて砕けるような人間ではなく、このショックもじきにふり払えるとわかっていた。それでも、冷静なラムゼイ少佐が隣りにいてくれるのがありがたかった。

「どういう意味なのか、訊いておくべきだったわ。お客さんが店に来たから、そのときは食い下がれなかったの。でも、手が空《あ》くのを待って……」

「やめるんだ。過去がちがっていたらという話をしても意味がない」

ミックおじも同じことを言っただろう。でも、言うは易《やす》く行なうは難《かた》し、だ。コテージに戻るまで、ほとんどなにも話さなかった。わたしは考えに没頭していたし、少佐も同じだったようだ。彼がなにを考えていたのか、知りたかった。

少佐が自動車を停《と》めたとき、フェリックスの手紙のことを話さなければならないのを思い出した。デスクマットからこすり写したものになにが書かれていたかを。

「話があるの」

少佐がこちらを向き、わたしはほんのかすかだけど恐怖を感じた。フェリックスにこすり写しを見せたことも、居場所を伝えたことも、少佐は気に入らないだろう。でも、どうしようもない。彼の手紙が重要かもしれないのだから。

ポケットから手紙を取り出した。「わたしたちがハル・ジェンキンスの部屋に侵入した夜、デスクマットに残った跡を紙にこすり写したの」

少佐はなにも言わなかった。まだ続きがあるとわかっているのだ。

わたしは思いきって突進した。ことばが勢いよくあふれてきた。「それをフェリックスに送った。事件についてはなにも言わず、こすり写した紙からことばを判別できないかやってみてほしいと頼んだだけ。あなたもご存じのとおり、フェリックスは筆跡については専門家だから……」

ラムゼイ少佐が手を差し出してきた。

ふと気づくと、フェリックスの手紙を握りしめてくしゃくしゃにしていた。それを少佐に渡す。

少佐はそれを広げ、無表情のまま手紙を読んだ。追伸に個人的なことが書かれていたのをわたしは忘れていたけれど、それを読んでショックを受けたとしてもラムゼイ少佐はそんなそぶりを見せなかった。

「これは役に立つかもしれないな」読み終えると、少佐は言った。手紙を返してくれたので、わたしはポケットにしまった。「われわれの把握している情報と部分的に一致する」

少佐にどなられなかったので驚いたけれど、贈り物のあら探しをするつもりはなかった。

「どういう情報？　一致した部分って？」

「あとで説明する。われわれにはあとひとつピースが必要だ」

どういうわけか、いまの〝われわれ〟は少佐とわたしのことではないという印象を受けた。つまり、ほかのだれかが仲間にくわわる予定なのだろうか？

「この任務に当たっている人がほかにもいるんですか？」わたしはたずねた。

少佐はしばしわたしの顔を探った。「ああ、このゲームにはほかのプレイヤーたちもいる。今日の午後、ここで落ち合う予定の人間もいる」

わたしはうなずいた。少佐がほかの人間を入れていたことに驚きはない。ロンドンでは、窃盗にも殺人にも、その中間のどんなことにも目を瞬《しばた》きもしない、精彩を欠き感情のない氷像のようなキンブルといつも一緒に任務に当たったからだ。

コテージに入った。少佐はわたしのスーツケースを寝室に運び入れてくれた。

わたしはそばの椅子にどさりと座り、もう一度フェリックスの手紙を出した。ハル・ジェンキンスがだれに警告を送っていたのか、少佐は知っているのだろうか？　少佐がわたしに隠しごとをしているのは驚かないけれど、おたがいに手の内を見せる段階に来ているのだ。

「彼が言及していたのは、シェリダン・ホールの蒐集品《しゅうしゅうひん》のことだと思うの」部屋に戻ってきた少佐に言った。「任務に関係がない可能性もあるかも。でも、警告文のなかで〈大嘴鵙（Vang·idae）〉邸に言及しているとも考えられる。わたしはフォン（VON）だと思ったの。〈孔雀出版（Pavon·ine Press）〉にでも触れてるのかと。でも、フェリックスはヴァン（VAN）と読み取った。これに関しては、フェリックスの判断を信じるわ。そうなると、結局ミスター・ホールがこの件にかかわっていた可能性が考えられるわね」

　少佐は向かい側の椅子に腰を下ろした。「最近の進捗状況について話そう」

　わたしはうなずいた。欠けたピース同士をつなげたくてうずうずした。

「ハル・ジェンキンスが殺された理由を示す無線通信を傍受したばかりだ。きみも知ってのとおり、〈孔雀《くじゃく》出版〉で偽造組織が活動をしている。彼らは偽の身分証明書を作り、入国したスパイたちにそれを渡している」

　わたしは再度うなずいた。

「どこかの時点で、なにが行なわれているかにハル・ジェンキンスが気づいた。最初からかかわっていたのか、偶然知ったのかはわからない。いずれにしろ、彼は欲を出し、自分でその仕事をすることにした」

　わたしは眉根《まゆね》を寄せた。「どうやって？」

「身分証明書の印刷に使われる刷版《さつぱん》と、おそらくは直近の印刷分を盗み、返してほしければと脅迫していた」

「〈おまえが持っているのはわかっている〉ね。死んだときに彼が握っていた紙片にそう書かれていたのだったわ」

少佐がうなずいた。「刷版を盗んだのが彼だとバレたんだな」

「でも、どうして殺したの？　刷版はすでに取り戻していたってこと？」

少佐が首を横にふる。「わかっているかぎりでは、まだ取り戻せていないようだ。ジェンキンスには共犯者がいて、そいつが偽造組織に彼を売ったんだろう。共犯者は刷版を組織に返して報酬を手に入れようとしたのかもしれない。だが、ジェンキンスが用心して刷版と未使用の身分証明書を隠したようだ」

「わたしたち、ロナルド・ポッターがかかわっているのを知っているわよね。ハル・ジェンキンスに毒を盛った共犯者は、彼なのかもしれない。そして、カーロッタがそれについてなにかを知って、口封じされたのかも。でも、ロナルドがふたりを殺したのなら、どうしてわたしをさっさと殺さなかったのかわからないけれど。どうして薬を盛っただけにしたのか？　それでなにをしようとしていたのか？」

ラムゼイ少佐がわたしの目を見つめてきた。ほんの一瞬ためらったあと、彼は言った。

「ロナルド・ポッターはきみに薬を盛ってはいない」

わたしは渋面になった。「盛ったわよ。わたしがどういう状態だったか、あなたはその目で見てるでしょ。あれは彼だったにちがいないの」

「いや、やったのはボーモントだ」

わけがわからなかった。「ど……どういう意味？」

「ポッターを尾行しているきみを見て、じゃまにならないようにボーモント大佐が薬を盛ったんだ」

唖然《あぜん》として少佐を凝視した。レイフにはどこかおかしなところがあったけれど、これほどのことは予想だにしていなかった。さまざまな感情が一気に駆けめぐり、どれがいちばん強いのかわからなかった。「彼はドイツ側の人間なの？」

「いや。ボーモントは私のもとで働いている」

そのことばが頭にしみこむのにしばらくかかった。そして、しみこむと、前面に勢いよく飛び出してきたのは憤怒《ふんぬ》だった。「なんですって？」

「ボーモント大佐は、きみと知り合いになり、サンダーランド滞在中のきみを見張っておくようにという命令を受けていた。彼はずっときみを尾《つ》けていたんだ」

体が冷たくなり、それから熱くなった。信じがたいことながら、なぜか信じがたくはなかった。わかっているべきだったとどういうわけか感じ、まったく疑いもしなかった自分がばかみたいに感じられた。レイフ・ボーモントがポケットに入れていたギリシア神話の本は感嘆ものだった。わたしが神話好きなのをラムゼイ少佐は知っている。

「わたしに薬を盛るようあなたが命じたの？」小声でたずねた。あまりにも怒っていたせいで、しゃべるのもひと苦労だった。

「まさか。あれは彼が独断でやったことで、しっかり叱責《しっせき》しておいた」

「へえ」歯を食いしばって言った。「あなたがその作戦を認めなかったと聞いて安心したわ。あなたが命じたのは、わたしを尾行することと、わたしに嘘をつくことだけだったのね」

「そうするだけの理由があったからな」

「その理由とやらはよくわかっていますとも、少佐」激しい口調で言い返した。「わたしを信用していないんですよね。信用してくれたことなど一度もない」

「ミス・マクドネル……」

「ヘンドン在住のチンケな泥棒があなたの命令に従うとは思わなかったから、わたしの見張りとしてご自分の追従者を送りこんだ。彼は任務遂行に苦労し、わたしに薬を盛ることにした」

「ミス・マクドネル、みんなが思い思いに動きまわって任務をめちゃくちゃにするのを認めるわけにいかないのはわかるだろう。われわれが戦っているのは戦争なのだ」

思い出せるかぎりの昔から、わたしは癇癪《かんしゃく》をこらえようと努力してきたけれど、いまこの瞬間ほど腹を立てたことはなかったと思う。烈火のごとく怒っていた。その熱が指先まで勢いよく届いた。全身の隅々まで熱くなった。

「わたしは〝みんな〟じゃないわ、少佐」そう言って立ち上がった。「あなたのご立派な兵士のみなさんがなし遂げられない仕事で、わたしは何度も自分の命を危険にさらしながらあなたに協力してきたの。まあ、この先わたしが任務をめちゃくちゃにするんじゃないかと心配する必要はありませんから」

ネイシーも悔しがるほどの悪口を少佐にぶつけ、なにも考えずにそばのテーブルに置いてあった空《から》の灰皿を投げつけた。

狙いは正確だったのに、少佐はほとんど動きもせず、頭をわずかに片側に傾けただけでやすやすと灰皿をよけ、それから弾《はじ》かれたように立ち上がった。

少佐がなにをするつもりかわからなかったし、知りたいとも思わなかった。わたしはドアに突進した。まっすぐサンダーランドまで歩いて戻り、列車に乗る。少佐の顔なんて二度と見たくなかったし、彼の任務がどうなろうと知ったことではなかった。

先にスタートしたわたしのほうが有利だったし、わたしが座っていた木の椅子があいだにあった。けれど、少佐は椅子を軽々と脇に放り投げた。椅子が床にぶつかって大きな音をたてた。

ノブをまわそうとしたとき、ドアの上部に少佐が手をついて開けられなくした。

「ここから出してよ」力いっぱいドアを引っ張った。当然ながら、ドアはぴくりとも動かなかった。少佐は強すぎる。

「エレクトラ、聞いてくれ。きみを守ろうとしていたんだ」

くるりとふり向くと、わたしは彼の胸を乱暴に押した。「守ってくれなんて頼んでません」わたしが押しても少佐はまったく動かなかった。顔を上げて、胸に手を当てたまま凍りついた。少佐の目を見て、腕に鳥肌が立った。

そこには怒りがあったけれど、それをしのぐまったく別のものもあった。ふたりのあいだで電気がぱちぱちと音をたてているみたいだった。

少佐がドアから手を下ろしたので、出ていけるとわかった。立ち去っても、少佐は止めようとはしないだろう。けれど、動けなかった。

永遠にも思える長いあいだ、ふたりは見つめ合った。行動を起こすよう少佐に念じた。そして、ついに少佐が行動を起こした。

ほとんどわからないくらいに頭をふり、それから両手でわたしの顔を包んでキスをしたのだ。

技巧も、ゆったりと説き伏せるような誘惑もなかった。激しく唇《くちびる》を重ねられ、わたしの体を熱いものが駆けめぐった。ゆっくりと燃え上がるキスではなかった。爆発的だった。

両手を少佐のうなじにまわし、キスを返した。

少佐はわたしの顔を包んでいた手を体にまわして引き寄せたけれど、そのようすから自制心を働かせてくれているのだとわかった。力でわたしを圧倒しないように、ストップをかけられないと感じさせないように、気を配っているのだ。

でも、わたしは彼を止めたくなどなかった。

こんな風にキスされるのははじめてだった。ほかのすべてを忘れさせる、大胆な情熱をこめてキスされるのは。ウールの軍服の肩をつかんで引き寄せる。これまで経験がない感じで少佐を意識していた。アフターシェーブ・ローションと洗濯糊《のり》の香り。かすかに伸びてちくちくする顎《あご》のひげ。服を通して感じる少佐の手の熱さ。

次の瞬間がどうなるかという考えは、わたしの頭にはまったくなかった。いまこの瞬間があるだけだった。

そのとき、だれかがドアをノックしていることにうっすらと気づいた。

わたしたちはキスをやめ、凍りついた。

「少佐?」声がした。レイフ・ボーモントの声だった。「到着しました」

ラムゼイ少佐がわたしと目を合わせた。彼はいまもわたしに体を押しつけたままだ。少佐が息を整えようと苦労しているのが感じられた。

「少し待ってくれ、ボーモント」少佐がついに言った。

わたしは少佐の声が落ち着いているのに驚いた。その瞬間のわたしはといえば、ひとことも発せそうになかったからだ。

すべてが静まり返った。わたしたちはあいかわらず抱き合っていたけれど、魔法は解けていた。

不意に少佐がわたしを放してあとずさった。脚がふにゃふにゃだったので、ドアにもたれていてよかった。ふたりは息を切らしたまま、長いあいだ見つめ合った。

「すまない」少佐が口を開いた。

「謝らないで」小声で返す。

こちらを見つめたままの少佐の目を見て、彼がまたキスをしたがっているのがわかった。わたしも同じ気持ちだった。ふたりが唐突に切り離されたせいで、わたしは足もとがおぼつかなく寒気を感じた。また少佐に抱きしめられたかった。

けれど、少佐がすでに後悔しているのもその表情からわかり、わたしの願いはかなわないと悟った。

「そこをどいてくれないか、エレクトラ」

わたしは無言のまま、少しふらつく脚でドアの前から脇へどいた。少佐がドアを引き開ける。彼はそれ以上なにも言わずにコテージを出て、しっかりとドアを閉めた。

22

わたしたち、やってしまった。そうでしょ？

戻るのがむずかしい領域に足を踏み入れてしまった。少佐が後悔しているのはわかっていた。キスが終わった直後から火を見るよりも明らかだった。

少佐には後悔するもっともな理由がある。わたしたちは明らかに一緒にいるべきではないからだ。どちらもそれをわかっている。わたしたちはかけ離れている。それぞれ異なる世界に属していて、重要なすべての面において、わたしたちは大半のものごとの見方が大きくちがっている。

あのキスは一時的な過ちだ。ふたりのあいだでくすぶっていた軋轢《あつれき》と抑えこまれた気持ちが、白熱した口論でとうとう爆発したのだ。

少佐の致命的な弱点は、その気性なのだと気づいた。少佐は怒りを表面に出してしまい、ほかのなにかもが一緒にあふれ出た。わたしのほうの言い訳がなんなのかは、よくわからなかった。

レイフ・ボーモントがあのタイミングで登場したのは、幸運だったのかもしれない。結果も顧みずに灼熱《しゃくねつ》の情事に突入するのは簡単だっただろうから。自分が軽々しくそういうふるまいに出る女だと思ったことはないけれど、情熱がそうさせるのだというのがわかった気がする。わたしが急いでストップをかけようとしなかったのは、まちがいない。けれど、少佐もわたしも、慎重さを捨て去るような人間ではなかった。ふたりとも、現在に流されてしまうには先の先まで見据え、将来に集中する気持ちが強すぎる。

そういう事情だから、わたしたちはしでかしてしまったことをもとに戻す道を見つけなければならなかった。


一時間ほど経《た》ったころ、ドアが開いてボーモント大佐を伴ったラムゼイ少佐が戻ってきた。その間に割れたガラスの灰皿を片づけ、少佐が脇へ放った椅子を起こしておいたので、コテージはきちんとした状態に戻っていた。

ただ、わたしの頭のなかについては同じことが言えなかった。いまもふたりと話をする心の準備ができている気がしなかった。

視線が勝手に少佐に向いた。わたしを見ていた少佐と目が合い、顔がかっと熱くなった。次いでボーモント大佐に視線を移した。彼は反省の表情をしていた。「謝罪させてください、リズ——いや、エレクトラと呼ぶべきでしょうか?」

「エリーよ。それと、あなたが謝罪しなくちゃならないのは、ひとつだけじゃないわよね、ボーモント大佐。あら、ボーモントって本名かしら? 名前も嘘だったとか?」

彼は気まずい顔になるだけの礼儀正しさを持っていた。「いや、本名です。あなたの言うとおりだ。だましてほんとうに申し訳なかった。あなたの安全を守る任務を受け、やりすぎてしまいました」

「わたしに薬を盛ったのよね」わたしは冷ややかな口調で言った。

「あなたが怪我《けが》をするのではないかと心配になって、衝動的に行動してしまいました。判断ミスでした」

わたしを〝守る〟という名目で行なわれた危険なあれこれを考えたとき、密《ひそ》かな疑念が浮かんだ。「わたしがサンダーランドに到着した日に、トラックの前にわたしを突き飛ばしたのはあなただったの?」そう問い詰めた。

ボーモント大佐はたじろいだ。「あなたは駅で私と別れたと思っていたでしょうが、私はあなたを尾行していたんです。助けの手を差し伸べて、さらに仲よくなれればと考えたのですが、ハル・ジェンキンスに先を越されました。そして、あの場で私を見たら、あなたは怪しむだろうと気づき、人混みのなかに身を隠したのです」

彼の策略にまた怒りがこみ上げてきたけれど、さっき癇癪《かんしゃく》を起こしたときにどうなったかを思い出した。

「わたしは死んでいたかもしれないのよ!」

「真《しん》に危険な状況ではなかったんです。断言します。私がすぐそばにいましたから。だが、ハル・ジェンキンスが先にあなたの腕をつかんでしまって」

「あなたってほんとうにひどい人ね、ボーモント大佐」

彼は厚かましくも傷ついた表情をした。「あなたを守りたかっただけなんです。私の行ないのすべては、それが目的でした。あなたになにか起こるようなことにはぜったいにしませんでした。あなたへの関心が装ったものだとは思わないでください。私を赦《ゆる》してくれますよね？」

よくできたスピーチで、話しぶりもよかった。レイフ・ボーモントは、自分の望みどおりに女性を操って大成功をおさめるだろう。わたしは不本意ながら、心が揺れていた。

「考えておくわ」

彼は手を胸に当てた。「もう二度とあんなことはしないと誓います」

「その件についてはは片がついたようだから、別の話題に移ろう」ラムゼイ少佐がぞんざいに言った。

わたしは少佐に目をやった。つかの間目が合ったけれど、少佐はすぐにレイフに視線を戻した。

「ミス・マクドネルは消えた刷版《さつばん》のことを知っている」

レイフがうなずいた。「ドイツと偽造組織間でやりとりされたメッセージの一部を解読しました。どうやら新たな敵スパイの一団が近々到着する予定になっているようなのに、刷版は明らかに簡単には作りなおせないため、仕事が山積みのようです」

「当然だわ。刷版を作るにはかなりの時間と技術が必要だもの。通常、偽造組織は完璧な複製を作るために何年も費やすの。正確な刷版の複製には相当な技術が必要で、特に銀行券の偽造はむずかしい」

レイフが奇妙な顔でこちらを見ているのに気づいた。わたしの経歴や家族の知り合いについて、ラムゼイ少佐から聞いていないのだろうか。おそらくそうなのだろう。少佐は任務と関係のない情報を進んで提供する人ではないから。

「で、このすべての裏にいる黒幕はだれなの？」わたしは訊《き》いた。「ロナルド？」

レイフがラムゼイ少佐を見た。少佐の目はちらとも揺らがなかった。つまり、なにかを隠しているということだ。

「ロナルドはおそらくこの件には関与していない、とわれわれは考えています」レイフが言った。

「でも、彼は偽造された身分証明書を持っていたのよ。この目で見たからまちがいないわ」

「それについてはいずれはっきりさせる」ラムゼイ少佐の口調ははねつけるようだった。

わたしはこのすべてにいやなものを感じた。ふたりがわたしに話していないことがある。というか、彼らがわたしに話すのが適切だと思っていないことが。

レイフが、わたしにじゃまさせないために正体を明かすのではなく、代わりに薬を盛ったという事実に、新たな怒りがこみ上げてきた。ほんとうに腹立たしい。

「なにがどうなってるの？　わたしに話していないことがあるわよね」

「昨夜ロナルド・ポッターと話をしました」レイフが言った。その口調は淡々としていたけれど、彼のことばにひやりとするものを感じた。「彼は偽造活動についてはなにも知らないとほぼ確信があります」

「でも、ロナルドの身分証明書は例の刷版を使って印刷されたものだったわ。それについては自信があるの」

「あなたの言うとおりかもしれない」レイフが言う。「ですが、われわれは昨夜それを知りませんでした」

「わかってる。だれもわたしと情報を分かち合う必要はないと思ったからよ。それどころか、わたしを排除するほうがいいと判断したのよね」

レイフが申し訳なさそうな顔をした。

「どこで身分証明書を手に入れたか、彼に訊いてもらえる？」

「彼には……これ以上質問ができないんです」レイフが言った。

「ロナルドを殺したの？」わたしは詰問した。

「まさか」人殺しのできる人間だと思われているのがわかっても、レイフは少しも傷ついていないみたいだった。「彼がスパイではないと確信したので解放したところ、おびえたらしくサンダーランドを出ていきました」

「カーロッタは？　彼女を殺した犯人はだれで、理由はなんだったの？」

「まだわかっていません」

「死因は……わかっているの？」

「青酸カリだ。ハル・ジェンキンスと同じだな」答えたのはラムゼイ少佐だった。「ちがうのは、カーロッタの場合は青酸カリを注射されたらしいことだ。腕に小さな刺創があった」

身震いした。かわいそうなカーロッタ。彼女を助けられればよかったのに。殺されるのを防げればよかったのに。

「彼女とサミ・マドックスの会話を小耳にはさんだの」わたしは慎重に話した。「ふたりともなにかに関与しているみたいだった。彼女たちを頼りにしている人たちがいるってサミは言っていた。まさか……ふたりはドイツ側のために働いてるなんてことはないわよね」頭に浮かんだ残りの思いは口にしなかった。サミがカーロッタをお荷物と考えて排除した可能性があるかどうかについて。

「ふたりの関与を除外することはできません」レイフが言った。「ポッターの居場所を突き止め、偽造の身分証明書を持っている事情がはっきりしたら、もう少しなにかわかるかもしれません」

「ポッターを捜させている」ラムゼイ少佐が言った。「だが、もっとも差し迫った問題の解決にはならない」

「もっとも差し迫った問題って?」わたしは訊いた。

「ボーモントが話したとおり、新たなスパイの一団が、間もなく北海を渡ってやってくる」

「だったら、そいつらを捕まえにいけばいいじゃないの?」わたしは言った。「軍隊を動かせるんでしょ?」

「もちろんだ」ラムゼイ少佐が肯定した。「だが、いまの段階では、われわれが追っているのをスパイたちに知られないほうがいい」

「イングランドに入ってくる彼らを見逃せと?」

またもや間があり、どこまで明かすのかとレイフ・ボーモントがふたたび少佐を見た。

ついに少佐が口を開いた。「彼らは破壊活動家のグループの一部としてこの近辺に配備されるのだと考えている。サンダーランドに到着後は、個々のグループのメンバーに接触するはずだ。そこで、到着したスパイを収監するのではなく、無事にイングランドに上陸できたと思わせることになった」

今回の件についてここまで説明してくれたのをありがたく思った。もちろん、最初からそうしてくれていれば、もっとやりやすかったはずだ。キスをしようとしなかろうと、いま聞いたような話を隠していたラムゼイ少佐への腹立ちは変わらなかった。

「じゃあ、刷版と消えた身分証明書を取り戻す必要があるのね」

「そうだ」ラムゼイ少佐が言った。「刷版を見つけ、活動がバレていることを偽造組織に勘づかれずに渡す必要がある。それがうまくいけば、スパイたちを追跡して地元グループのリーダーを突き止め、活動を停止させられるだろう」

ときどきこのゲームのやり方を忘れてしまう。ドイツ側に情報源がバレていると見せつけるよりは、些細《ささい》な損害をもたらし続けさせるほうがいいのだと。

「ロナルド・ポッターがいちばんの手がかりみたいじゃないの。彼がどこで偽の身分証明書を手に入れたかを突き止める必要があるわ」

レイフ・ボーモントが少佐を見た。「無線機はありますか、サー？」

「寝室だ」少佐は頭をくいっとやって寝室を示した。「衣装だんすのなかにある」

「部下に無線で連絡して、ポッターを見つけたかどうか確認します」

少佐がうなずくと、レイフは寝室に入ってドアを閉めた。

ラムゼイ少佐がわたしをふり向いた。「話がある、ミス・マクドネル」

では、ミス・マクドネルに逆戻りなのね。一時間前にはわたしを抱きしめていたというのに。

わたしはうなずいた。少佐からなにを言われるかわかっていた。話をする必要のあることなどなかった。けれど、少佐がものごとをそっとしておく男性ではないのもわかっていた。遅かれ早かれ、わたしたちは起きたできごとについて話をすることになる。

「私のふるまいに弁解の余地はないから、弁解はしない。あんなことは二度と起きないとだけ約束させてほしい」

わたしはがっかりしないようにした。

「わたしをだましたことについておっしゃってるのかしら、それとも……そのあとに起きたことについて？」

「私がなんの話をしているのか、よくわかっているはずだ」少佐がわたしの目を見つめて言った。熱い戦慄《せんりつ》をふたたび感じ、目を瞬《しばたた》いて消そうとした。

「謝る必要なんてないわ」できるだけ軽い口調で言うようにした。「だって、わたしもその場にいたんですもの」

「あんなことは続けられない、エレクトラ」

どうして？　答えがわかっていても、そう訊きたかった。頭が少しはっきりするとすぐに答えがわかったのだ。

「わかってます」

この件に関するわたしの気持ちを推しはかろうとするかのように、少佐がわたしの顔を探った。自分でもわかっていないのだから、少佐はきっと判断に困るだろう。起きたことをしっかり理解する時間を持てていなかった。けれど、わたしの気持ちなんてほんとうの意味ではどうでもいいのだとわかっていた。少佐はすでに心を決めている。ただ、わたしが彼にうっかり恋をしてなどいないと確信したいだけなのかもしれない。

「個人的な線を追うのは……無分別だろう。倫理にもとるのは言うまでもなく。どこから見ても私はきみの指揮官だから、あれは許しがたい違反行為だった」

「わかりました」少佐が言い訳を続ける前に止めたくて、そう言った。

「起きてはならないことだった」

わたしは肩をすくめた。無頓着な雰囲気を保とうとしたのだ。「ただのキスでしょ。おたがいに少しばかり惹《ひ》かれていたのだとしたら、あのキスは……火花を消したことになるんじゃないかしら」

「一般的にはそういう風にはならない」少佐が低い声で言った。

わたしはなんとか少佐を見上げ、硬い笑みを浮かべた。「でも、今回はそういう風になってもらわないと。でしょ?」

つかの間、少佐はなにか言いかけたように見えたけれど、そのとき寝室のドアが開いてレイフが出てきた。

「まだポッターは見つかっていませんでした」彼が報告した。「ですが、ドイツからの通信をまた傍受したとのことです。受け渡しは今夜の予定です。連絡員が新たに来るスパイたちに身分証明書を渡し、刷版を返却することになっています」

「今夜?　困ったわね」わたしは言った。

レイフがうなずいた。「刷版と身分証明書を急いで見つける必要があります」

「わたしたち、ハル・ジェンキンスの部屋を調べたわ。そのときはなにを探しているかわかっていなかったけれど、隅々まで探したのよ。そこにあれば見つけていたはず」

「それなら、彼は別の場所に隠したにちがいありません」レイフだ。「でも、どこに？ 刷版はそれほど大きなものじゃありませんよね？」

わたしはうなずいた。「薄くて、大きさは小さな本の表紙とたいして変わらない」

そう言っている最中に、頭が回転した。デスクマットの上で書かれた文言を思い出す。

〈あなたが野……あなたの……集品〉

不意にピースがぴたりとはまった。「刷版がどこにあるかわかったわ」

少佐とレイフがわたしを見た。

「シェリダン・ホールの金庫室よ」

レイフは疑わしげな顔だった。「シェリダン・ホールとこの件のつながりはまだ見つかっていません。彼がかかわっているとは思えないのですが」

「知らないうちにかかわっていたのよ」

「説明しろ」少佐が言った。指揮官モードのときの少佐は礼儀正しかったためしがなく、いまもそうなのだろうと思った。少佐のぶっきらぼうな態度は無視して続けた。

「ハル・ジェンキンスの部屋には本がありました。野鳥観察に関する本も数冊。特に変わっているとは思わなかった。でも、シェリダン・ホールと話をしたとき、手に入れたばかりの本があると言っていたの」

ラムゼイ少佐が期待に満ちた表情になった。

「ハル・ジェンキンスは本のなかに刷版を隠し、シェリダン・ホールに送ったのだと思う。机の引き出しにペーパーナイフと糊《のり》が入っていたの。刷版と偽造身分証明書を本の内部に隠したんじゃないかしら。シェリダン・ホールの金庫室にしまわれていれば、完全に安全だから。取り戻さなければならなくなったときは、簡単な口実を使ってミスター・ホールのもとを訪れるだけでいい。ミスター・ホールはきちんと評価する時間ができるまで、送られてきた本を金庫室に保管するみたいだし」

「じゃあ、錠のかかった金庫室に入れられているとあなたは考えているんですね」レイフが言った。

わたしはうなずいた。「まずまちがいないと思う」

ラムゼイ少佐が短く息を吐いた。「では、取り戻さなければ」

「ですが、シェリダン・ホールにただ頼むわけにはいかないのですか？」レイフが言った。

「あるいは、リズ――じゃなくて、エリー――が金庫室を見たいからもう一度入れてほしいと頼むわけには？」

「時間がない」少佐が答える。「刷版は今夜必要だ。それに、シェリダン・ホールがほんとうに無関係かどうか確信がないから、これ以上怪しまれるようなことはしたくない」

「だったら、わたしが一緒でよかったじゃない」わたしは少なからぬ勝利感を抱いていた。

23

わたしたちは夜陰に紛《まぎ》れて〈大嘴鵙《おおはしもず》〉邸を目指した。〈孔雀《くじゃく》出版〉でも同じことをしたけれど、いまのほうが闇が濃い気がした。わたしの勝手な思いこみだろうか。

夜気はひんやりと澄んでいて、海からそよ風が絶え間なく吹いてきていた。暗い海に目を凝《こ》らし、スパイの新たなグループがいまこの瞬間もイングランドの海岸を目指しているのだろうかと訝《いぶか》った。

刷版《さつぱん》を取り戻すのが間に合いますように。ハル・ジェンキンスが刷版を隠した場所の推測が、まちがっていませんように。

わたしたちが近づいていった屋敷は暗かった。もちろん、暗幕が引かれていたから、なかがどうなっているかわからなかった。ミスター・ホールが朝の散歩を日課にしていると知っていたので、〝早寝早起き〟タイプの人であるのを願っていた。

裏庭をこそこそと通って屋敷に向かう。小さな家庭菜園に出るドアは施錠されておらず、なかに入ると外界から身を隠せた。

勝手口から入るのが最善だろうと決めてあった。使用人は住みこみではなかった。ミスター・ホールは料理人とメイドを雇っているけれど、ふたりとも夕食後に帰宅する、と少佐とレイフは判断していた。もちろん、ベヴィンズは屋敷内にいたけれど、側仕《そばづか》え兼執事の仕事柄、彼の部屋はミスター・ホールの部屋の近くだろうと推測された。

勝手口に近づき、わたしは道具キットを取り出した。むずかしい仕事ではなかった。ラムゼイ少佐にだってできたくらいだと思うけど、そうなるとおそらく痕跡が残っただろう。そこが、泥棒としての経験がわたしにある利点だ。なんの痕跡も残さずに出入りできるから。ピックを錠に挿しこんで、内部の感触を探る。ほとんど音をたてていなかったうえ、この屋敷が海辺にあるおかげで、波と風の音がわたしたちのしようとしていることを隠してくれていた。

わたしが作業しているあいだ、少佐はこちらに背を向けて周囲に目を光らせていた。木々や家庭菜園の高い石塀でかなりしっかり身が隠れていたので、わたしはだれかに見られる心配はしていなかった。

キッチンの錠が簡単に降参し、わたしはドアをゆっくりと開けた。指示を求めてラムゼイ少佐を見ると、短いうなずきが返ってきた。

屋敷のなかに足を踏み入れた。暗くて静まり返っていた。あとからラムゼイ少佐が入ってきて、ドアをそっと閉めた。ふたりともしばらくじっとして耳を澄ました。

少佐はいつものように、暗がりのなかでわたしのすぐそばに立っていた。少佐を意識しちゃだめ、まわりに注意を向けなさい、と自分に言い聞かせる。気を散らしてはだめだ。それが、ミックおじの基本ルールのひとつだ。それなのに、わたしときたら一緒にいる男性に全身で同調しようとしていた。まずい。

少佐とわたしがロマンティックな関係になってはいけない理由のひとつがこれだ。集中できるかどうかが死活問題のときに、気を散らすのは危険だから。

これまで積み上げてきたものを発揮して集中し、じっと立ったまま屋敷の物音に耳を澄ました。外からは波音が聞こえ、ときどき窓ガラスが風にカタカタと鳴った。暗い屋敷の奥のどこかで、時計のカチカチという音がした。

わたしたちは屋敷の間取りをちゃんと把握できていなかった。わたしは玄関から入って書斎と図書室に行っただけだったし。それでも、方向感覚はよかったので、苦労せずにそちらに向かえると考えた。

屋敷内でだれも動いていないと確信が持てると、わたしは図書室のほうに向かって静かに歩きはじめた。少佐はあとからついてきた。

この時点では懐中電灯をつけていなかったので、屋敷は暗かったけれど、明かりがまったくないわけではなかった。それに、わたしは暗がりに慣れていた。暗がりはずっと昔からわたしの仲間だ。

ほとんど苦労せずに図書室のドアが見つかり、取っ手を動かしてみた。開いていた。

すばやくなかに入った。少佐があとから入ってきて、ドアを閉めた。

ひとことも発せずに金庫室へ向かう。

金庫室を隠しているドアはすんなり開いた記憶があった。ドアの動きにすぐに気づくのは、訓練の賜《たまもの》だ。蝶番《ちょうつがい》や木がきしんだりすれば、すぐに気がつく。ミスター・ホールがダイヤルをまわしたとき、ドアがなめらかに開いたのをおぼえていた。

「少し離れてほしい」少佐に小声で言った。

少佐はうなずいて、見張りをするためか図書室のドアのほうに動いた。

わたしはダイヤル錠に集中した。

ラムゼイ少佐の楽しい犯罪者仲間と最初の任務について以来、金庫を開ける機会が減っていたので、腕が少し錆《さ》びついているかもしれないと心配だった。けれど、金庫破りは自転車に乗るのと同じだ、とミックおじはいつも言っていた。一度やり方をおぼえたら忘れないと。

もちろん、おじがそう言うのはたやすい。数字の処理を頭のなかでできるのだから。わたしの場合、数字の組み合わせを突き止めるためには鉛筆と紙を使ってグラフを作る必要がある。その必需品は持ってきており、それを床に置いて金庫室の前にひざをつき、ダイヤルに触れた。呼吸を整え、頭をすっきりさせ、仕事に取りかかる。

正しい数字を示す感触のちょっとしたちがいが伝わってきはじめ、感覚があっさりと戻ってきた。床に置いた紙に接触点のグラフを書いていく。ずいぶん長いあいだ、図書室で聞こえるのはわたしが鉛筆で書き留《と》めるかすかな音だけだった。

ラムゼイ少佐はわたしから離れ、静かにしてくれていた。作業をしているあいだ、彼は背景のなかにいて物音ひとつたてなかった。少しすると、わたしは少佐の存在すら忘れた。わたしと数字の組み合わせだけの世界。意地のぶつかり合いだ。そして、わたしにはいつだって非常に頑固な意地がある。

ついに数字の組み合わせがわかり、複雑なパズルを解いたときに味わう勝利感が湧き上がってきた。グラフにして突き止めた数字を使ってダイヤルをまわす。ダンスの最後のステップだ。小さなカチリという音とともに錠が開き、金庫室のドアを引き開けた。ドアを完全に開けきる前に、ラムゼイ少佐が隣りに来ていた。「よくやった」小声でほめられた。

わたしはうなずいて、金庫室に向きなおった。

ドアの奥にはまだ小さな金属製のゲートがあった。個人の財産を守るためにここまでする人は見たことがなかった。財産といっても鳥関係の本や記念品だから、なおさらだ。まさに人それぞれ。

金庫室のドアを解錠したあとでは、ゲートを開けるのはそれほどむずかしくはなかった。正しいポイントでピックに力をくわえるだけですんだ。

横へ押し開けても、ほんのかすかにきしみ音がしただけだった。わたしたちの前に金庫室があった。

わたしがなかに入るとラムゼイ少佐もついてきて、金庫室のドアをほとんど閉めて懐中電灯をつけた。

少佐は金庫室のなかをぐるりと照らし、わたしが前にざっと見た印象的な陳列を見て取っていった。少佐がどう思っているか、その表情を見たいと思った。とはいえ、彼の表情からはいつもなにもわからないのだけれど。

ミスター・ホールの蒐集品《しゅうしゅうひん》について少佐の意見を聞いてみたかったけれど、どうせここへ来た理由と時間の余裕がないことをぶっきらぼうに思い出させられるだけだとわかっていたので、たずねるのを控えた。

巣と卵と彫像の前を通り、最期の運命的な飛翔《ひしょう》の瞬間に閉じこめられた鷲《わし》たちを通り過ぎる。いちばん奥には稀覯本《きこうぼん》でいっぱいの書棚があった。

ミスター・ホールが最近入手したと話していたものは、棚の隅で小さな山に積まれていた。近寄ってみる。わたしの考えが正しければ、このなかのどれかにスパイたちが待っている消えた刷版が隠されているはずだ。

もしまちがっていたら……いまはそれについて考えないでおこう。

本のほうへ移動する。手を触れたらばらばらになってしまいそうに見えるくらい古い本が何冊かあった。子山羊《こやぎ》革の手袋で丁寧に扱っている時間的余裕はなかった。できるだけすみやかにこの屋敷を出る必要があった。

新しめに見える本が少しあったので、まずそれから確認することにする。少佐に懐中電灯で照らしてもらいながら、手に取ってページをぱらぱらとめくった。

一冊めにも二冊めにも、なにもなかった。

三冊めを手に取ると、紙片がそこから落ちた。それを開いて読む。

拝啓
あなたが野鳥観察の貴重な本に鋭い洞察力をお持ちなのを存じ上げております。あなたの蒐集品にくわえたいと思われるかもしれない本を最近見つけました。特に、図版入りのものはかなり稀少《きしよう》だと思いますし、その図版がかなり美しいものになっています。
どうか受け取っていただけますように。
敬具
ハル・ジェンキンス

「ハル・ジェンキンスが部屋の机で書いた手紙だわ」わたしは小声で言った。フェリックスに解読してもらったのと同じ文言も使われているし。

ラムゼイ少佐が短くうなずいたので、続けろという指示だとわかった。

手に持った本は、刷版を隠すのにぴったりの大きさだった。同じ山にあるほかの本は小さすぎるように思われた。これは、保管する価値があるかもしれないとハル・ジェンキンスがさらりと言及した、図版入りの本でもある。刷版はここに隠されていそうだ。

本を開いたものの、ページの開き方からして刷版くらいの厚みのものが隠されているとは思えなかった。

手早くページをめくっていくと、みごとな図版がすばやく動き、まるで鳥が飛んでいるかのように見えた。けれど、驚くほど生き生きと描かれた鳩《はと》や雉《きじ》や夜鷹《よたか》の図版のあいだに金属製の刷版ははさまれていなかった。

失望感にどっと襲われる。ぜったいの自信があったのに。

もう一度本を見る。感触がどことなくおかしかった。左右の手で交互に持って、なにがおかしいのか突き止めようとする。

そして、気づいた。裏表紙のほうがおもて表紙よりも重いのだ。

「ナイフはある?」ラムゼイ少佐に訊《き》いた。

少佐は一瞬躊躇《ちゅうちょ》しただけで、すぐにブーツに手を入れて鋭そうなナイフを取り出した。彼が武器を隠し持っていたことに驚くべきではなかったのだろうけれど、それでも少しばかりぎょっとしてしまった。

わたしはナイフを受け取り、本をテーブルに置いた。裏表紙を出し、見返しに沿って触れる。内側になにか硬いものがあった。気持ちが湧き立つのを感じたけれど、ぐっと抑えこんだ。

ナイフの刃を継ぎ目に当てて切る。見返しの一部がきれいに切れ、裏表紙とのあいだに薄い金属が入っているのが見えた。

「やったわ！」埋蔵された宝物を発掘したのと同じだろうと思われる勝利の興奮を感じ、小声で言った。見返しと裏表紙のあいだに指を入れると、刷版の側面がつかめた。隠し場所から抜き出した。

本の見返しを切らなくてはならなかったのが残念だったけれど、それはハル・ジェンキンスのせいだ。それに、修復は可能だし。

刷版を見下ろした。今回のすべての厄介ごと――ふたりの命が失われた――をもたらしたのが、この薄っぺらい金属板だったなんて信じがたかった。じっくりと検《あらた》める。まちがいなく国民登録身分証明書の刷版だった。左側の獅子《しし》のすぐ下には、印刷された身分証明書に現われていたちょっとした不具合があった。

少佐を見上げる。

「よくやった。身分証明書もここにあるのか？」

「ほかの本を確認するわ」刷版を渡すと、少佐はそれをポケットにしまった。

わたしは何冊かのページをざっとめくってみたけれど、なにも見つからなかった。そのとき、積み上げられた山の底の本に目が行った。ほかの本よりも新しく見えた。明らかにアンティークではない。その本だけ場ちがいに思われたし、シェリダン・ホールがそれほど興味を持つものではないような気がした。本を開こうとした。ページがくっついていて開けなかった。

少佐のナイフの切っ先を表紙と最初のページのあいだに入れ、糊《のり》づけされている部分をきれいに剝《は》がした。表紙を開くと、本の中身がくり抜かれ身分証明書がきっちりはめこまれていた。

それを取り出す。じきにイングランドに上陸する予定のスパイたちの偽情報が記入される、未使用の身分証明書だった。

「行くぞ」少佐が言った。

わたしはうなずいた。

少佐は金庫室の出口に向きなおり、わたしは刷版を見つけた本に目をやった。少佐が見ていないのをちらりとたしかめ、上着の大きな内ポケットにすべりこませた。それからドアへと少佐のあとを追った。

金庫室の入り口まで来て、少佐がドアを押し開けようと手をついたとき、近くのどこかからいきなりきしみ音がした。

わたしはラムゼイ少佐を見上げた。少佐は閉めきらずにおいたドアの隙間から外を覗《のぞ》いたあと、わたしをふり返って鋭く首を横にふった。どういう意味？

「廊下に明かりがついている。図書室のドアの下から見えた。だれかがこっちに向かっている」少佐がわたしの耳にささやいた。

すると、少佐のことばどおり、ミスター・ホールのものとおぼしき引きずるような足音が小さく聞こえてきた。どうやらぶつぶつと独り言を言っているようで、図書室のほうへと近づいてきていた。

考える時間はなく、金庫室から出て身を隠す時間はもっとなかった。わたしはためらわずに金庫室のドアを閉め、少佐と自分を閉じこめた。

24

用心として、金属ゲートも閉めた。カチリと音がした。施錠装置がついていたのだ。そんな可能性は考えていなかった。まあ、仕方ない。そのときが来たら解錠するだけだ。

ラムゼイ少佐は物音を聞いたときに懐中電灯を消していたけれど、まっ暗な金庫室でふたりきりになったいま、ふたたびスイッチを入れた。

「これはよくない状況だな」彼は、いつものように控えめなことばを横柄《おうへい》な口調で言った。

「そうね。でも、うまくすれば金庫室には入ってこないかもしれないわ。夜中に読む本を探して図書室に来ただけかも。ミスター・ホールがベッドに戻ったら、ここから出られるわ」

「なかからも金庫を開けられるのか？」

「こういう大きな金庫には、人が閉じこめられないように内側に解除レバーがあるの。ちょっと懐中電灯を貸してもらえるかしら」

少佐はなにも言わずに懐中電灯を渡してくれたので、金庫室内を照らして探していたものを見つけた。

「あった」ドア近くを照らした。ありがたくも、解除レバーはあるべき場所にあった。「これでなかから開けられるわ」

「ゲートは?」少佐がたずねた。

わたしは口ごもった。

「ゲートも施錠したんだろう?」

「ええ」わたしは認めた。

「ゲートも解錠できるのか?」金庫室に閉じこめられてなどいないみたいな、軽い口調だった。

いい質問だった。

通常ならば、答えはシンプルにイエスだ。ふつうは入るよりも出るほうが簡単だけれど、錠はゲートの外側にあった。手を外側に出して、逆向きに解錠するイメージだ。

まあ、わたしはいつだってむずかしい挑戦を楽しんできたのだけれど。

「問題ないわ」少佐の目を見ずに請《う》け合った。

少佐は無言だった。

「どれくらい待てばいいと思います?」しばらくして、たずねた。

「賭けだな。本を探しにきたか、手紙を書きにきただけだろう。あるいは、朝まで腰を据えて本を読んでいるかもしれない」

「そしてわたしたちは、金庫室のドアを開ける以外、ミスター・ホールがいなくなったかどうかを知る術《すべ》がない」

「そういうことだ」

気の滅《め》入《い》る考えだった。シェリダン・ホールは本を取りにきて、快適な寝室に持っていくだけのつもりであるのを願った。そうだったとしても、しばらく待ったほうがいいだろう。待っているあいだ、わたしと少佐は金庫室に閉じこめられているわけだ。

たしかに、これはよくない状況だ。

少佐とふたりきりでいるせいで、勝手がちがう気がする。ふたりのあいだにはなにも起こらないということでおたがいに納得していたものの、可能性が宙に漂っている例の感じをふり払えずにいた。惹《ひ》かれている気持ちを寄せつけずにいるだけでは、その気持ちをなくせはせず、ふたりとも相手に惹かれる気持ちをまだ持っているとわかっていた。

想像するに、ラムゼイ少佐はわたし以上にその状態を気に入っていないだろう――正直になるならば、おそらくわたしの気持ちなど比にもならないくらい――けれど、だからといって惹かれる気持ちがたがいのあいだをうろついているという事実は変わらなかった。

結局のところ、自然なことなのだ。同じ境遇に投げこまれた非常に多くの人たちに、惹かれ合う気持ちが芽生える。それに、女性が自分に完全に不似合いの男性に惹かれるのは、なにもこれがはじめてではない。それどころか、そういう男性に女性は惹かれがちなのだ。禁じられた状況には人をそそるものがある、でしょ？　イヴとリンゴの時代から変わっていない。

禁じられていることに魅力を感じるのは、金庫の取っ手にはじめて手をかけたときからわたしの人生の一部だった。となると、ぜったいに好きになってはいけない男性に惹かれるのも、驚くには値しなかった。

けれど、それが珍しくはないという事実があっても、気分はよくならなかった。好ましくない少佐への気持ち相手にもがいているだけでも厄介だったのに、少佐のほうもわたしに惹かれていると知ってしまったいま、事態は二倍ひどくなった。

この先もずっと変わらないのだろうか、それとも時間が経《た》つにつれて薄れていくのだろうか。薄れて目立たなくなっていくと信じるしかなかった。特に、ロンドンに帰って家族やフェリックスに囲まれたら。

フェリックス。顔がかっと熱くなるのを感じた。フェリックスになんと言えばいいのだろう？

彼に言わなくてはならないのだろうか？　もちろん、わたしだって隠しごとくらいした経験はある。昔から隠しごとをするのがうまかった。でも、相手がフェリックスだと事情は異なる。彼とは常にたくさんのことを分かち合ってきた。そんな彼にこの件を隠しておけるかどうかわからなかった。

フェリックスに話すべきかどうかという問題は、また別の話だ。わたしたちは正式に交際しているわけではなかった。ふたりの関係に決まった約束ごとはない。それに、フェリックスに対するわたしの気持ちは正確にはどんなものなのだろう？　いまもその答えを出そうとしているところだ。

昔から、ふたりの男性のどちらがより好きなのかを決められない女の子にはがまんがならない質《たち》だった。そのわたしが、フェリックスと少佐に対する自分の気持ちを決められずにいる。彼らふたりのことだけでなく、自分がどうなりたいのか、将来がどういうものになるのかもからんでいるのだ。

そうはいっても、選択の問題というわけではない。なにしろ、ラムゼイ少佐は自分たちの立場をこれ以上ないくらいにはっきりさせてくれたのだから。

それに、いまはそんなことを考えているときではない。時間の余裕がないというのに、金庫室に閉じこめられているのだ。偽造身分証明書作りを仕切っている人間と接触し、入手した刷版を返せないかやってみなくてはならない。

ラムゼイ少佐をちらりと見る。彼はわたしを見ておらず、ふたりのあいだに少し距離を空《あ》けたのに気づいた。自制心を発揮できないかもしれないと心配したから？　そう思ったら、気分が少しだけ上向いた。キスは論外だとふたりともわかっていたけれど、それでも少佐はいまもわたしにキスをしたがっていると思いたかった。

「あとで必要になるかもしれないから、懐中電灯を消すぞ」少佐が言った。

「わかりました」では、わたしたちは暗がりのなかで過ごすことになるのだ。最高。「金庫室のなかに照明があるけど。前に一緒に入ったとき、シェリダン・ホールが明かりをつけたの。スイッチはドアのそばよ」

「明かりはつけないほうがいいと思う」

「じゃあ、楽な姿勢を取らせてもらうわね」わたしは床に座った。

少佐はうなずき、懐中電灯を消した。

金庫室のなかは、当然ながらまっ暗だった。すばらしい仕上がり具合で、どこからも少しの明かりも入ってこなかった。

たっぷり十分は、ふたりとも無言のまま座っていた。

「大丈夫か？」少佐がついにたずねた。

うなずいたわたしは、少佐からは見えないのだと気づいた。「ええ」

話し合いをするチャンスだった。でも、なにを話し合えばいいのだろう？

こんな風に少佐とふたりで暗いなかにいて、息苦しくなってきた。じっとしていられなくて、寝る時刻になって乱暴な遊びをやめなくてはならなかったときにいとこ《ボーイズ》たちとやったゲームを思い出した。

「いま、世界中のどんなものでも食べられたら、なにを食べます？」

少しの間があった。「なんだって？」

「なんでもいいの。好きな食べ物はなに？」

「フール・メダメスだな」とうとう少佐が答えた。「エジプトの伝統的な料理で、香辛料をきかせた空豆のシチューといった感じのものだ。北アフリカではしょっちゅう食べていたんだが、イングランドに戻ってきてからは一度も食べていない。きみはなにを食べる？」

「ネイシーのブレッドプディングね」わたしは即答した。

「世界中のどんなものでも食べられるのに？」

「世界中のどんなものでも食べられるのに」

「きみが甘いものに目がないのを考えたら、驚くにはあたらないのだろうな」

わたしは吐息をついた。「戦時中だとちょっとした負担になってしまって」

ふたりともまた黙りこんだけれど、雑談のおかげで重々しい空気が少し軽くなった。

わたしたちはおそらくさらに一時間待った。金庫室内部が暑くなってきた。換気があまりよくないのだろう。数時間はなかで過ごせるだけの空気はあるはずだけれど、必要以上に金庫室内で過ごしたくはなかった。

そんなことを考えていると、ラムゼイ少佐が口を開いた。「ミス・マクドネル……」

「もうエレクトラって呼んでもいいんじゃないの？」

「表面だけでも……礼儀正しさを保つべきだと思う」

ため息が出た。少佐に口うるさいことを言われると、常にそうなってしまう。「ちょっと手遅れだと思うけれど」

少佐はわたしを無視した。わたしが皮肉を言うと、いつもこうだ。「ゲートを開ける準備はいいか？」

「ええ」

少佐が懐中電灯をつけ、ふたりでゲートに近づいた。

ゲートを調べる。錠は外側についていて、格子と格子のあいだはとても狭かった。手が通るかどうかわからなかった。

「少佐、そばに来て懐中電灯でここを照らしてくれます？」

少佐が横に来て、わたしが示した場所を照らしてくれた。ほんの一瞬だけ、少佐がそばにいることや、彼のアフターシェーブ・ローションのかすかな香りと体の温《ぬく》もりを堪能した。

それから、錠に意識を集中した。

ピックとテンションレンチを用意し、両手を格子の向こうになんとか出したところ、手首を少し動かせる余裕があった。錠を手探りし、道具を使って解錠にかかった。金属がこすれる小さな音と少佐の呼吸音以外、金庫室内は静かだった。少佐の呼吸音が聞こえるのは、彼がいらだっているときだけだ、とわたしは気づいた。

「どれくらい……」ついに少佐が口を開きはじめた。

「錠が見えない状態で逆向きに開けるのをわたしより早くできると思うなら、どうぞやってみてちょうだい」

少佐は返事をしなかった。

錠が見えなくて、手首を少ししか動かせない状態で作業をするのは、簡単ではなかった。けれど、そうこうするうちにピックとテンションレンチの正しい角度を見つけ出せた。そこまできたら、あとは圧力をかけるだけ……。

カチリと小さな音がして、錠が降参して開いた。わたしは安堵《あんど》の息をつき、ピックを抜いてゲートを開けた。

次は金庫室のドアを開けて、シェリダン・ホールが図書室に座っていないことを願うのみだ。深呼吸をしてレバーを押す。金庫室のドアが音もなく開いた。

暗い図書室に足を踏み出すと、ひんやりした空気に迎えられた。ミスター・ホールがいなかったので、ほっとする。あとはここを逃げ出すだけだ。

少佐がわたしに続いて金庫室から出てきて、ゲートを閉めた。わたしはドアをもとに戻し、痕跡を消すためにダイヤルをまわした。

そして、屋敷からこっそり退却をはじめた。なんの音もせず、海風と遠くの波音が聞こえるだけだった。

屋敷に入ったときに使ったキッチンのドアまで来た。そこから出て錠をかけ、裏庭を横切った。

わたしは背後をふり向きもせず、早足で歩いた。足音が聞こえなくても、少佐が後ろにいるのはわかっていた。彼が暗がりのなかの幽霊みたいに静かでも、なぜかその存在を感じられた。

裏庭を囲む石塀のドアをくぐった直後、だれかが石を投げつけたみたいなガツンという音がすぐそばでした。そちらを見ると、石塀が深くえぐられていた。

そこに指を押しつけてみた。銃弾で穿《うが》たれた穴みたいだった。

すばやく生垣に身を隠したわたしは、少佐が隣りに現われたので飛び上がりそうになった。

「わたしたちに向かって発砲している人がいるみたい」

「すばやく動け。身を低くしたまま」

言われたとおりに暗がりのなかを急いだ。木々の茂った場所まで来ると、少佐がわたしの腕を取ってそのなかに入った。少佐は、銃弾が飛んできた方向からわたしを隠すように体を入れているようだった。生まれついての騎士道精神のなせる業《わざ》なのは明らかだ。

倒木にぶつかり、少佐がわたしをその背後へと押しやってから自分も隣りに身を潜めた。

少佐の手にまた銃が握られていた。手品師が帽子からウサギを取り出すみたいだ。

「大丈夫か？」少佐がたずねた。

「ええ」息も切れ切れにわたしは返事をした。「撃ってきたのはだれ？　屋敷からの発砲じゃなかったわよね」

「われわれを尾行していた人間がいたのかもしれない。あるいは、なにかの理由で〈大嘴《おおはし》鵙《もず》〉邸を張りこんでいたのか」

「わたしたち、どうします?」

「待つ」

そして、わたしたちは二十分ほど待った。さらなる銃弾は飛んでこず、追ってくる足音もしなかった。

ついに少佐が移動するよう合図をしてきた。わたしたちはコテージを目指した。

「開《ひら》けた場所に出たら走れ」ひそめた声で少佐が言った。

あまり安心できる指示ではなかったけれど、ラムゼイ少佐にそんなものを期待しないことを学んでいた。

木々のなかから出ると、わたしは言われたとおりにした。コテージに向かって全速力で駆け出したのだ。暗かったけれど、どちらに向かっているかがわかるくらいには明るかった。

数分後、コテージまで来ると、ラムゼイ少佐がドアを開けてくれた。

なかに入ると少佐がドアを閉め、ふたりともその場に立ったまま息を整えた。走り疲れた。

「あなたたちを捜しに出ようかと思っていたところでしたよ」レイフが待っているのをほとんど忘れていた。

レイフは軍服の上着とネクタイを取っており、シャツを肘《ひじ》までまくり上げていた。ラムゼイ少佐がいつも堅苦しいのとはちがって、くだけた感じに格好よかった。ふたりはよく一緒に働くのだろうか、そんなときには個性がぶつかったりしないのだろうか。

「そうせずにいてくれてよかったよ」ラムゼイ少佐が返した。「きっとわれわれを見つけられなかっただろう」

「し……しばらく金庫室に閉じこめられていたのよ」わたしは説明した。

レイフの眉《まゆ》が両方ともくいっと上がった。「でも、万事問題なしなんですよね？」

ラムゼイ少佐がポケットから刷版を取り出して掲げてみせた。

「さすがですね」レイフが笑顔になった。「あなたの仕事ぶりをこの目で見たかったですよ、エリー」

「狙撃された可能性がある」少佐だ。

レイフがまた眉をつり上げた。「では、何者かにこちらの動きを知られたのかもしれませんね」

「最低でも、われわれが〈大嘴鴟〉邸の裏庭から出るところを目撃された」

「発砲音は聞こえなかった」わたしは、自分の勘ちがいだったかもしれないと思いながら言った。けれど、すぐそばの石塀になにかがぶつかったのはたしかで、あの深い穴は無害なものによって穿たれたのではなかった。

「サイレンサーを使ったのかもしれません」レイフが言った。「もしそうなら、相手はたまたま銃を持って居合わせた人間ではなく、プロということになります」

「ここまでは尾《つ》けられていない」少佐が言った。

レイフはうなずいた。「あなた方がいないあいだ、私も忙しくしていました。部下がロナルド・ポッターを見つけました」

「それで?」

「ポッターの話では、身分証明書をなくしたので、友人から買ったとのことでした。うっかりなくしたと当局に認めるよりも簡単だからと」

「で、その友人とは?」ラムゼイ少佐が訊いた。

「ネッサ・シンプソンという女性だそうです」

わたしははっとした。「ネッサ? でも、彼女は……まさか……。手紙に書かれていたヴァン(VAN)は、ヴァネッサという名前の一部だった?」ハル・ジェンキンスは手紙をネッサに宛てて書いていたの? 〈あいつらは人殺しをする〉と彼は書いていた。ふたりは共犯の仲で、ハルがネッサに警告していた?

すべての辻褄《つじつま》が合うのに、信じたくなかった。

「彼女がハルの共犯者だったにちがいないわ」ハル・ジェンキンスが殺されたとき、ネッサが悲鳴をあげたのを思い出した。彼女がハルに毒を盛ったのだろうか? カーロッタが亡くなったとわたしたちに教えたのもネッサだった。彼女はカーロッタも殺したの? その可能性はおぞましかった。

「受け渡しが〇一〇〇時なのは確認できましたが、場所は事前に決めたとおりとのことで、具体的な情報がありません」

「ネッサ・シンプソンの身柄を確保するんだ」ラムゼイ少佐が言った。「彼女が場所を知っているはずだ」

レイフがうなずき、ドアに向かった。

そのとき、飛行機が近づいてくる音と、遠くで鳴り響くサンダーランドの空襲警報が聞こえてきた。

25

ことばは異なれど、ラムゼイ少佐とレイフが同時に悪態をついた。

わたしたちはいっせいにドアに向かって急いで外に出た。上空では、月光を浴びて金属がきらりと光った。爆撃機が轟音《ごうおん》をあげて町のほうへ飛んでいく。

そのあと、爆弾が落ちるときの聞きおぼえのある金切り声のような音が聞こえ、標的に命中した際の遠くの爆発音と眩《まぶ》しい閃光《せんこう》が続いた。

ロンドンの悪夢ふたたび、だった。

「どうしたらいいの？」わたしは訊《き》いた。

「受け渡しの場所がわからなければ、なにもできない」ラムゼイ少佐の口調は陰鬱《いんうつ》だった。

「時刻の変更はできないの？」わたしは訊いてみた。「暗号化したメッセージを送るくらいはできるでしょ」

「だが、怪しまれてしまう」

「私はシンプソンを捜してみます」レイフだ。

「時間がない。彼女がどこに避難しているかもわからない」ラムゼイ少佐が返す。「考えるんだ、ボーモント。スパイの上陸地点のヒントになるようなものはなかったか？」

「いつもの位置座標みたいなことを言っていました」レイフが言った。「おそらく、刷版《さつばん》を盗んで自分でもビジネスをはじめようと決める前に、ハル・ジェンキンスが偽造文書の受け渡しをした場所だと思われます」

位置座標。わたしはあえいだ。「ハル・ジェンキンスの部屋にかかっていた上着のポケットに紙マッチが入っていたの。その紙マッチの内側に数字が書かれていたのだけど、それが位置座標という可能性はあるかしら？」

「いつそれを報告するつもりだった？」ラムゼイ少佐の声は非難めいていた。

「忘れていたのよ」

「紙マッチを渡しなさい」嚙《か》みつく言い方だ。

「いま持ってないけど、数字ならおぼえてるわ」数字を声に出した。

レイフが少佐を見た。「たしかに位置座標です」

ラムゼイ少佐はわたしを見た。「その数字にまちがいはないのか？」

わたしはうなずいた。数字をおぼえるのは得意なのだ。金庫破りにはつきものだから。

男性ふたりは顔を見合わせ、それから揃《そろ》ってコテージのなかに戻った。わたしはため息をついて彼らを追った。

わたしが入っていくと、少佐はテーブルの上に地図を広げており、軍隊で学んだにちがいない計算をレイフと一緒にしていた。

「ここです」レイフが地図上の海岸近くの場所を示した。「ここになにかあるんでしょうか?」

「海岸線だ」少佐が言う。

わたしは地図のその場所を見た。「わたしたちがいるのはここよね?」少し離れた場所を指す。

ラムゼイ少佐がうなずいた。

「それなら、その場所を知ってるわ。古い密輸人の洞窟があるの。シェリダン・ホールがそう言ってた」

「洞窟はスパイが上陸するのに理想的な場所ですね」レイフが言った。「海岸沿いを監視している人間から見えないし、ひとけもないし」

「しかも、今夜の爆撃で注意をそらせば上陸も楽勝だ」少佐がつけくわえた。

「それなら、うまくいきそうね」わたしは言った。「運がよければ、わたしたちが追っているとスパイたちに気取られずに、身分証明書と刷版を渡せそう」

「それについては、ちょっと厄介なことがありまして」レイフが言った。

少佐がいらだちの息を短く吐くのが聞こえた。「なんだ?」

「ドイツ側は、ハル・ジェンキンスが共犯者のネッサ・シンプソンの手で排除されたのを知っています。つまり、彼らは女性が来ると思っているのです」

レイフのことばの意味するところをすぐに理解したわたしは、ためらわなかった。

「わかったわ。じゃあ、わたしが渡す」

「ぜったいにだめだ」予想どおり、ラムゼイ少佐が却下した。

「レイフのことばを聞いたでしょ。敵は女性が来ると思ってるのよ」

「知ったことではない」

「少佐、道理に従って。この役割ができるのは、わたししかいないでしょ。敵のだれもネッサ・シンプソンと顔を合わせていないかもしれない。ネッサが手を下す前は、彼らはハルと取引をしていたんだもの。それに、周囲は暗い。ちゃんとこなせるわ」

「ひとりで受け渡し場所へは行かせない。この話は以上だ」

「よくもそんな……」

「少佐の言うとおりです」レイフが割って入った。「危険すぎます」

ふたりが団結して反対するとわかっているべきだった。だいたいいつもそうなるのだから。事態が重大な局面になると、男たちはわたしを守らなければならないと考える。いらだちで足を踏み鳴らしたい気持ちを必死でこらえた。

レイフに向かって言った。「人のことにくちばしをはさまないで」

ひどいことばを投げかけられても、彼は平然としていた。「民間人がひとりで行なうには危険すぎる任務だと指摘しただけですよ。われわれはあなたを守っているのです」

また〝守っている〟だ。叫びたくなった。

「へえ、わたしを守ろうとしてくれてるって？　だったら、トラックの前にわたしを突き飛ばしたり、こっそり危険な薬を盛ったりするはずがないんじゃないの？」

「あの薬は危険なものじゃありませんでしたよ」レイフが反論した。

わたしは彼を無視して少佐に向きなおった。「それから、あなた。あなたはこの任務をさせるためにわたしを巻きこんだんでしょ。だったら、やらせて。言ったわよね、わたしは守ってもらう必要なんてないと」

少佐がわたしと目を合わせた。そのまなざしには、ことばにされないなにかがあった。

「きみの考えはわかった、ミス・マクドネル。だが、問題点は変わらない。きみはこういった任務のための訓練を受けていない。そんなきみにひとりでやらせるわけにはいかない」

「わたしが男だったら、やらせてくれてた？」わたしは食い下がった。

「きみはどう見たって男ではない、ミス・マクドネル」

「そりゃそうだ」レイフがぼそりと言うと、ラムゼイ少佐は水すら凍らせてしまうほどの目で彼を見た。レイフは薄笑いを浮かべた。

「ありがたいことにね」わたしは言った。「だって、さっきも話に出たけれど、敵は女性が来ると思ってるのだから」

少佐はわたしと目を合わせたけれど、話しかけたのはレイフにだった。「少しふたりだけにしてくれ、ボーモント」

最後にわたしたちを一瞥《いちべつ》したあと、レイフは部屋を出てドアを閉めた。

わたしは機先を制することにした。「個人的な思いにふりまわされてはだめよ」レイフが立ち聞きしているかもしれないので、声を落とした。「そんな余裕はないってわかってるでしょう」

「きみの身の安全を保障できないし、こんなリスクを負わせるためにサンダーランドに来てもらったわけではない」

わたしは少しだけ少佐のそばへ行った。「リスクはわかってる。そのリスクを負うと決めたのはわたし。やらせて」

少佐に目を覗《のぞ》きこまれ、ちくちくする意識が体を走った。少佐はわたしにキスをしたがっていて、わたしはそうしてほしがっている。でも、そうはならない。だから、ふたりともただそこに突っ立ち、もっとできることがあればいいのにと望んでいる。

ついに少佐が顎《あご》をこわばらせた。

「ボーモント！」

レイフがドアを開けた。わたしたちを交互に見た彼はなにか思うところがあるみたいだったけれど、「話はつきましたか？」しか言わなかった。

つかの間の沈黙があったあと、ラムゼイ少佐が答えた。「ミス・マクドネルが受け渡しを行なう」

ライオンの巣窟に足を踏み入れることに少しも不安がない、と言ったら嘘になる。危険な仕事はたっぷりしてきたけれど、これまでは夜陰に紛《まぎ》れてだったし、家族が一緒にいた。今回の任務はいままでとはまったくちがうものだ。

あまり考えすぎないように努めながら、刷版と身分証明書をポケットに入れた状態で洞窟のある方向へ急いだ。やらなければならないことをするまでだ。運に恵まれれば、刷版を渡し、ネッサ・シンプソンが待っていた報酬を受け取り、立ち去る。

当然ながら、こちらが願っているほどものごとがシンプルに運ぶのは稀《まれ》だとわかっている。偽造組織の人間がネッサも排除しようとしている可能性は常にある。

それがあったから、ラムゼイ少佐も洞窟へ行くと言い張ったのだ。少佐は別のルートで洞窟へ向かい、まずい展開になった場合に備えて待機する計画になった。

話し合いの結果、レイフ・ボーモントはサンダーランドへ戻ってネッサ・シンプソンを捜すことになった。刷版を手に入れ損ねたことを説明しにネッサが洞窟へやってくる可能性もあったけれど、その場合は少佐が彼女を止める計画だ。ただわたしは、仕事をしくじった彼女が顔を見せにくるとは思っていなかった。

サンダーランド上空ではあいかわらず爆弾の閃光やすさまじい音、爆撃機のエンジンのうなりがあったので、レイフ・ボーモントの無事を祈った。自分がされたことを思うと複雑な心境だったけれど、彼に害がおよべばいいとは思っていなかった。

洞窟に近くなると足取りを遅くした。波の砕ける音や風の音があったので、近づいているのを気づかれる心配はしていなかった。けれど、だれがいるのかを確認する前に、敵にこちらの姿を見られたくはなかった。

砂丘をすべるように下り、暗い海岸を洞窟の入り口に向かった。洞窟のなかはまったく見えなかった。偽造組織がほんとうに内部にいるとしたら、明かりを使っていなかった。

そっと入り口へ行き、すべるようになかに入り、いきなり撃たれても大丈夫なように壁にぴたりと体をつけた。潮が満ちつつあり、洞窟の入り口を波が洗っていた。入り口近くに穴があり、海水がそこへ流れこんでいた。慎重に穴を避けて進んだ。

「あの?」小声で言った。

いきなり乱暴に腕をつかまれて引き寄せられ、懐中電灯を目に向けられた。

「お探しのものを持ってるんですけど」おびえているのではなく、むかついているような声になるようがんばった。

男はなにも言わず、洞窟の奥へとわたしを連れこんだ。

懐中電灯が目からはずされたので、前が見えるようになっていた。洞窟はすごく奥行きがあるわけではなく、なかに四人いるのがわかった。ひとりに見おぼえがあって、少佐と一緒に印刷所に侵入したときの警備員だったのだろうと考える。

残る三人は漕《こ》ぎ舟を囲むように立っていた。ドイツのスパイだ。

心臓が早鐘を打った。

「みなさん、わたしはあなた方の身分証明書を持っています」落ち着いた声を出した。

スパイのひとりが前に出た。平均的な背の高さで、感じはいいけれどなんの特徴もない顔立ちをしていた。彼の英語はわたしと変わらなかった。「ありがとうございます。あなたが持ってこられないのではないかと心配していました」

わたしはにっこりした。「お役に立ててよかったわ」

陰になった隅のほうから、五人めの声がした。もうひとりいるのに気づいていなかった。

「ひとつ問題がある。あなたはわれわれが待っていた女性じゃない」

いまので寒気が走ったけれど、いとこたち《ボーイズ》とポーカーをやった経験がたっぷりあったから、顔に出さずにすんだ。

「わたしのポケットのなかに刷版と身分証明書があっても？」

わたしの腕をつかんでいた男がポケットに手を突っこみ、わざとらしく探すふりをしたあとで刷版と身分証明書を取り出した。そして、それを掲げてみせた。

陰のなかの男が前に出てきた。わたしをつかんでいる男の懐中電灯の明かりで、陰の男の顔が見えた。ベヴィンズだった。シェリダン・ホールの側仕《そばづか》えの。

「どうも、ベヴィンズ」驚きを隠して言った。

「こんばんは、マダム。それとも、〝お嬢さん《ミス》〟と呼ぶべきでしょうか？　あなたは結婚してませんよね？」ベヴィンズの手に銃が握られているのに気づいた。〈大嘴鴟《おおはしもず》〉邸を出るときに発砲してきたのは、彼だったようだ。

わたしは肩をすくめた。「わたしが結婚してないのが問題？」

「そういうわけでも。問題なのは、あなたがネッサ・シンプソンではないことです」

「仲間なのよ」

ベヴィンズは首を横にふった。「ネッサはハル・ジェンキンスと一緒に動いていました。ですが、われわれの主張に納得して、ハル・ジェンキンスを排除しました」

「そうなんだけど、彼女は刷版を見つけられなかったの。それで、わたしに手伝ってくれと頼んできたのよ」

ベヴィンズは冷たい笑みを浮かべた。「あなたの不屈の精神には敬意を抱きますが、それが真実でないことを私は知っているのです……」

洞窟の入り口のほうで動きがあり、ドイツのスパイがポケットから銃を出してそちらに向かった。

少しすると、ラムゼイ少佐の姿が見え、わたしは安堵《あんど》すると同時にいらだった。少佐には身を隠したままでいてほしいと思っていたのだけれど、姿を見てうれしさを感じずにはいられなかった。ここでひとりではないのは、ありがたかった。

疑問がひとつ残る。わたしたちはこれをやり通せるのか？

ラムゼイ少佐とスパイがドイツ語で話しはじめ、わたしはベヴィンズに向きなおってピースをつなぎ合わせにかかった。「閉鎖された〈孔雀《くじゃく》出版〉をミスター・ホールに代わって管理していて、お金儲《もう》けに利用できると気づいたのね」

「資源をむだにする理由はありませんから」ベヴィンズが答えた。

「ミスター・ホールはなにも知らないんでしょ」

またもや冷たい笑み。「あなたもおわかりでしょうが、だんなさまはご自分の関心事で頭がいっぱいですから」

「でも、ハル・ジェンキンスに刷版を盗まれて、活動ができなくなった」

「不都合きわまりないことをしでかしてくれましたよ。金を払ってくれれば刷版は返す、と言ってきましてね。彼がわれわれの仲間のネッサ・シンプソンと知り合いだったのは幸いでした。ネッサは、彼が裏切ったことをわれわれは知っているという内容の手紙をハル・ジェンキンスに渡しました。彼女は考えなおしてもらえるのを願っていたのでしょうが、われわれに逆らうハル・ジェンキンスの決意は固かったのです。そこで、ネッサは彼を排除する決心をしました。話し合いで解決するという表向きの理由で最後にパブで会い、彼の飲み物に青酸カリを入れたのです」あと少しで下宿屋というところまで帰ってきたときに、彼は自分の身に起きている異変に気づき、犯人を示すために手紙を握りしめたのだろう。

「カーロッタ・ホーガンについてはどうなの？」わたしはたずねた。

「彼女はあれこれうるさく訊きはじめましてね。あいにくネッサ・シンプソンは判断を誤って、身分証明書をなくしたロナルド・ポッターに偽造の身分証明書を渡してしまったのです。ロナルドがその話をミス・ホーガンにしたのでしょう。彼女は見かけよりも頭がよかったようで。ミス・ホーガンが知っていることを周囲に明かしてしまわない確証はありませんでした」

「だから、ネッサが彼女にも毒を使ったのね」

ベヴィンズが小さくうなずいた。「予想だにしていないときにすばやくチクリ、だったのだと思います。ミス・シンプソンは、バレないように青酸カリをあたえるのがかなりうまいようですね」

自分の目的のためにネッサが友人に毒を注射しておぞましい殺し方をする場面を思い浮かべ、吐き気がした。けれど、そんな気持ちは表情に出さなかった。

少佐とスパイが洞窟の奥へと進んできた。これまでのところは順調だ。

少佐はわたしを見ていなかった。わたしに関心がない風を装っているのだろうけれど、ちらっとでもいいからこちらに目を向けて、合図みたいなものを送ってほしいと思ってしまった。

「ああ。グレイ大佐。いらしていただけて光栄です」ベヴィンズが言った。

「こちらのお友だちに説明していたところなのだが、エリザベスと私はあなた方の大義のシンパなのです」

ベヴィンズは首を横にふった。「刷版を取り戻してくれたことには感謝します。われわれに多大な貢献をしてくれました。ですが……」

彼は銃を上げた。

「伏せろ、エレクトラ」ラムゼイ少佐はそう命じると同時に銃を抜いた。わたしが悪党につかまれていた腕をふりほどいて洞窟の地面に身を投げたとき、周囲の空気が爆発した。

26

洞窟内に銃声が鳴り響き、わたしの耳のなかでこだました。空気が硝煙で満ちた。

わたしをつかまえていた男は、すぐそばで倒れていた。彼の持っていた懐中電灯が転がり、岩がちな洞窟内を狂ったように照らした。入り口のほうへ、少佐のほうへ這《は》っていきはじめたとき、彼が被弾してよろよろとあとずさるのが見えた。

「少佐!」なにも考えずに体を起こして低い体勢を取り、彼のもとへ急いだ。そのとき、少佐がもう一発撃たれるのを目にした。軍服の前面にえんじ色のしみが広がる。

恐怖の悲鳴をあげて少佐のほうへ突進したけれど、いきなり後ろから髪をつかまれて引っ張られた。そして、体に腕をまわされた。必死でもがいたけれど、わたしをつかまえている相手のほうが遙《はる》かに強かった。

硝煙が薄れはじめ、ドイツ人スパイのひとりと、最初にわたしを捕らえた男が倒れたまま動かないのが見えた。

わたしの視線はラムゼイ少佐に据えられたままだ。彼の胸がゆっくり上下するのが見えた気がしたけれど、単なる願望のなせる業《わざ》かもしれなかった。

もし少佐が死んでいたら？　そんなことは考えたくもなかった。いまはそんなことを考えていられなかった。冷静さを保ち、この状況を抜け出す方法を見つけなければならない。少佐ならそう望むだろう。

ベヴィンズと警備員がちょっとした岩陰から出てきた。ふたりは負傷していないみたいだ。警備員は地面に落ちていた刷版《さつばん》を拾い上げ、ベヴィンズに渡した。

「こちらは探していたものを手に入れた」ベヴィンズがスパイたちに言った。「そして、あなたたちは身分証明書を手に入れた。われわれの取引は完了です」

「この女をどうします？」スパイのひとりがたずねた。

「お好きなように」ベヴィンズはそう返事をすると、わたしの横を通り、動かないラムゼイ少佐を通り過ぎ、洞窟を出ていった。

警備員はベヴィンズについていった。少佐のそばを通るとき、ふと立ち止まった。警備員はスイッチを入れるみたいにさりげなく、手に持ったままの銃でラムゼイ少佐を撃った。

わたしは悲鳴をあげてもがいたけれど、わたしをつかんでいる男がまた髪の毛をつかんで後ろにぐいっと引いたので、動けなくなった。熱い涙が頬《ほお》を伝い、全身の感覚が麻痺《まひ》したみたいになった。心も麻痺していたけれど、神経を研ぎ澄ました状態を保つよう自分に強いた。集中するんだ、エリー嬢ちゃん。諦めるんじゃないよ。ミックおじならそう言ったはずだ。彼のためにも、これを生き延びなければ。家族のためにも。こんなところで死ねない。

スパイたちはドイツ語で興奮気味に話していて、わたしを捕らえている男がときどきぐいっと引っ張るところから、わたしをどうするかを話しているのだとわかった。わたしも撃つべきか、とか。あるいは、もっとひどい目に遭わせるか。

ついに、スパイのひとりが漕《こ》ぎ舟のところへ行き、ロープを一本手に取った。スパイはわたしのところに来て、乱暴に手を後ろにまわさせて縛り上げた。それから、洞窟の入り口近くにある穴のほうへ、スパイふたりがわたしを連れていった。あの穴へわたしを放《ほう》り落とすつもり？

穴の縁《ふち》に向かって押され、精一杯抵抗したけれどなんの効果もなかった。相手はふたりで、わたしは後ろ手に縛られているのだ。

穴の縁まで来た。おそれていたほど深くなかったので、ほっとした。ただ、満ちてくる潮の光景にはほっとできなかった。

スパイたちは穴を覗《のぞ》きこみ、ふたたびドイツ語で話し合いはじめた。

すると、ひとりが穴のなかに入り、残りがわたしをそちらへ押した。穴の底の水は氷のように冷たくて、ひざのなかほどの深さだった。洞窟のなかは暗く、穴のなかはそれよりもさらに暗かったけれど、穴の壁に金属の輪がいくつも埋めこまれていて、そこから錆《さ》びた鎖がぶら下がっているのが見えた。明らかに、何世紀も前の密輸人だとかの犯罪者が極悪非道な目的で使ったものだった。

「女は撃ちたくないのでね」まるで善意を施しているかのように、穴に入った男が言った。

「溺れてしまうわ」わたしは言った。

男は肩をすくめた。

別のスパイが穴のなかの仲間に向かってなにかを投げた。男が古い鎖に南京錠をはめるカチリという音がした。

男が鎖につないだわたしを残して穴から出た。彼らがことばを交わすのがさらにもう少し聞こえたあと、足音が遠ざかっていった。そして、静寂。

「少佐?」しばらく待ってから声をかけた。「少佐、聞こえる?」

返事はなかった。

穴の側面を波が洗い、冷たい海水でびしょ濡《ぬ》れになったわたしはあえいだ。水面が上がっていた。

つかの間、湧き上がってくるパニックを必死で抑えこんだ。息をするのよ、エリー。自分に言い聞かせる。息をして、集中しなさい。

冷静でいなくてはならないときに、パニックを起こしてどうするんだ。ミックおじがいつもわたしに言っていることばだ。

だから、考えようとした。鎖は最新の刑務所仕様というわけではなかったし、頭をしっかり後ろにそらせば、ヘアピンに手が届きそうだ。

頭を後ろにそらし、腕をできるだけ上げた。すごく痛かったけれど、無視する。傷めた筋肉はあとで手当てすればいい。

髪からヘアピンを抜いたちょうどそのとき、波が縁を越えて入ってきて、すぐさま次の波も来て、ヘアピンを落としてしまった。

声に出して悪態をつくと、周囲に反響した。ごめんなさい、ネイシー。

別のヘアピンを抜きにかかる。ありがたいことに、わたしの髪は形を整えるのに大量のヘアピンを必要とするので、じきに別のヘアピンを見つけて慎重に引き抜いた。

お次は南京錠だ。

また波が入ってきて、小さな穴のなかで水面がひざの上まで来た。思っていたよりも潮の満ち方が速く、穴のどれくらいまで海水が入ってくるのかわからなかった。急がなければ。

感覚のなくなった指でヘアピンをできるだけ平らにしてピックを作った。この古い南京錠は頑丈だけれど、構造はすごく複雑というわけではない。正しい角度を見つけられれば、なんとか解錠できるだろうと思う。

ヘアピンを正しい角度で挿しこむのにしばらくかかった。両手を鎖の下で縛られていて、ロープと冷たい海水のせいで指の感覚がほとんどなかった。

このころには、海水はウエストあたりまで上がってきていた。穴のなかで溺死《できし》させるなんて、これほど悪魔的な殺人方法はない。さっさとわたしを撃ち殺すことだってできただろうに。もちろん、そうせずにいてくれてよかったのだけれど。

これが彼らの破滅のもとになる。

わたしは踏ん張って、古い南京錠のテンション・ポイントにへアピンを押し当てた。施錠できるくらい錆びつきすぎていないなら、解錠もできると思いたかった。

しょっぱくて冷たい海水はいまや胸まで達していて、顔にかかった。体も指も寒さで激しく震えていたけれど、懸命にへアピンを放すまいとした。

ミックおじから教わったとおりに、集中力をかき集めた。穴の縁からバシャバシャと入ってくる冷たい海水も、肌に当たる砂も、頭から追い出した。ラムゼイ少佐が亡くなったのではないかという恐怖も閉め出した。錠とへアピンだけになった。

ついに南京錠が降参した。

勝利の叫びを小さくあげたとき、またもや波が穴の縁をバシャリと越えてきて、鎖をふりほどきながら海水を吐き出した。

今度はロープだ。穴の壁面からは鋭い岩がいくつか顔を出していたので、こちらはそれほど問題にはならないはずだ。尖《とが》った岩に背中を向け、強くこすりつけはじめた。疲れる作業だったけれど、恐怖と怒りが力をくれて、すぐにロープがちぎれるのを感じた。わたしは自由になった。

穴は深くはなかったので、よじ登れると思った。けれど、岩の表面がすべりやすかったのは想定外で、何度も試みてようやく、感覚がなくなった震える体で穴から出られた。

洞窟入り口に目をやり、ドイツ人がいなくなっているのを確認した。どうやら見張りを置いていかなかったみたいだ。置いていく理由があったわけじゃないし。だって、彼らはわたしたちを死なせるつもりだったのだから。あとで戻ってきて、海に死体を投げ捨てればいいだけだ。

死体。そのことばが浮かぶと、腹部に深手を負ったみたいになった。穴の縁で少し横になって息を整えたかったけれど、そんな時間はなかった。洞窟の少し奥に少佐の動かない体が見えた。死んでしまったの？　もしそうなら、わたしはどうしたらいい？

少佐に向かってゆっくり進むわたしの全身の感覚が麻痺していた。服が濡れて寒かったことだけが原因ではなかった。急いで少佐のもとへ行かなくてはならないのはわかっていたのに、なにを目にすることになるかがこわかったのだ。

けれど、近寄ってみると、少佐はスパイたちが置き去りにしたのとはちがう場所にいた。洞窟の石の床に血の跡が続いており、数フィート移動したあとあお向けに倒れたとわかった。少佐は穴に向かって体を引きずっていたのだ。

彼のそばにひざをつく。軍服の上着は血でぐっしょりだったけれど、ほんのかすかに動いているのがわかった。まだ生きている！

「ゲイブリエル？」声を詰まらせる。顔に触れると、冷たかった。

彼のまぶたがひくついて開いた。

「だ……いじょうぶか？」ざらついた声だったけれど、わたしには天使の歌声に聞こえた。

「わたしのことは気にしないで。どれくらいひどい？」かなりひどいのはすでにわかっていた。

「あまり……よくないな」少佐の息は荒く、わたしはパニックがもたらす目眩《めまい》の波に襲われて歯を食いしばった。

「シャツを脱がせるわね」声が震えたけれど、どうしようもなかった。

「ナイフ……」少佐があえぎながら言った。

ブーツにナイフを忍ばせてあるのを思い出した。引き出して少佐の上着とシャツを切りはじめる。どちらも血まみれで、そのせいで手がぬるぬるした。

「出血を止めないと」精一杯落ち着いた声を出す。少佐の体内にあとどれくらいの血液が残っているのか。

「ボーモントを……呼べ」

「手当てが先よ」

少佐は逆らわなかった。血でぐしょ濡れのシャツをめくり、うろたえてあえぎそうになったのをかろうじてこらえた。目に見えるだけで四箇所の銃創があった。左肩に二箇所、胸の右側に一箇所、右脇腹に一箇所。

肩の傷は血が止まりつつあるようだったけれど、胸の傷からはいまも血が盛り上がっていたし、脇腹からは盛大に出血していた。ほかにどうしたらいいのかわからず、わたしはセーターを脱いで半分に切った。ひとつを丸めて脇腹の傷口に押し当てた。それから、セーターを固定するために、切った少佐のシャツの両端を結んできつく引っ張った。少佐は痛みでうめき声を出したあと、意識を失ったみたいだった。

「ゲイブリエル、起きて」わたしは命じた。「聞こえる？　起きてないとだめ」

胸の傷もできるだけ止血し、少佐の顔を見た。半ば閉じた目でこちらを見ていた。痛みと、おそらくは大量に出血したショックで、ぼうっとしているみたいだった。顔からは血の気が引いていた。

「エレクトラ……」小さな声だった。

「助けを呼んでくる」少佐のそばを離れると思ったら、気分が悪くなった。彼がここでひとりで死ぬかもしれない、という可能性をはじめて自分に認めた。

「お……起きているようにしてね」少佐の顔に触れると、手の血がついた。

「急げ」ささやき声だった。

声を発することができず、わたしはうなずいた。伝えたいことがたくさんあったけれど、時間がなかった。だから、身をかがめて、少佐の冷たい唇《くちびる》にさっとキスをした。

それから彼に背を向け、洞窟を出て必死で走った。

足を取られながら砂丘をよじ登り、コテージの方向に向かって駆ける。間に合うように着けるのを祈るだけだった。

突然、懐中電灯の明かりが見えた。地面に身を伏せ、ドイツ人スパイだろうかと訝《いぶか》る。まさか。こんな終わり方をするはずがない。

そのとき、こちらに急ぐ人の姿が見え、安堵《あんど》で体の力が抜けた。レイフ・ボーモントだったのだ。

助けが来てくれた。

27

その夜は、悪夢を見ているかのようにぼんやりと過ぎ去った。

レイフはサンダーランドに到達できなかったため、わたしたちを援護するために戻ってきたのだった。銃声が聞こえたので、調べようと思ったらしい。レイフには洞窟へ行って少佐の応急手当に最善を尽くしてもらい、わたしはコテージへ自動車を取りにいった。

少佐の自動車を運転してでこぼこ道を危険なスピードで走り、洞窟近くに到着した。レイフとふたりでなんとか少佐を乗せ、サンダーランドに戻った。

空襲を受けた町は大混乱だったけれど、意識不明になった少佐の姿をひと目見るなり医者たちは手術室へ急いで運びこんだ。少佐の容態がわかるまで病院にいたかったけれど、空襲で負傷した人たちが次々とやってきて大混雑していたので、自分たちはじゃまになるだけだとレイフに説き伏せられた。朝に出なおすことにした。

コテージまでレイフに自動車で送ってもらい、少佐の血を震える手で洗い流して服を着替えた。

「少し眠るようにしてください」レイフが言った。

眠れないのはわかっていた。いまは。少佐の容態がわかるまでは。

「ネッサ・シンプソンは見つかりました?」わたしはたずねた。

「いえ、見つけられなかったので戻ってきたところ、銃声を耳にしたんです」
二、三時間後、報《しら》せが届いた。少佐は手術を生き延びた。奇跡的に重要な臓器は損傷を受けていなかったものの、大量に失血していたため、きわどいところだったらしい。
安堵《あんど》でへなへなとなった。

起きたことすべてに打ちのめされ、わたしは数時間深い眠りに落ちた。


朝になってレイフが病院に電話をしたところ、十時に見舞いが許可された。それまでのあいだに、いくつかの点に片をつけておこうと思った。

最初にミセス・ジェイムズの下宿屋へ行き、空襲の被害を逃れたのがわかってほっとした。部屋に残していた荷物を詰め、ミセス・ジェイムズに精算を頼んだ。

「うちに滞在してくれてありがとうございました。この先どこへ行くにしても、幸運を祈ってますよ」ミセス・ジェイムズは、短い期間自分の下宿に間借りした人に別れを告げる大家らしい漠然とした言い方をした。

それから、サミーラとライラに別れを告げにいった。

勝手口のドアをノックすると、悲しみに暮れた顔のサミが出てきた。

「サミ、どうしたの？」不安に襲われた。彼女の家も被害を受けなかったように見えたけれど、なにかおそろしいことが起きたとわかった。

「ネッサが死んだの」サミの顔にまた涙が流れた。

わたしはあえいだけれど、心のどこかで驚くべきではないと感じていた。

「入って」サミの背後からライラが言い、みんなで客間に落ち着いた。そこは、ほんの何日か前にライラと一緒にお茶を飲んだ部屋だった。またもや、戦時中にはものごとがあっという間に変化する、という厳然たる事実を思い出させられた。

「なにがあったの？」三人揃《そろ》って腰を下ろすと、わたしは訊《き》いた。

「おそろしいことよ」サミはそう言ったあと唇《くちびる》をきつく結んだ。

ライラがあとを引き受けた。彼女の顔は青ざめていたけれど、落ち着いていた。「どうも爆発で窓が割れて、飛んできたガラスの破片で首が切れたらしいの。それ以外の被害はなにもなかった。たまたま彼女が窓のそばにいたときに起きたなんて。おそろしい事故だわ」

「ええ」同意したものの、怪しんでいた。爆発でガラス片が飛んできたのか、あるいは魅力的で愛想のいいレイフ・ボーモントの仕業だったのか？　知りたいかどうかわからなかった。

「この一週間で何人ものお友だちが逝《い》ってしまったわ」サミの声は消え入るようだった。

「とても信じられない気持ち」

「カーロッタは？」カーロッタについて、ふたりはどんな話を聞かされたのだろう。

「手ちがいでまちがった薬を飲んでしまったそうよ」サミが答えた。「薬局の過失みたい……」

「あなたは彼女と親しかったのよね?」サミの目を見つめ、まだ話していないことがあるのはわかっている、とまなざしで伝えた。

彼女はためらい、話そうと口を開いたもののまた閉じてしまった。サミがライラに目をやると、ライラはうなずいた。

「カーロッタとわたしは……えっと、実は薬局の薬を盗んで、必要としている地元の施設に売っていたの。孤児院、精神病院、先の戦争の復員軍人療養所。戦争のせいで必要なものを手に入れるのがむずかしくなったけど、わたしとカーロッタには手段があった」

「つまり、闇取引ね」わたしは言った。

サミの顔が赤くなる。「そういうんじゃないの。助けようとしていただけ。それに、高額の見返りはもらわなかった。相手が払えると思った額だけだった。取引はパブとか〈疾風《ザ・ゲール》〉なんかの混んだ場所でしてたの。薬の瓶は小さかったから、それができた。あなたが早朝に見た、勝手口近くにいた男性は……言ってみれば客だったの。彼は、頼んだものを手に入れてくれなかったと怒っていたのだけど、ハルが亡くなったうえに怪しまれていたから、気をつけなければいけなくて。それに、あなたがあれこれ訊きまわっていたし」

「おかしなことが起きてるって思ったの」わたしは認めた。

「わたしは妹に注意したのよ」ライラが言った。「正しいことじゃないから。でも、妹の心は正しい場所にあった」

「だれにも言わないでくれる？」サミがわたしに言った。

「ええ、言わない」

両手を握りしめているサミとライラを順繰りに見ていく。

「あなたたちにはおたがいがいてよかった。こんな時代には家族がとてもだいじだもの」

「あなたはどうなの？」ライラだ。「大丈夫？」

「ええ、わたしなら大丈夫」ほんとうはそうでもなかった。今回のできごとから受けた衝撃は、長く残るだろうという気がしていた。

大半の人がけっして知ることのないあれこれが数多く起きている、というのは奇妙な感じがした。戦争のせいで生きるためにあらゆることで戦うはめになったふつうの市民は、少佐とわたしがサンダーランドのビーチにある洞窟でスパイたちと遭遇した事実など、ぜったいに知ることはない。わたしたちの努力がおそらく多くの命を救ったのだということを。わたしたちが危うく命を落とすところだったことも。

そして、ものごとはそうあるべきなのだ。わたしが慣れ親しんでいた仕事は、常に秘密だった。でもそれは、他人を守っていたからではなく、自分たちを守っていたからだ。いまの仕事は秘密の種類がちがった。骨の髄《ずい》で満足を感じる類《たぐい》の秘密だ。

「そろそろおいとまするわね」わたしは言った。「その前に、ふたりにちょっとしたものを持ってきたの」

ハンドバッグから取り出したのは、シェリダン・ホールの金庫室から持ち出した本だ。それをライラに差し出した。この本がなくなっているのにミスター・ホールが気づくとは思えなかった。それに、マドックス姉妹にこそこの本を持っている権利があると思った。

ライラは受け取った本を長いあいだ見つめ、それから顔を上げてわたしを見た。「どこでこれを？」

「ハル・ジェンキンスがあなた方に届けるつもりだったの」

ふたたび本を見下ろしたライラの目がきらめいていた。「ハルが前の雇い主のためにあれこれ手に入れてるのは知ってたから、これを手に入れてほしいとお金を払ったの。でも……彼はお金だけ取っていったんだと思ってたわ」

「彼はその本の置き場所をまちがえたんだと思う。でも、わたしが見つけた」

「なんの本なの？」サミが割りこんだ。

「ママが挿絵を描いた鳥の本よ」ライラの声は詰まったようになっていて、懸命に涙をこらえているのがわかった。

彼女はサミと一緒に何ページかめくった。

「きれい」サミがささやき、挿絵に手を触れた。「ママはすごい人だったのね」

ライラがわたしを見た。「ありがとう、リズ」

「お役に立ててよかったわ。さっきも言ったとおり、家族はだいじだから」

ライラはわたしを見つめたままうなずいた。「わたしたちみんな、過去の遺産を自分たちの現在に取り入れる方法を見つけないといけないわね」

そのことばに感動した。ライラの言うとおりだ。わたしには自分の過去は変えられない。母の身に起きたことを変えられない。でも、真実を突き止め、その真実を携えて将来に進んでいくことはできる。

「手紙をくれるわよね？」サミが言った。

「ええ」

本名と、亡くなったおばなどいないことを話せればよかったのに。政府関係の仕事に巻きこまれた錠前師だと。けれど、わたしの秘密は、わたしたちがしていることの代償だと受け入れなければならない。だからこの先何年も、サミ・マドックスに書く手紙には〝リズ〟と署名するしかない。

病院まで自動車で送る、というレイフ・ボーモントの申し出を受けた。薬を盛った件については、ほぼ赦《ゆる》していた。ラムゼイ少佐の命を救うのに手を貸してくれたわけだし、少佐が助かるかどうかの報せを待っていたつらいときは頼りになる存在だったからだ。それでも、信頼しきれなかった。特に、ネッサの都合のいい死を聞いてしまっては。あのハンサムな顔の裏にはおそらく無情さが隠れていると思われ、前みたいに完全には気を許せなかった。

どうやらレイフのほうも同じように感じているらしかった。

「ロンドンでもあなたに会いたいけど」運転しながら彼が言った。「ラムゼイは許してくれないでしょうね」

「ええ、そう思うわ。あなたとわたしは仕事の仲間だから、規則違反だと言われるでしょうね」それに、レイフとつき合いたくはなかった。渡される飲み物を安心して飲めない相手とは。

レイフがちらりとわたしを見た。「そういう意味じゃなかったんだけど」

「そう？」

彼は訳知りの笑みを浮かべた。「じゃあ、秘密なんですね。わかりました。しっかり口を閉じておきますよ」

「なんの話？」もちろん、彼がなにをにおわせているのかはわかっていたけれど、できればわからないふりをしておくつもりだった。

「あなたとラムゼイですよ。ずっとわかってました。表現は適切ではないかもしれませんが、最初から〝手出し禁止〟だとはっきり言われてましたからね」

「〝わたしとラムゼイ〟なんてありません」きっぱりと否定した。

レイフがまたこちらを見てきた。「本気で言ってるんですね?」

「当たり前でしょ」

「それなら、ラムゼイの一方通行なんだ」

レイフはこの話題を無理やりにでも続けるつもりのようだった。でも、わたしはそれを望んでいない。この話に終止符を打たなくては。

「わたしに対するラムゼイ少佐の気持ちは、厳密に仕事上のものです」完全なる真実ではなかったけれど、これからはそうなるべきなのだから、真実と言えなくもないだろう。

「あなたはまちがっていますよ。私があなたに薬を盛ったと知ったとき、ラムゼイは私をどなりつけたんですよ。罪にならないのなら、喜んで私を撃ったでしょうね」

わたしはにっこりした。「少佐はちょっとした癇癪《かんしゃく》持ちですもの」

「私には関係のないことですよ、もちろん」レイフは道路に視線を据えたままだった。「ですが、いい男を探しているのであればラムゼイはぴったりですよ」

「わたしは少佐のタイプじゃありません」

レイフが笑った。「あなたは頭がよくて、勇気があり、美人だ。まさにラムゼイのタイプですよ」

ほめことばを聞いて、不本意ながら少し赤くなってしまった。「ご親切にどうも、大佐」

こわばった口調になった。

「わかりましたよ。他人のことに首を突っこみません。よけいなお世話なのはわかってますから。でも、ラムゼイが気にかけているのは知っておくべきです。私があなたを危険な目に遭わせたと知ったときほど激怒した彼を見たことがありません――激しく怒った彼なら見たことがあるというのに」

「ありがとう、大佐。おぼえておくわ」

その話題についてレイフがもうなにも言わないまま、自動車は病院へと近づいた。

彼の判断は、もちろん正しい。少佐とわたしのあいだには、ずっと沸騰《ふっとう》寸前のなにかがあった。おそらく解決がむずかしい感情をわたしたちはかき立ててしまった。そして、少佐が死んでしまったか死にかけていると思っていたあの時間が、いまだにとらえきれていない感情を呼び覚ました。だとしても、なんとか終止符を打たなければならないとわかっていた。ここサンダーランドで起きたすべては、ロンドンに戻ったら過去のものにならなくてはならないのだ。

レイフは待合室に控え、まずわたしに少佐とふたりだけの時間を持たせてくれたのでありがたかった。

ラムゼイ少佐はベッドに横たわり、片腕を三角巾で吊《つ》るされていた。元気な少佐しか見たことがなかったので、青白い顔をして目のまわりに隈《くま》がある姿を目にするのはショックだった。

「結局あなたも人間だったのね」戸口から軽い調子で言った。「銃で撃たれたら、みんなと同じで出血するのだから」

わたしを見て、少佐の唇の端が少しだけ上がった。「ミス・マクドネル。立ち上がって迎えられずに申し訳ないね」

ちょっとだけ笑いながら、ベッドのそばへ行った。少佐は死ぬまで堅苦しい。

「気分はどう？」痛みがあるのは明らかだったけれど、そうたずねた。

「総合的に考えて悪くはない」

最悪の気分なのに、意地でも認めようとしない。

次になにを言えばいいかわからず、わたしは躊躇《ちゅうちょ》した。ここへは別れの挨拶に来た。サンダーランドに残って少佐の看病をしたかったけれど、常に有能なコンスタンスから電話をもらったのだ。彼女によると、わたしにロンドンへ戻る命令が出たそうだ。異を唱《とな》えようとしたところ、少佐はその日の後刻に陸軍病院へ転院ののち、体調が回復した段階でロンドンへ戻る予定になっている、と言われた。それで話は終わりだった。

でも、少佐に会わずに帰るなんてできなかった。

「よ……ようすを見にきたの。わたしは今日の午後にロンドンに戻ります。もしも……」

少佐になんと言ってもらいたかったのかわからなかった。この話はもうすませていたし、共通の体験が状況を大きく変えたとは思えなかった。少なくとも、少佐のほうは。

「ああ。ロンドンにいるほうが安全だろう。ひとりで戻るのか？」

顔を上げて少佐を見た。「いいえ……フェリックスが迎えにきてくれるの」フェリックスは午後の列車で到着する予定だ。ネイシーとミックおじに電話して帰ると伝えたとき、フェリックスもそこにいて、迎えにいくと言い張ったのだった。

「よかった」ラムゼイ少佐が言った。

黄昏《たそがれ》どきの青色をした少佐の目を覗《のぞ》きこみ、なにを考えているのかを読み取ろうとした。なにを考えているにしろ、苦痛とモルヒネのせいでぼんやりしているのにくわえ、少佐が常にまとっている貫通不可能の盾のせいで読み取れなかった。

少佐が怪我《けが》をしていないほうの手を差し出してきたので、わたしは握手した。わたしの手は冷たく、少佐の手は温かかった。「命を救ってくれてありがとう、エレクトラ」

「わたしもあなたに命を救われました」そっと言う。「おあいこってところかしら」

またかすかな笑みが浮かんだ。「気をつけるように」

「ロ……ロンドンでまた会えます?」不安そうな声になってしまったのがいやだったけれど、どうしても知りたかったのだ。

少佐はわたしの手に視線を落とし、関節を親指でなでたあと、ふたたびわたしの顔を見た。彼は無表情だった。「また任務ができたら」

わたしは目を瞬《しばたた》き、うなずいた。はっきりと伝わってきた。

少佐はわたしの手をぎゅっと握ってから放した。

「おだいじに、少佐」そっと言い、病室を出た。

わたしたちは、リンカンシャーの狭い脇道に建つ家を見つけた。

クラリス・メイナードを訪問するために、フェリックスと一緒にロンドンへ帰る際に寄り道をしたのだった。

はじめは、フェリックスに同行してもらいたいかどうか心が揺れていた。自分ひとりでやりたいという気持ちがある一方で、母について知るこの旅の最初からフェリックスはずっと支えてきてくれた。だから、一緒に行ってもらうのが正しいと心を決めた。

フェリックスと再会できてうれしかった。彼と会うのはいつだって喜びだった。彼がそばにいてくれると、安らぎと心強さを感じられる。ただ、ふたりの関係のなにかが変わってしまった感じがした。ラムゼイ少佐にはわたしとのロマンティックな関係を進めるつもりがないのはわかっていたけれど、フェリックスと永続的な関係のようなものを築く前に、少佐に対してきちんと片をつけなければならない気持ちがあるのをこれ以上否定できなくなっていた。どうやってこの感情を解決すればいいのかわかっているわけではなかったものの、ミックおじの古い金言を自分に思い出させた。一日で世界中の問題を解決する必要はない。ひとつひとつ解決していけばいい。

そして、ミセス・メイナードの訪問が優先だった。

「なんだかすごく謎めいているよね？」わたしから手紙を見せられたフェリックスが言った。

「まるでメロドラマだな」

「そうなの。信じていいものかどうかわからなくて」

「まあ、彼女の話を聞いたところで害にはならないだろ」

押し黙ったメイドに案内され、小ぶりで薄暗い客間へ通された。暖炉で火が燃えており、部屋はむっとするくらい暖かかった。外の明かりを入れないようにカーテンは閉められていた。

わたしはビロードのソファに座り、フェリックスはそばの椅子を選んだ。待っているあいだ彼に目をやると、安心させるような笑顔を向けられた。

少しするとクラリス・メイナードが客間に入ってきたので、わたしとフェリックスは立ち上がった。

クラリスは戸口であえいで足を止め、胸をつかんだ。「ごめんなさいね」やがて彼女が言った。「あんまりお母さんにそっくりだから」

クラリス・メイナードは痩せていて背が高く、黒っぽい髪はほとんど白髪になっていた。けれど、顔はしわがなくなめらかで、わたしを見る薄青い目は明るかった。

「会ってくださってありがとうございます、ミセス・メイナード」わたしは言った。「こちらはお友だちのフェリックス・レイシーです。母について調べるのをずっと手伝ってくれています」

彼女がフェリックスに会釈した。「お目にかかれてうれしいわ」

全員が腰を下ろすと、ミセス・メイナードがまた長々とわたしを見つめた。「また彼女に会えた気分だわ」小さく言った。

「ありがとうございます」

「お母さんについてもっと知りたい、と手紙に書いていたわね。なにを知りたいのかしら?」

どこからはじめたらいいのだろう? 知りたいことがあまりにも多かった。母の親友であるこの女性にしか答えられないかもしれないことが。この旅をはじめるきっかけになったところからはじめることにした。

「は……母は無実だったと信じるに足る理由があって、それを証明しようとしています」

ミセス・メイナードはこちらを見たけれど、その顔に浮かんだ感情を判別するのはむずかしかった。

わたしはフェリックスに目をやった。ミセス・メイナードのふるまいは妙だった。これだけの歳月が経《た》ったあとも、まだ隠しておかなければならないと思っているのはなんなのだろう?

「本気でそのドアを開けるつもり?」ミセス・メイナードがたずねた。「過去は過去のものとしてそっとしておくのがいちばんいい場合もあるのよ」

「どうしても知りたいんです」簡潔に答えた。

ミセス・メイナードはずいぶん長くわたしを見つめたあと、うなずいた。その顔には諦めに似たものが浮かんでいた。

「あなたのお母さんは無実だったわ。そして、夫を殺した犯人に目星をつけていたけれど、その名前をわたしに明かそうとはしなかったの」

どっと失望に襲われた。クラリス・メイナードがなにか知っているとしたら、父を殺した真犯人の正体かもしれないと願っていたのに。

「母はなんと言ってたんですか？」

「あなたのお父さんは、関与していたことのせいで殺されたのだと」

わたしは眉根《まゆね》を寄せた。「金庫破りに関することですか？」父は亡くなる前、ミックおじと一緒に金庫破りをしていた。でも、それが父の死になんらかの関係があったなら、ミックおじにはそうとわかったはずだ。そして、もしそうなら、母が有罪判決を受けるのを阻止したはずだ。

「いいえ、そうじゃないわ」

わたしを見たミセス・メイナードは、とても重々しい表情を浮かべていた。客間にはわたしたちだけだし、カーテンも閉められているのに、人に聞かれるのをおそれるように身を寄せてきた。

彼女のことばは、まったく予想外のものだった。

「先の戦争中、あなたのお父さんはドイツのためにスパイ活動をしていたの」

謝辞

ひとつ小説を書き終えるたびに、おおぜいのすばらしい人たちに助けられ、支えられて、どれだけありがたいかを痛感します。

エージェントであり友人であるアン・コレット、比類なき編集者のキャサリン・リチャーズ、すてきなネッティ・フィン、そしてミノタウロス・ブックスのすばらしいチームに深い感謝の意を表します。この本は、あなた方がいなければ存在しなかったと言っても過言ではないので、感謝してもしきれません！

愛と感謝のすべてを最高の家族に。驚くほどすばらしい家族の一員になれて、わたしは幸運です。

〈ブック・クラブ二・〇〉（この名前で確定ではないけれど）のメンバー――クリスチャン・ゴーデット、アンバー・ワイドナー、そしてダン・ウィーヴァー――に、励まし、熱狂、たくさんの奇妙な会話のお礼を言わせてください。

待ち望んだ休暇にわたしを招きブレインストーミングをしてくれたことと、なによりも二十年以上にわたって変わらず友人でいてくれたことで、アマンダ・コーディルにも感謝を捧《ささ》げます。

そして、最後になりますが、つらいときも楽しいときも常に友人でいてくれた、いつもの顔ぶれに恩があります。アマンダ・フィリップス、コートニー・ルボーフ、タイ・シーダーズ、アンジェラ・ラーソン、キャリン・ラグロ、サブリナ・ストリート、ステファニー・シュルツ、ベッキー・ファーマー、デニース・エドモンドソン、そして、ヴィクトリア・シエンフエゴス。

心の奥底からありがとう！

解説

柿沼瑛子

「わたしは常に慎重です、少佐」
「きみが慎重なことなどほぼないじゃないか、ミス・マクドネル」
——『金庫破りの謎解き旅行』より

本シリーズの主人公であるエレクトラ（エリー）・マクドネルは表向きは錠前師、裏では凄腕《すごうで》の金庫破りミックおじの仕事を手伝い、必要とあらばスリの腕前も披露《ひろう》する。頭脳明晰《めいせき》、勝気で正義感にあふれているが、少々勇み足なところが玉にキズである。そんな彼女をスカウトしたのが、貴族階級出身、有能でハンサムな陸軍少佐ラムゼイ。愛想は悪いが、なぜか出会った女性を（エリーを除く）あっという間に魅了してしまうという特技を持っている。舞台となるのは一九四〇年、第二次世界大戦下のロンドン。戦時下の灯火管制の闇に乗じ、とある屋敷に忍び込んだミックおじとエリーは、突然あらわれた謎の一団に捕らえられる。ふたりを捕らえたのは陸軍少佐のラムゼイで、ふたりの腕前を見込んでイギリス軍の機密文書をドイツ軍に売られる前に回収するよう要請する。きこえはいいが、要は刑務所に入りたくなければ我々に協力せよと半ば脅《おど》されるようにして、いやいやながら少佐に協力するはめに、というのが第一作『金庫破りときどきスパイ』。行きがかり上やむなくエリーと偽装カップルを演じることになるラムゼイ少佐は、筆者の脳内では完全に（髪や瞳の色は違えど）『エロイカより愛をこめて』のエーベルバッハ少佐で変換されているせいか、このシリーズはどことなく青池保子が男女のラブコメを書いていた頃をほうふつさせる。もしくは飛鳥幸子のピカレスク・ロマンとか。

第二作『金庫破りとスパイの鍵』の舞台はドイツ軍によるロンドン大空襲の真っ只中《ただなか》であり、テムズ川で鍵のかかったカメオ付きのブレスレットをつけた女性の遺体が発見され、エリーはラムゼイ少佐の要請を受けて遺体のブレスレットを開錠する。そこに隠されていた中身と、女性が毒殺されていたことから、ドイツ軍側のスパイ活動の関与が明らかになり、ふたりは女性を殺した犯人と、ドイツのスパイを探りだすためにまたしてもタッグを組むことに……。少佐以外にもヒロインをめぐる男性には、幼馴染で脚を負傷して戦線から戻ってきた優しいフェリックスがいて、少佐とフェリックスの恋のさやあて（？）も楽しいのだが、絶えず死の予感に脅《おびや》かされている灯火管制下のロンドンが舞台とあってはロマンス味もいささかほろ苦く感じられる。第一作を読んだ時から、このシリーズにそこはかとなく漂っている「哀しみ」のようなものがずっと気になっていたのだが、それは戦時下の「死」と常に対《たい》峙《じ》している日常のせいか、もしくはエリーの母親が死刑囚だというトラウマのせいかもしれない。もちろん先に述べたようなロマンス要素もあるし、エリーの「少々訳あり」家族の絆《きずな》にもぐっとくるものがあるが、努めて明るい方を見ようとするエリーの姿勢にはどこか翳《かげ》りのようなものもつきまとう。

さて第三作である本作はこれまでとはちょっと毛色が違って、一時的に空襲を免《まぬが》れているイギリス北部の港湾都市サンダーランドが主な舞台となる。ドイツ軍の夜ごとの空襲に疲弊《ひへい》するロンドンで、死と隣り合わせの重苦しい日常を少しでも紛《まぎ》らわせようと、幼馴染兼ボーイフレンドのフェリックスと映画館デートを約束していたエリー。ところが先に現われたのはラムゼイ少佐で、例によって一方的に二週間ほどの旅支度をしろと命令する。またしても怪しまれないように熱々カップルのふりをしつつ、渡された書類をあとで出してみるとそこにはサンダーランド行きの切符と、なぜか『イングランド北部の鳥類』というガイドブックが。あらかじめ予約された下宿屋に向かい、地元の住人たちと親しくなるように、というのが彼女に課せられた任務だったが、あいかわらず詳しい説明がないことにエリーは苛立《いらだ》つ。現地に着いたとたん、後ろから突き飛ばされてトラックにひき殺されそうになるが、あわやというところを背後にいた親切な男性に助けられる。だが、下宿に落ち着く間もなくその男性が建物の前の道路で突然倒れて死んでしまう。とっさに男性の握っていた紙片を抜きとったエリーは、その内容に不審を抱く。男性は下宿屋の住人たちの知り合いだった。エリーは故人の荷物が持っていかれてしまう前にと、少佐が眉をひそめるのを承知で死んだ男性の下宿に忍び込むのだが……

今回エリーが派遣されるサンダーランドは、イングランドとスコットランドの境に近く、日本人になじみのあるニューカッスルのほぼお隣といっていい場所にある港湾都市。エリーの旅行の表向きの目的である野鳥観察にふさわしく美しい灯台や風光明媚《ふうこうめいび》な海岸で知られる。ミックおじさんやネイシーやフェリックスといった人々のこまやかで密な愛情に囲まれているロンドンを離れ、少佐に命じられたとはいえ、同世代の若い男女たちのグループに交じって、他愛《たあい》ないおしゃべりを交わしたり、恋バナ（嘘の）に興じたりしているエリーの姿はとても新鮮に感じられる。あんのじょう関係者たちとかかわっていくうちに、エリーは彼らに友情を覚えてしまう。犯人もしくはドイツのスパイかもしれないとわかっていながらもその身を案じずにはいられないのが我らのエリーである。

もちろんほとんど毎回定番となった、エリーと少佐のいやいやながらの「恋人ごっこ」も宿の女主人の目を気にしながら朝帰りまでするはめになる。今回はなんとエリーは任務とはいえ、下ファンとしては外せないお楽しみのひとつである。クールで堅苦しい少佐の鋼鉄の鎧《よろい》の下から時折ちらりとのぞく衣《ころも》のようなエリーへの思いがなんとも可愛《かわい》らしい。もちろんエリーも、表向きは反発しているにもかかわらず少佐にどんどん惹《ひ》かれていく自身を意識してはいるが、向こうはわたしのことをなんとも思っちゃいないから大丈夫とブレーキをかけているので事なきを得ている。だが、今回はそれどころではなくなるような場面にも遭遇することに。どうする、エリー？

そもそもミックおじさんや従兄弟《いとこ》のコルムとトビーから徹底的に金庫破りを仕込まれ、男たちばかりの家庭で揉《も》まれて育ってきたエリーには、女性は男性に守られるものだという概念が気にくわない。少佐はエリーと仕事をしていくうちに、その地雷を踏まない術《すべ》を学習していくのだが、いかんせん説明が足りず、逆にエリーを怒らせることもしばしばだ。だが、いっけん無茶苦茶な指令に見えても、エリーの気質や能力をちゃんと理解し、彼女に絶対的な信頼を置きながらも、危険が及ばないように配慮している。エリーも少佐に言い返したいのをぐっと飲みこみながらこう思う。「少佐に惹《ひ》かれる根幹には、彼を頼りにできる、とわかっていることがあるのかもしれない」と。ふたりにとって愛よりも先に来るのは「信頼」だ。少佐の命を懸けた「信頼」をそろそろエリーにもわかってほしい……いや、エリーもうすうす気づいているのではないか。ただ彼女にしてみれば単に少佐を取るかフェリックスを取るかだけでなく、彼女自身の生き方にかかわってくるわけだから、躊躇《ちゅうちょ》するのも無理はないといえる。

ところでこれまでも、主人公エリー（エレクトラ）の名前がギリシア神話から取られたことは何度か触れられてきたが、エレクトラといえば、母親とその愛人に父親を殺され、よそに預けられていた弟オレステスと協力して、その仇《かたき》を討つというかなり強烈なヒロインだ。

これって妙にエリーの境遇と似てはいないだろうか。ただし彼女の場合は母親がすでに死んでいること、父の死の真相が謎に包まれていることがいまだに尾を引き、前に進めない理由ともなっている。この父の死の真相をめぐる手がかりを追っていくというのが物語のもうひとつの軸であり、本作でも少しずつ明らかになっていくが、ラストはエリーのみならず読者も「わ〜っ！」と叫ぶことになるのでみなさん、どうかご覚悟を。

それと関連してもうひとつ気になるのが第一作目からその名が登場していながらずっと戦地で行方不明のままの従兄弟トビーの存在である。たしかに兄弟同然に育ち、実の家族のような強い愛情で結ばれているとはいえ。ちなみに手元のkindleで第二作『金庫破りとスパイの鍵』を検索してみるとなんと「トビー」は十三回も出てくるのだ！　シリーズ五作目*One Final Turn*では、ついにエリーはトビーの消息を訪ねて、我が身を顧《かえり》みずポルトガルに単身乗り込んでいくことになる（もちろん少佐がひとりで行かせはしないが）。

ちなみに作者のアシュリー・ウィーヴァーの出身地であるルイジアナ州は、場所こそ違えどなんとあの「ワニ町」シリーズ（ジャナ・デリオン著、創元推理文庫）の舞台である。また作中時期は本作よりはもう五年ほどずれるが、「ロンドン謎解き結婚相談所」シリーズ（創元推理文庫）の作者アリスン・モントクレアはテキサスの出身である。たまたまなのかもしれないが、共にルイジアナとテキサスと、超保守的な共和党の牙城《がじよう》とされている地域の出身だということに妙に興味を惹かれる。現代アメリカの政治事情を鑑《かんが》みるに、一九四〇年代イギリス女性の生き方や、イギリス人気質にはどこか現代アメリカの作家たちの想像力をかきたてるものがあるのだろうか。

そのひとつとして考えられるのは、戦時下のロンドンで住民たちの支えとなった「KEEP CALM AND CARRY ON（平静を保《たも》て、日々を続けろ）」精神である。これまであったものは失われ、何ひとつ以前と同じにはならないが、「わたしたちはそう簡単に破壊されはしない」とエリーはいう。たとえ世の中がどんなひどい状況になったとしても、自分たちはひたすら日々を続けていくのだ、と。戦時下の体験を我が身に引き寄せるのは難しいが、筆者は一度だけ湾岸戦争真っ只中のロンドンに住んでいた時に似たような体験をしたことがある。アメリカを中心とする多国籍軍が進撃を始めると同時に、愛や平和をテーマにした曲が次々に放送禁止になり（代表格がジョン・レノンの「イマジン」）、日本人駐在員が家族を日本に帰し始め、ミュージアムやデパートには荷物検査の長蛇《ちょうだ》の列が続き、地下鉄の駅は不審物が発見されるたびに封鎖された。地下鉄に乗っていていきなり「不審物が発見されたので次の駅は通過します」というアナウンスが鳴り響き、真っ暗な地下鉄駅を通過する時はさすがに身の危険を感じたものだ。連日連夜、両軍によるミサイル攻撃のニュース映像が流れ、アパートの管理人にこっちは大丈夫なんですか、と訊《たず》ねると「あら、ここまでは飛んでこないわよ、アハハ」と笑い飛ばされた。近くにはイラク人子女のための学校があったが、攻撃が始まってもふつうに学校の授業は行われ、送り迎えにつきそう親たちが嫌がらせをされることもなかった。階級や人種間の問題は多々あれど、なんというか「大人の国」なんだなあとしみじみと思ったりしたものだ(SNSで煽ったりフェイクが拡散される今日ではそうもいかないだろうが)。ひるがえって現在のアメリカにおいては、日常を続けるのが難しい状況になりつつある人々がいる。そうした人々が、我慢するだけではなくささいな喜びにいろどられた日常を積極的に保ち続けることもまた戦いであり、希望にもなるのだとこのシリーズは教えてくれる。

さてシリーズ四作目では、少佐もエリーもサンダーランドから再びロンドンに戻ってくる。そしていよいよエリーも心を決めるようだ。たとえフェリックスを取ったとしても、少佐との仕事上の縁が切れはしないだろうが、はたしてどうなるのか、ファンとしては非常に悩ましいところである。

訳者紹介　翻訳家。大阪外国語大学英語科卒。ハチソン『蝶のいた庭』、コシマノ『サスペンス作家が殺人を邪魔するには』、ウィーヴァー『金庫破りときどきスパイ』『金庫破りとスパイの鍵』など訳書多数。

金庫破りの謎解き旅行

2025年5月9日　初版

著　者　アシュリー・ウィーヴァー
訳　者　辻《つじ》　早《さ》　苗《なえ》

発行所　(株)東京創元社
代表者　渋谷健太郎
162-0814 東京都新宿区新小川町1-5
電　話　03・3268・8231-営業部
03・3268・8201-代　表
URL　https://www.tsogen.co.jp
組　版　工　友　会　印　刷
暁　印　刷・本　間　製　本

ISBN978-4-488-22210-9　C0197